MANFRED EICHHORN

Schwanenschrei

MANFRED EICHHORN

Schwanenschrei

Ein Tucholsky-Roman

GMEINER SPANNUNG

Personen und Handlung sind frei erfunden.
Ähnlichkeiten mit lebenden oder toten Personen
sind rein zufällig und nicht beabsichtigt.

Im Ehnried 5, 88605 Meßkirch
Telefon 07575/2095-0
info@gmeiner-verlag.de

1. Auflage 2018

Lektorat: Claudia Senghaas, Kirchardt
Herstellung: Mirjam Hecht
Umschlaggestaltung: U.O.R.G. Lutz Eberle, Stuttgart
unter Verwendung eines Fotos von: © Olaf Gulbransson
Druck: CPI books GmbH, Leck
Printed in Germany
ISBN 978-3-8392-2335-2

Am Bahndamm entlang wuchsen Wegwarten. Die junge Frau betrachtete sie lächelnd. Die Wegwarte ist eine Heilpflanze. Jetzt war sie eine Streckenwärterin.

Die junge Frau rupfte eine der Wegwarten von den Geleisen und drückte sie gegen ihren Handrücken. Ein Insektenstich. Gegen kleine Verletzungen half die Wegwarte. Gegen große nicht.

Die Regionalbahn fuhr hier jede Stunde. Eine Stunde müsste jetzt um sein.

PROLOG

**Rottach-Egern,
Samstag, 6. September 1969**

Mary Tucholskys Hände zitterten. Sie stand an der Gartenpforte und blickte den Roßwandweg hinab, dem Postwagen hinterher. Den Brief, den sie eben erhalten und gleich gelesen hatte, hielt sie jetzt, mit all der anderen Post, unterm Arm geklemmt.

Eine Frechheit. Eine Unverfrorenheit. Und vor allem: eine Lüge.

Doch als ob dieser Brief nicht schon genug ihrer kostbaren Zeit geraubt hätte, kamen jetzt auch noch die beiden jungen Leute, die vor zwei Tagen schon bei ihr geklingelt hatten, um einen Termin bei ihr zu erbitten, die Straße hoch.

Ich werde die beiden wieder fortschicken!

Aber wenn jemand über Tucho schreiben will, kann ich das einfach nicht.

Sie gab ihrer Haushälterin ein Zeichen, dass sie nun den Tisch im Erkerzimmer decken könne. Mit Kaffee, Apfelstrudel und Sahne.

Politische Justiz in der Weimarer Republik am Beispiel der Schriften von Kurt Tucholsky. Das war das Thema der Abschlussarbeit des Mädchens, das, eingehängt in den jungen Mann, nun ihrem Haus, ihrem Tucholsky-Archiv, zusteuerte.

Das Mädchen hieß Ilse und war 18 Jahre alt. Eine Schülerin, der man wohl zugetragen hatte, dass die Witwe und Alleinerbin des großen Schriftstellers niemanden abweisen würde, der sich mit dem Werk Tucholskys beschäftigte. Auch wenn es sich, wie in ihrem Fall, nur um eine abschließende Schularbeit handelte.

Der junge Mann, der sie begleitete, war ein Jahr älter als das Mädchen und hieß Klaus Lott. Sein Berufsziel hatte mit Literatur wenig zu tun.

»Ich habe mich an der Polizeihochschule in Villingen-Schwenningen einschreiben lassen«, hatte er ihr verraten, aber dann gleich eingeflochten, einiges von Tucholsky gelesen zu haben, zuletzt den Sammelband: *Panther, Tiger und Co.*

Der junge Mann gab sich schüchtern, aber interessiert; das Mädchen dagegen sprühte vor Begeisterung über die vollgestopften Bücherregale, wo auf jedem Buchrücken der Name Kurt Tucholsky prangte.

»Nur im Klo sind keine Bücher, sonst überall!«, sagte die Witwe und amüsierte sich über Ilses Staunen. Und verriet: »Unterm Dach liegen alle derzeit verfügbaren Ausgaben der *Weltbühne*, da finden wir einiges zum Thema *Politische Justiz.*«

Ilse griff jetzt nach Lotts Hand und drückte sie.

Diese Aufregung: Kurt Tucholsky! Allein der Name! Und nun saß sie der Frau gegenüber, die eine Zeit lang mit ihm gelebt und die er zur Alleinerbin bestimmt hatte.

Lott nickte Ilse zu, als müsse er den Grund ihrer Freude bestätigen. Auch er war ja von der Erscheinung der etwa 70-Jährigen angetan. In ihrem dunkelblauen Sommerkleid wirkte sie, trotz des ergrauten Haares, jugendlich. Die Dauerwelle zwar streng, doch die Augen, das Lächeln, das ihre Lippen umspielte, enttarnten diese vorgetäuschte Strenge. Ihr Halsschmuck eine Perlenkette, dazwischen, wie zum Zeichen ihrer allgegenwärtigen Schaffensfreude, ihre Lesebrille.

Der Kaffee in Ilses Tasse wurde kalt. Mit Mühe zwang sie kleine Gabelstücke des Apfelstrudels in sich hinein. Zu sehr war sie von all den Schriften und Zeugnissen des großen Schriftstellers, durch das die Witwe sie jetzt führte, gebannt. Tucholsky sogar in Blindenschrift.

In den Räumen harrte die Erinnerung aus vielen Jahren, in denen Mary Tucholsky das Archiv aufgebaut hatte. Tucholskys Nachruhm, so schien es, ist allein ihr Werk.

»Ich arbeite 16 Stunden am Tag«, sagte die Witwe beiläufig, während sie aus einem der Regale einen Sammelband hervorholte.

»Politische Justiz«, murmelte sie, »da werden wir fündig.«

Sie blätterte darin, lächelte Ilse wie einer Komplizin zu, als sich Marys Stimmung plötzlich veränderte.

»Sie kennen doch Tucholskys Treppe?«, fragte sie suggestiv.

Ilse nickte. Und sagte: »*Schreiben – sprechen – schweigen.*«

»Von Schreien ist da keine Rede! Das Wort Schreien kommt in seiner Treppe nicht vor. Und schreit ein Schwan überhaupt?«

Ilse und Lott schauten sich verwundert an.

Mary Tucholsky ging zum Fenster und blickte hinaus.

Warum fange ich jetzt davon an? Was haben die jungen Leute damit zu tun! Vielleicht weil die Sache kriminell ist? Und dieser junge Herr …?

»Ich verstehe Sie nicht«, meldete sich Ilse kleinlaut.

Mary Tucholsky hob und senkte die Achseln, unschlüssig, ob sie über das, was sie in der vergangenen Stunde umtrieb, reden sollte. Der Brief, den sie bekommen hatte. Ein Hans Müller bot ihr darin ein bislang unveröffentlichtes Manuskript von Tucholsky an. *»Es ist Kurt Tucholskys Vermächtnis, umfasst 150 Seiten und heißt ›Schwanenschrei‹. Geschrieben im letzten Jahr in Hindas.«* Sie hätte es für einen Scherz gehalten! Aber Name und Adresse des Absenders waren ihr ein Stich ins Herz gewesen: Florhofgasse 1 in Zürich. Das war die Anschrift der Ärztin Dr. Hedwig Müller gewesen, Tucholskys Nuuna, die Freundin seiner letzten Jahre. Über die Florhofgasse war einst Tuchos ganze Post gegangen. Ein Versteckspiel vor den Nazis, die nicht wissen durften, dass er in Schweden lebte. Aber Tucho hatte sich auch Nuuna in vielen Briefen anvertraut.

Mary Tucholsky wendete sich wieder den beiden jungen Leuten zu.

»Schreit ein Schwan überhaupt?«, sagte sie noch einmal, suggestiv fragend. Und fügte an: »Außerdem weiß ich nicht, wie Tucholsky überhaupt zu Schwänen stand.«

Ilse schaute sie ratlos an.

»Jemand hat mir ein Manuskript angeboten. Für unverschämt viel Geld natürlich. Tucholskys letzte Schrift, angeblich sein Vermächtnis. Und das soll *Schwanenschrei* heißen.« Marys Stimme überschlug sich. »Nicht *Schwanengesang* sondern *Schwanenschrei*!«

Ihre Lippen begannen zu beben, dann seufzte sie: »Was wissen wir schon über Schwäne?«

»Man sagt, Schwäne wären einander treu, auch über den Tod hinaus«, erklärte Ilse zögerlich.

Mary lachte auf. »*Schwanenschrei*! Für diesen Unsinn gibt es nur ein einziges Wort: indiskutabel!«

Dann aber drängte die Witwe die beiden zu einem abrupten Aufbruch.

»Die Arbeit wartet«, erklärte sie.

Ilse verstand und bedankte sich.

»Wenn Ihnen noch Material für Ihre Arbeit fehlt, rufen Sie an.«

»Das mach ich bestimmt«, sagte Ilse.

Bereits der Tür zugewandt, hielt Mary Tucholsky die beiden noch einmal zurück und flüsterte: »Ich bitte Sie beide, verlieren Sie kein Wort darüber, was ich Ihnen über dieses angebliche Manuskript erzählt habe.«

Lott und Ilse nickten. Beide ein wenig stolz, nun Geheimnisträger zu sein.

Im selben Moment zog die Witwe ein schmales Bändchen aus dem Regal neben ihr, schrieb etwas auf das Schmutzblatt und reichte es dem jungen Mann.

»Vielleicht lösen Sie ja einmal einen solchen Fall«, sagte sie lächelnd und gab Lott die Hand. »Leben Sie wohl.«

Lott grinste, wurde rot und verabschiedete sich artig.

Draußen zeigte er Ilse das Buch. Es hieß: *Nachher*. Auf der Innenseite die Widmung:

Für Klaus Lott, der irgendwann ein Kriminalkommissar sein wird.

Herzlich
Mary Tucholsky
Rottach, 6.9.69

*

KAPITEL 1 – DER ANRUF

Lott erkannte ihre Stimme sofort. Und das nach mehr als 40 Jahren.

»Ilse?«

»Klaus? Ja grüß dich Gott!«

Lott erstarrte. Das waren auch damals schon ihre Grußworte gewesen. Und wie damals zog sie das Wort *Gott* dabei ganz nach oben, wo es allem Anschein nach ja auch hingehörte.

Ihre Stimme war der Jubel selbst.

»Wie geht's dir? Was machst du? Arbeitest du noch?«

Sie fragte, ohne eine Antwort abzuwarten.

»Klaus, ich weiß, das klingt geradezu ungeheuerlich, dass ich mich nach so langer Zeit, in der wir nichts, aber auch gar nichts voneinander gehört haben, jetzt bei dir melde.«

»Ich bin überrascht, eigentlich sprachlos«, stammelte Lott, fasste sich dann aber und fragte: »Wo lebst du denn jetzt?«

»Du wirst es nicht glauben, am Tegernsee«, antwortete Ilse. »In Rottach-Egern.«

Lott schluckte. Mit einem Male kamen ihm vertraute Bilder aus einer, wie ihm schien, fernen Vergangenheit hoch. Dennoch konstatierte er eher reserviert:

»Dann hat sich ja dein Traum erfüllt.«

Ilse schwieg, atmete aber hörbar. Eine Antwort darauf wollte sie ihm nicht geben, sagte aber stattdessen, nach einem Moment des Innehaltens, zögerlich: »Ich wende mich mit einer Bitte an dich.«

»Was kann ich für dich tun?«, fragte Lott mit scheinbar nachlässiger Routine, aber seine Hände zitterten dabei und sein Mund wurde trocken.

»Ich weiß, du bist ein berühmter Kriminalkommissar.«

Lott wehrte ab: »Berühmt sind nur die Kommissare im ›Tatort‹.«

»Doch, doch, ich hab dich gegoogelt, so nennt man das doch heute.«

Lott lächelte und gestand: »Das Internet ist auch nicht meine Welt, zumal ich seit diesem Jahr nicht mehr im Dienst bin.«

»Du bist in Rente?«

»Ich gehöre zum Glück noch zu denen, die mit 60 in Pension gehen dürfen, meine Nachfolger haben es da weit weniger gut, die müssen bis 62 und länger durcharbeiten.«

»Dann hättest du ja jetzt Zeit!« Ilses Ton geriet wieder ins Jubeln.

Lott schwieg, dann klopfte er vorsichtig an: »Um was geht es denn, Ilse?«

»Meine Tochter ist verschwunden.«

Ich habe auch eine Tochter, dachte Lott, fragte aber: »Hast du sie als vermisst gemeldet?«

»Die Polizei hier hält das für einen Witz.«

»Warum?«

»Du kennst die Verhältnisse hier nicht.«

Lott schluckte. Waren die Polizisten am Tegernsee denn so anders als hier?

»Deine Tochter ist wie alt?«, fragte er dann.

»35.«

Lott schwieg. Die Pause geriet ins Endlose.

Ilse durchbrach schließlich die Stille.

»Ich weiß, was du jetzt denkst, aber dem ist nicht so. Meine Sorge ist nicht unbegründet. Ich glaube, ihr ist etwas zugestoßen.«

»Worauf gründest du deinen Verdacht?«

»Die Sache ist etwas mysteriös. Es geht um das Tucholsky-Manuskript. Meine Tochter hat es angeblich gefunden.«

»Du meinst …« Mein Gott, wie lange war das denn her!

Ilse half ihm auf die Sprünge: »Du erinnerst dich? Das verschollene Manuskript, Kurt Tucholskys angebliches Vermächtnis. Wir waren bei Mary Tucholsky …«

»Schwanengesang«, unterbrach Lott Ilses Erklärung und korrigierte sich gleich selbst: »Nein, Schwanenschrei. Natürlich erinnere ich mich. Es waren unsere letzten gemeinsamen Tage.«

Ilse seufzte laut ins Telefon.

Lott wähnte sich in einem Film, den er vor 40 Jahren gesehen hatte.

Dann, nach weiterem Schweigen, fragte sie leise flehend: »Kommst du?«

»Lass mich eine Nacht darüber schlafen«, wich Lott aus.

»Okay, ruf mich an. Meine Nummer hast du ja jetzt auf deinem Display.«

Sie drückte ohne Gruß das Gespräch weg. Lott hielt den Hörer noch in der Hand, als Elli, seine Frau, zu ihm trat.

»Wer war das?« Ellis Frage klang misstrauisch.

»Ilse Steenpaß, eine Jugendfreundin, wir hatten vier Jahrzehnte lang keinen Kontakt mehr.«

»Und jetzt ruft sie dich an? Geht es um ein Klassentreffen?«

»Ihre Tochter ist verschwunden.«

»Und du sollst sie suchen?«

»Ja.«

»Mach dich doch nicht lächerlich.«

Elli gab sich plötzlich aufgewühlt, räumte geräuschvoll das Frühstücksgeschirr in den Schrank und schlug die Tür beim Hinausgehen ein klein wenig zu heftig zu. Das war ganz und gar nicht Ellis Art, die seit jeher unter Harmoniesucht litt. Der häusliche Friede, er war in Gefahr.

Lott legte das Telefon auf die Station zurück, starrte aus dem Fenster seiner Tübinger Wohnung, hinüber zu den Baumwipfeln, über denen sich ein spätes Gewitter zusammenbraute. Es war Mitte September.

Seit ein paar Wochen befand er sich im Ruhestand. Als Leiter des Dezernats für Sonderfälle bei der LPD Tübingen hatte er sich verabschiedet. Er war jetzt 60 Jahre alt, und sein Leben war an jenem Punkt angelangt, von dem er erwartete, noch mindestens ein Jahrzehnt lang in Ruhe und relativer Bescheidenheit sich mit all den Dingen beschäftigen zu können, für die ihm in seinen Dienstjahren die Zeit gefehlt hatte.

Bücher lesen, die er schon immer lesen wollte, Orte besuchen, die in seiner Sehnsuchtsdatei gespeichert lagen. Städte, die in Reichweite lagen. Wien, Paris, Rom. Und einmal vielleicht noch über den großen Teich nach New York. Venedig sehen und nicht gleich sterben. Aber auch das Ländle mit all den kleinen und großen Sehenswürdigkeiten, die quasi vor der Haustür lagen. Diese abzuklappern wie bis vor Kurzem die Termine in seinem Dienstplan, war doch eine sinnerfüllte Aufgabe.

Allerdings war er in seinem Pensionistendasein noch nicht wirklich angekommen. Gab sich noch allzu geschäftig, hatte noch dies und jenes zu erledigen, Steuergeschichten, Krankenkasse, eigentlich hatte er Angst vor dem Stillstand. Dabei war ihm dieses zu erwartende Leben, diese vorgegaukelte Freiheit in letzter Zeit wie ein Luftschloss vor der Nase herumgetanzt. Vor allem, seit Ellis Gesundheit mehr und mehr zu wünschen übrig ließ. Ihre immer häufiger auftretenden Panikattacken, als Folge ihrer Atemwegserkrankung, eine ständige Bedrohung darstellten.

Mit Elli ein paar Wochen auf eine Nordseeinsel, Langeoog, Wangerooge, oder auch auf einem dieser schwimmenden Seniorenheime durch das Mittelmeer schippern. Das würde ihren Bronchien guttun.

Auch was Flaubert betraf, dem in die Jahre gekommenen Golden Retriever, hatte er bereits Pläne geschmiedet. Ausgedehnte Spaziergänge, soweit die eigene lädierte Hüfte es zuließ, über die Wacholderwiesen der Schwäbischen Alb.

Zudem hatte Lott vor, von Tübingen wegzuziehen, wieder nach Ulm zurück, wo er geboren und aufgewachsen war und die meisten seiner Dienstjahre als Erster Kriminalhauptkommissar absolviert hatte. Dort waren doch seine und irgendwie auch Ellis Wurzeln. 30 ihrer Ehejahre hatten sie in der Münsterstadt verbracht.

Und nun dieser Anruf, der mit einem Male alle Pläne wieder hintenanstellte, wenn nicht gar über den Haufen warf.

Elli kam zurück. Ihr Gesicht zeigte rote Flecken, und sie atmete hektisch.

»Was wollte diese Frau wirklich von dir?«

»So wie ich gesagt habe, ich soll ihr helfen, ihre verschwundene Tochter zu suchen.«

»Gibt es dort, wo sie wohnt, keine Polizei? Wo wohnt sie überhaupt?«

»Am Tegernsee.«

Elli lachte schrill auf. Ihre Miene verfinsterte sich, ihre Augen blinzelten dabei aufgeregt.

Lott lächelte gequält und schüttelte den Kopf. »Elli, wir haben uns mehr als 40 Jahre weder gesprochen noch gesehen, auch nie geschrieben. Nicht einmal eine Karte zu Weihnachten oder zum Geburtstag.«

»Ihren Geburtstag weißt du also noch?«

»12. Mai«, antwortete Lott.

»Du kannst dir doch sonst keine Geburtstage merken.«

»Vier Monate nach mir. Das Datum hat sich mir irgendwie eingeprägt.«

»Soso«, zischelte die Ehefrau.

»Bist du etwa eifersüchtig?« Lott horchte auf.

»Du hast mir nie von ihr erzählt«, klagte Elli mit einem nicht zu überhörenden Vorwurf in der Stimme.

»Wir waren nur ein halbes Jahr zusammen. Ich war 19 und sie ein Jahr jünger oder auch älter, ich weiß es nicht mehr. Es war vor deiner Zeit.«

»Trotzdem hättest du mir doch irgendwann einmal von ihr erzählen können. War diese Liebe so einschneidend für dich gewesen, dass du sie ein Leben lang vor mir verschweigen musstest?«

»Elli, du siehst Gespenster.«

»Aber warum hast du nicht?«

»Anfänglich wollte ich dich vermutlich nicht beunruhigen damit. Und später war Ilse einfach kein Thema mehr. Ich hatte sie vergessen.«

»Oder verdrängt.«

»Wenn du so willst, bitte.«

»Aber was wollte sie wirklich von dir, nach 40 Jahren, wie du sagst. Das mit ihrer Tochter ist doch Unfug. Schließlich gibt es doch am Tegernsee auch so etwas wie eine Polizei.«

»Sie hat eine Vermisstenanzeige bei den Kollegen dort aufgegeben, aber die tun nichts, meinte Ilse. Deshalb hat sie mich gebeten zu kommen.«

Elli lachte künstlich. »Das ist doch ein Vorwand!«

Lott konnte nicht anders, als Elli sofort zu umarmen.

Sie waren beide in den Zeiten der sexuellen Revolution zusammengekommen, hatten gegenseitig jeden Seitensprung toleriert, Eifersucht war ein Fremdwort gewesen. Und nun, da die Gelegenheiten mehr als rar geworden waren, *eiferte* sie, wie man in Bayern sagt.

Elli sträubte sich halbherzig gegen Lotts Umarmung, ließ es dann aber geschehen, und als sie sich wieder von ihm befreit hatte, wisperte sie: »Bei mir hast du nur einen Konkurrenten, und das ist der Tod. Du aber ziehst die Weiber noch immer an. Sie spüren dein Testosteron.«

Lott fühlte sich geschmeichelt, erwiderte aber. »Du weißt doch am besten, wie es um mein Testosteron bestellt ist …«

Elli unterbrach: »Das zwischen uns hat sich halt aufgebraucht.«

»Es hat sich überhaupt aufgebraucht oder auf eine keusche Lebensfreude reduziert«, beruhigte Lott seine Frau.

Elli atmete tief durch und fragte vorsichtig an: »Wirst du fahren?«

»Ich werde eine Nacht lang darüber schlafen«, antwortete Lott.

KAPITEL 2 – DER SEE

Hinter Finsterwald sah er den See. Er musste jetzt anhalten. Einfach weiterfahren, das ging nicht. Er stellte den Wagen an einer Einbuchtung ab und ging die wenigen Schritte zum Ufer hinunter. Das war er also, der Tegernsee, den er vor mehr als 40 Jahren zum letzten Mal gesehen hatte. Er blickte zum gegenüberliegenden Ufer. Die Namen wurden ihm wieder geläufig. Bilder und auch Wörter, vor so langer Zeit aufgesogen und irgendwo abgelegt in einem hinteren Winkel seines Vertrautheitsgedächtnisses. Jetzt tauchten sie plötzlich wieder auf; wie versunkene Schätze aus dem Meer plötzlich irgendwo an Land gespült werden. Kaltenbrunn. Gmund. Und wenn er in Richtung Rottach-Egern schaute, der Wallberg.

Jetzt konnte er auch die Erinnerungen nicht mehr im Zaum halten. Sie galoppierten los wie Pferde, die man ein Leben lang im Verschlag gehalten hatte und nun plötzlich freiließ: Der »Roßtag« am ersten Septembersonntag. Die Wanderung auf dem Leberghöhenweg. Das Ludwig-Thoma-Haus auf der Tuft'n und das Olaf-Gulbransson-Museum, in dem er ein Bändchen des norwegischen Karikaturisten erstanden hatte und es sich von der Witwe des Künstlers, Dagny Gulbransson, signieren ließ. Der Friedhof in Egern mit den Gräbern der Dichter Ludwig

Thoma und Ludwig Ganghofer. Und dem Opernsänger Leo Slezak. *Vom ersten Kuss bis in den Tod sich nur von Liebe sagen.* Ach ja. Da war er also mit Ilse davorgestanden, die Grabinschrift lesend, und hatte gemeint, dass dies auch für ihn und Ilse gelten könnte. Eine Liebe, die ein Leben lang halten würde, die von Vergänglichkeit nichts weiß und die selbst den Tod überdauerte. Dass diese Liebe sich nach einem halben Jahr wieder aus dem Staub gemacht hatte, war nicht der Plan gewesen.

Man denkt oft, die Liebe sei stärker als die Zeit. Aber immer ist die Zeit stärker als die Liebe. Eine Tucholsky-Weisheit, an die sich Lott jetzt erinnerte. Er hatte nicht viel von diesem Schriftsteller gelesen, aber dieser Satz war ihm im Gedächtnis geblieben. Vielleicht, weil er eine Brücke zu Ilse war. Eine geheime Brücke, von der Elli nichts wusste, vielleicht nichts wissen durfte, die ihn aber in manchen Nächten, über die Jahrzehnte hinweg, in das Stückchen Vergangenheit führte, über das er nie gesprochen hatte. Nicht einmal, als Elli ihm das »Sudelbuch« schenkte, was ihm im Nachhinein grotesk erschien. Diese Verteidigung der Barriere zwischen Ilse und seinem folgenden Leben, die Ilses Anruf nun durchbrochen hatte.

Lott ging zum Wagen zurück, stieg ein und fuhr die wenigen Kilometer bis Bad Wiessee. Fußgänger drängten dort im Zentrum über die Straße, Kurgäste, Einheimische. Und eine Anzahl verschleierter Frauen, die der Kurklinik zuströmten.

Lott grinste. Die Zeit hat auch hier nicht haltgemacht. Linker Hand tauchte jetzt Abwinkel auf, auch dort war er mit Ilse gewandert. Gab es überhaupt einen Fleck im ganzen Tal, der ihn nicht an Ilse erinnern würde?

Er würde sie wiedersehen. Aber es würde kein Besuch werden, um Erinnerungen wieder aufleben zu lassen. Ilse hatte ihn gerufen, weil sie seine Hilfe brauchte. Ihre Tochter war verschwunden, die auf der Jagd nach einem bislang unbekannten Manuskript des Dichters Kurt Tucholsky gewesen war. Von dieser Jagd aber war sie nicht wieder heimgekehrt. Ihm aber hatte einst Mary Tucholsky das Geheimnis um dieses mysteriöse Manuskript anvertraut.

Ihm und Ilse.

Vor 40 Jahren.

Hinter dem Ort Weißach bog die Straße nach Rottach-Egern ab. Er las das Ortsschild. Und spürte, wie Schweißtropfen auf seiner Stirn perlten. Sonnenmoosstraße. Er vergewisserte sich, kramte den Notizzettel mit ihrer Adresse hervor und prägte sich die Hausnummer ein. An der nächsten Ampel musste er rechts abbiegen. Wenige Minuten noch, dann würde er Ilse, die vor mehr als vier Jahrzehnten seine Geliebte gewesen war, wiedersehen. Sein Herz klopfte. Der Klingelton seines Handys aber war lauter: *Forever Young.*

Elli war dran, fragte, ob er schon dort wäre.

»Ja«, sagte Lott, »ich bin soeben am Tegernsee angekommen.«

Elli atmete laut durchs Telefon und legte auf.

*

Sie umarmten sich, drückten ihre Körper aneinander. Eine Berührung nach so vielen Jahren empfand Lott als fremd und vertraut zugleich. Als sie einander wieder losließen, schaute er ihr tief in die Augen. Er wollte etwas sagen, aber da verschloss sie ihm den Mund. Ihr Kuss war hingehaucht, ein flüchtiges Tasten nach den Lippen des anderen. Danach war jede Bewegung geziert. Von beiden. Jeder hatte Angst davor, dem anderen zu nahe zu treten. Vier Jahrzehnte wogen schwer.

Lott wusste als Erster etwas zu sagen. »Du hast dich kaum verändert.«

»Du dich aber auch nicht«, antwortete Ilse.

Daraufhin lachten beide los, ertappt bei der jeweiligen Lüge.

Ilse brachte eine bereits offene Sektflasche und zwei Gläser, schenkte ein und sagte: »Willkommen in meinem Leben.«

Lott sagte nichts, stieß mit ihr an und nippte am Glas. Er mochte keinen Sekt, schon gar nicht um diese Tageszeit, trank jetzt aber aus Gefälligkeit.

Sie setzten sich gegenüber und schwiegen einander an. Jeder suchte im anderen etwas, das die 40 Jahre überdauert hatte.

Beide wurden fündig.

Es war das jeweilige Lächeln.

Ilses straffe Haut, die nur von wenigen Fältchen durchzogen war, fiel ihm auf. Ihr makelloser Teint, ihr Lippenrot, die gepflegten Hände, das von Friseuren rundum gewartete Haar, das kastanienbraun schimmerte. Sie musste viel Zeit und Aufwand für dieses Aussehen investiert haben.

Lotts Blick fiel, als er sich von Ilse kurz abwandte, jetzt auf das Porträtfoto einer jungen Frau. Es hing in einem hellen, schmalen Holzrahmen über einer bemalten Bauerntruhe.

»Ist das deine Tochter?«

»Ja, das ist Marie.« Ilse lächelte stolz. Wurde dann aber schnell wieder ernst.

»Wann hast du sie das letzte Mal gesehen?«, fragte Lott.

»Bevor sie nach Japan geflogen ist, das war vor sieben Wochen. Aber telefoniert haben wir vor genau 29 Tagen miteinander. Sie hat mich gleich nach ihrer Rückkehr vom Münchner Flughafen aus angerufen.«

»Was hat sie gesagt?«

»Mama, ich bin wieder da.«

»Und weiter?«

»Ich hab sie gefragt, ob ich sie vom Flughafen abholen soll. Da hat sie gelacht, und ich habe mir vorgestellt, dass sie den Kopf dabei schüttelt, während sie mir zu verstehen geben wollte, dass sie schon allein zurechtkomme.«

»Mehr nicht?«

»Bevor sie das Gespräch weggedrückt hat, machte sie noch eine etwas dubiose Andeutung wegen des Manuskripts.«

»Was genau hat sie gesagt?«

»Mama, die Dinge sind nicht so, wie sie sind. Und wie sind sie, habe ich zurückgefragt. Sensationell! Das hat sie richtig in den Hörer gebrüllt. Ich war neugierig. Ja, ich platzte förmlich vor Neugierde. Tuchos verschwundenes und wieder aufgetauchtes Manuskript war ja schließlich meine Baustelle gewesen. Aber sie hat mich hingehalten, hat: Überraschung, Mama!, gebrüllt und dann einfach aufgelegt.«

»War sie dabei allein, oder war jemand bei ihr?«

»Ich glaub, jemand hat im Hintergrund ihr Gespräch mitangehört. Ich hab das gespürt, man spürt so etwas ja, wenn etwas so gefiltert rüberkommt. Ein Freund vielleicht, der sie abgeholt hat. Sie klang auf jeden Fall schrecklich aufgedreht. Aber das lag wohl auch an dem Umstand, dass sie jetzt wieder hier war, nach sechs

Wochen, in denen wir lediglich ein paar Mal miteinander telefoniert hatten.«

»Du sagtest, sie wäre wegen des Manuskripts nach Tokio geflogen?«

»Es ist eine Spur, hatte Marie gesagt. Die erste halbwegs glaubwürdige, seit ich ihr den Floh mit dem Tucholsky-Manuskript ins Ohr gesetzt habe. *Schwanenschrei.* Das Gerücht darüber geistert nun seit vier Jahrzehnten immer wieder durch die literarische Gerüchteküche. Kannst du dich noch erinnern? Damals, als wir bei Mary Tucholsky waren.«

»Natürlich erinnere ich mich«, entgegnete Lott. »Das hab ich dir doch schon am Telefon gesagt. Es gab Apfelstrudel zum Kaffee, und dich hat sie durchs ganze Archiv geführt, nur weil du ein Referat über Tucholsky halten solltest.«

Ilse schnaufte. Dann stand sie plötzlich auf, holte das Foto von der Kommode und reichte es Lott.

»Bitte finde meine Marie. Die Ehe, die ich geführt habe, war nicht immer leicht, da war Marie mir immer ein Lichtstrahl gewesen. Und ist es noch immer.«

Lott betrachtete das Bild der jungen Frau. Dunkelbraunes kurzes Haar, braune Augen, ein herausfordernder Mund mit geschwungenen Lippen. Lott glaubte, in dieser Aufnahme auch die Züge der Mutter zu erkennen.

»Ich habe natürlich noch jede Menge Fotos, auf denen die ganze Marie zu sehen ist. Sie ist größer als ich, hat eine etwas kräftigere Figur, wie ich sie in ihrem Alter nicht hatte, aber die hat sie wohl von ihrem Vater geerbt.«

Ilse lächelte bitter. Über ihre Wangen kullerten einzelne Tränen, die sie mit dem Handrücken stoppte und wegwischte. Dann machte sie Anstalten, sich zusammenreißen zu wollen, und sagte mit burschikosem Anstrich: »Jetzt führe ich dich aber erst einmal durchs Haus und zeig dir auch, wo du schläfst.«

»Soll ich nicht ins Hotel?«

Ilse schüttelte vehement den Kopf. »Wir haben hier sechs Gästezimmer. Du kannst dir auch gerne ein anderes aussuchen, wenn dir das, was ich für dich gedacht habe, nicht gefällt. Aber Hotel kommt nicht infrage. Das Haus hier ist so groß. Wir könnten uns darin ohne Anstrengung wochenlang aus dem Weg gehen.«

Lott errötete und folgte Ilse ins für ihn vorgesehene Gästezimmer. Es war geräumig mit zwei Fenstern und einer Balkontür nach Süden. Rustikal möbliert, mit einem bemalten Bauernschrank an der Seite und einem wuchtigen Doppelbett in der Mitte. *Original Tegernseer Möbelschreinerarbeit.*

Lott sah sich um. So, hatte er damals, als er mit Ilse zusammen war, geträumt, würde ich gerne wohnen. Aber der Traum hatte sich so schnell wieder aufgelöst wie der Frühnebel an jenem Tegernseer Frühherbsttag, an dem sie gemeinsam zum Roßwandweg gewandert waren, um Mary Tucholsky zu besuchen.

»Ich hol dir dein Gepäck«, bot Ilse sich an und riss Lott aus seinen Gedanken.

»Lass nur, ich mach das schon«, wehrte Lott ab, ging durchs Zimmer und öffnete die Tür zum Balkon. Er machte einen Schritt nach draußen und atmete kräftig durch. Und hörte vom Fuß des Wallbergs her das brunftige Röhren der Hirsche.

*

Als sie sich später in dieser Wohnlandschaft, die Ilse als ihr Wohnzimmer bezeichnete, wieder gegenübersaßen, suchten beide nach einem Anfang.

»Erzähl mir von deiner Tochter«, sagte Lott schließlich.

Ilse wehrte ab. »Lass uns erst über uns reden.«

Aber dann schwieg sie.

Und Lott auch.

Sie schauten einander an und flohen dann den gegenseitigen Blick. Ein Glastisch stand zwischen ihnen. Vielleicht hätte Ilse sonst nach seiner Hand gegriffen oder er nach der ihren.

Ilse schien Lotts Gedanken zu ahnen. Lächelnd sagte sie: »Es war wie Glas zwischen uns.«

Lott verstand nicht.

»Es ist die Geschichte von Mary und Kurt Tucholsky. Klaus Bellin hat sein Buch über die beiden so genannt. ›Es war wie Glas zwischen uns‹.«

Lott lächelte und versprach: »Ich werde es lesen.«

»Zwischen uns steht nicht Glas, sondern stehen vier Jahrzehnte«, seufzte Ilse. »Auch zu viel Erinnerung lässt sich manchmal schwer in Worte packen.«

Lott half ihr auf die Sprünge: »Wir haben uns getrennt, ohne miteinander Schluss zu machen.«

Ilse griff den Faden auf: »Die Anrufe wurden seltener, und plötzlich gab es sie überhaupt nicht mehr.«

»Ich wohnte noch bei meinen Eltern, aber zum Telefonieren bin ich immer zur Telefonzelle gegangen. Die sollten schließlich nicht mithören, was ich alles zu dir sage. Wenn du mich angerufen hast, musste ich meine Mutter immer aus dem Zimmer bitten.«

»Gab es die Telefonzelle plötzlich nicht mehr?« Ilse lächelte herausfordernd, ohne auf eine Antwort zu warten.

»Ich, liebe Ilse, ich war es, der zuletzt angerufen hat«, wehrte sich Lott.

Sie widersprach nicht. Stattdessen sagte sie: »Ich hatte mich in einen Kommilitonen verliebt.«

»Du gingst doch noch zur Schule!«

»Ich war gerade fertig damit und hab gleich zu studieren begonnen. Fred war mir schon zwei Semester voraus. Aber das ging nicht lange. Er wollte nach Berlin, ich aber nicht. Da habe ich gemerkt, dass das mit Fred nur ein Strohfeuer war. Damals wollte ich dich anrufen, zu dir zurückkommen vielleicht, wenn du gewollt hättest. Jeden Tag hab ich an dich gedacht, aber dich anrufen, das hab ich mich nicht getraut.«

Nun war es Lott, der seufzte. »Bei mir war das ähnlich. Bis ich Elli kennenlernte, mit der ich bis heute verheiratet bin.«

»Vom ersten Kuss bis in den Tod sich nur von Liebe sagen«, zitierte Ilse, nicht ohne Ironie, die Inschrift auf Slezaks Grabstein.

»Wenn du so willst? Im Großen und Ganzen war das schon so.«

»Dann warst du deiner Frau die ganze Zeit über treu?«

Lott stockte. »Das nicht gerade, weißt du, es waren die wilden 70er und da fanden die 68er eigentlich erst statt. Freie Liebe oder wie immer wir den Quatsch auch nannten. Es waren die Ausreden für einen Seitensprung, für außereheliche Erfahrungen, wie wir das auch nannten. Ehrlich gesagt hockte tief in uns aber immer auch der kleine Teufel Eifersucht. Und im Grunde genommen waren wir auch nicht besser als die Spießer, die den Fasching brauchen, um legitim eine Sau rauszulassen.«

Ilse sagte eine Weile nichts, dachte wohl über Lotts Äußerungen nach. Dann fragte sie, um bewusst das Thema zu wechseln: »Und beruflich, wie ging es da weiter mit dir? Steil bergauf, kann ich mir denken.«

»Damals, unmittelbar nach unserer Zeit, habe ich in Villingen-Schwenningen an der Polizeihochschule studiert. Sechs Semester lang bis zum Abschluss. In Ulm kletterte ich dann wirklich die Karriereleiter hoch bis zum Ersten Kriminalhauptkommissar im Dezernat für Kapitalverbrechen.«

»Leiter der Mordkommission also«, fügte Ilse bewundernd ein.

»Wenn du so willst, ja. Nach der Polizeireform, die einiges durcheinandergebracht hat, bin ich zur Landespolizei nach Tübingen gewechselt und habe dort das Dezernat für Sonderfälle geleitet.«

»Aber in Ulm hast du jede Menge Mordfälle gelöst? Ich habe das gegoogelt.«

Lott fühlte sich geschmeichelt, dass Ilse, die in einem anderen Revier zu Hause war, davon gelesen hatte.

»Ich habe da jeweils eine Soko geleitet. Ja, es ist richtig, Ulm hat mich nie ganz losgelassen.«

»Und der Tegernsee?«

»Der ruhte wohl, um es etwas schmalzig auszudrücken, in den Regalen meiner Erinnerung, Und das mehr als 40 Jahre lang.«

»Bis vor zwei Tagen«, korrigierte Ilse ihn lachend.

Lott legte eine kleine Pause ein, ehe er bei Ilse nachhakte: »Und was war mit dir? Gab es da auch eine berufliche Karriere?«

»Mich hat der Tegernsee nicht losgelassen«, antwortete Ilse. »Dort hab ich den Max Strasser kennengelernt. Er war damals schon ein erfolgreicher Bauunternehmer und Lokalpolitiker, hatte die Firma von seinem Vater übernommen. Er hätte genauso gut von der Schule weg gleich in Rente gehen können, so viel Geld hatten die. Aber der Max war ein Macher. Er hat den Tegernsee mit Zubauen helfen.«

Lott glaubte, einen Vorwurf darin zu hören. Und fragte direkt: »Da schwingt doch eine leise, aber nicht zu überhörende Kritik mit. Hast du ihn denn nicht geliebt?«

»Ich glaub, ich hab ihn mehr bewundert als geliebt. Nicht so, wie man einen Dichter bewundert. Nicht so, wie Mary ihren Tucholsky bewundert hat. Es war mehr der Respekt vor einem, der solch eine Macht hat. Der mit entscheiden konnte, wer wo was bauen durfte oder nicht.«

»Dann hast du ihn wegen des Geldes geheiratet?«

»Das nicht gerade. Er hatte Charme. Außerdem bot sich mir plötzlich die Möglichkeit, am Tegernsee leben zu dürfen. Und das ohne jede Einschränkung, wie ich glaubte.«

»Hast du zu Ende studiert?«

»Das schon, mein Studium an den Nagel hängen, kam nicht infrage. Ich habe sogar promoviert.«

»Lass mich raten, dein Thema war Kurt Tucholsky?«

»Nein, das ging aus irgendwelchen Gründen nicht. Ich glaube, da gab es zu viel Konkurrenz und schon einige Anwärter darauf. Mein Thema hieß: *Die literarisch-politische Publizistik in der Nachkriegszeit 1945-1950.* Da hab ich freilich Tucholsky nicht außen vor gelassen. Hab immer wieder einen Spagat zur Weimarer Republik gewagt.«

»Dann muss ich dich wohl mit Frau Doktor anreden?«

Ilse lachte. »Nein. Niemand im Tal weiß davon. Und Mary Tucholsky, die es gewusst hat, hat es mit ins Grab genommen.«

»Warum hast du ein Geheimnis daraus gemacht?«

»Es handelt sich um einen Wunsch meines Mannes,

um es freundlich zu sagen. Befehl oder Maßnahme wäre wohl richtiger. Du trägst deinen Doktortitel bitte nicht in der Öffentlichkeit zur Schau. Die Leute werden sich das Maul zerreißen. O-Ton Strasser. Der Max wollte immer nur eine, die rein äußerlich was hermacht. Mit der er angeben konnte. Ein junges, hübsches Haserl halt.«

»Und du hast dir das gefallen lassen?«, warf Lott kopfschüttelnd ein.

»Als ich noch studiert habe, da hat er mir den Toleranten vorgespielt. Hat mich sogar ermuntert: Studier du nur fertig! Aber der Doktortitel hat ihm dann nicht gepasst. Eine Frau, die g'scheiter ist als ihr Mann, wäre nicht gut fürs G'schäft, hat er gemeint.«

Lott schwieg einen Moment, dann fragte er: »Wann ist dein Mann gestorben?«

»Im Januar werden es zwei Jahre. Er liegt noch auf dem alten Friedhof. Im pompösen Familiengrab derer von Strasser.«

Lott überging Ilses bitteren Ton und sagte: »Ich werde es mir anschauen, wenn ich die berühmten Gräber wieder besuche.«

»Tu das bitte nicht, es wäre zu viel der Ehre.«

»Versprochen«, sagte Lott.

Ilse schmunzelte. »Vom ersten Kuss bis in den Tod sich nur von Liebe sagen.«

Lott schmunzelte nun auch, einen Deut schamhafter als sie, als wäre das gegenseitige Versprechen von damals, jetzt, 40 Jahre später, ihm peinlich.

»Ich werde dann mal meinen Koffer holen«, kündigte er an und ging nach draußen zu seinem Wagen. Gerade, als er das Gepäck aus dem Kofferraum wuchtete, sprang ihn ein übermütiger Foxterrier an.

»Lass das, Balou!«, rief eine junge Frau, die den Hund wohl zu früh von der Leine gelassen hatte, aufgeregt.

»Kein Problem«, gab Lott Entwarnung und begann, den Hund am Nacken zu kraulen. »Balou heißt du also.«

»Hierher, Balou!«

Es war Ilse, die plötzlich im Türrahmen stand und nach ihrem Hund rief. Der Hund folgte und lief schwanzwedelnd zu ihr hin.

»Ich habe auch einen Hund«, erklärte Lott allen Beteiligten seine Gelassenheit.

»Das ist Gordana aus Kroatien, meine Haushaltshilfe«, stellte Ilse ihr Mädchen vor. »Und das ist Herr Lott, ein alter Freund von mir.«

Die beiden reichten sich die Hand.

»Pass auf, dass du nichts anstellst, Gordana, Herr Lott ist ein Kriminalkommissar.«

»Gewesen«, ergänzte Lott, und erwiderte den wachen Blick der jungen Kroatin.

»Er wird uns helfen, Marie zu finden.«

Gordana nickte höflich und senkte den Blick.

»Ich mach den Hund noch sauber«, erklärte sie dann und ging mit Balou ins Haus.

»Gordana ist eine Perle. Sie kümmert sich um Haus und Garten und um Balou. Und kochen kann sie, du wirst staunen.« Ilse geriet ins Schwärmen.

»Und hübsch ist sie auch«, grinste Lott.

»Hast du Appetit auf kroatische Küche?«

»Eigentlich wollte ich dich zum Essen einladen«, erwiderte Lott. »In die ›Post‹, ich kann mich noch gut an den Hirschbraten erinnern, den wir dort gegessen haben. Nie mehr habe ich seither so einen Hirschbraten gegessen. Ich kann mich sogar noch an den Namen der Kellnerin erinnern, sie hieß Maria und hat uns irgendwie bedauert, wie wir unser Geld zusammenkratzen mussten, um die Zeche bezahlen zu können.«

»Die ›Post‹ ist jetzt eine Raiffeisenbank«, sagte Ilse mit bedauernder Stimme.

»Das ist nicht dein Ernst? Die ›Post‹, das war doch … die hätte doch unter Denkmalschutz gehört«, ereiferte sich Lott.

»Du wirst so einiges nicht mehr wiedererkennen.«

»Was schlägst du dann vor?«

»Es gibt einen Chinesen, einen Italiener …«

Lott unterbrach ihre Aufzählung: »Die ›Seerose‹!«

Ilse lachte: »Gibt es so, wie du sie in Erinnerung hast, auch nicht mehr.«

Ungläubig schüttelte Lott sein Haupt. »Aber ›Angermaier‹, draußen Richtung Kühzagl, den gibt es doch bestimmt noch.«

»Ja, den ›Angermaier‹ gibt es noch«, bestätigte Ilse.

»Weißt du noch, das Touristenpaar, das uns gefragt hatte, wo bitte geht es *nach* Angermaier?«

Ilse lachte: »Du hast scheinbar wirklich nichts vergessen.«

»Das Gedächtnis ist wie ein Computer, der alles auf seiner Festplatte speichert, ohne eine Ordnung nach Wichtigkeit. Das Wichtige wird vergessen, das Belanglose spukt ein Leben lang in deinem Hirn herum und du wirst es nicht los.«

Ilse sagte nichts darauf, sondern strich Lott übers Revers und forderte: »Dann lass uns jetzt mal *nach* Angermaier gehen.«

Sie griff zum Telefon und reservierte einen Tisch dort.

*

Hier draußen schien sich kaum etwas verändert zu haben. Dieselben Bauernhöfe, die Wiesen, die engen Straßen. Alles war noch so, wie er es in der Erinnerung hatte. Hie und da ein Anbau vielleicht, ein Häuschen dazwischen. Auf den ersten Blick aber war dieser Teil des Tales noch in Ordnung. Auch die Auffahrt *nach* Angermaier, die Ilse jetzt nahm, schien ihm unverändert. Sie hatten Ilses Wagen genommen, einen Mercedes der Luxusklasse.

»Ist noch von meinem Mann«, hatte sie gesagt, als müsste sie sich für das protzige Fahrzeug entschuldigen.

Die Kellnerin führte die beiden an den reservierten Tisch und brachte die Speisekarte. Das Lokal war brechend voll.

»Dass du noch einen Tisch bekommen hast?«, wunderte sich Lott.

»Die Witwe vom Strasser bekommt immer einen Tisch, auch wenn man mich nicht mehr ganz so hofiert wie zu Lebzeiten meines Mannes. Aber dafür reicht es dann doch noch.«

Die Kellnerin kam an den Tisch zurück.

»Was darf ich Ihnen zu trinken bringen, Frau Strasser, und was Ihrer werten Begleitung?«

»Tegernseer Helles«, bestellte Lott. Ilse ein Wasser.

Lott schlug die Speisekarte auf und machte sich auf die Suche nach einem Hirschbraten.

»Hirschgulasch gibt es«, teilte er Ilse mit.

»Versau dir nicht den Zauber der Erinnerung«, warnte Ilse.

Lott wiegte den Kopf hin und her. »Vielleicht hast du recht. Dann nehme ich einen bayerischen Schweinebraten mit Kartoffelkloß. Und du?«

»Ich bin Vegetarierin.«

»Oh!«, sagte Lott. Dieses *Oh* klang wie eine Entschuldigung, dass er es nicht war.

»Immerhin gibt es auf der Karte jetzt sage und schreibe fünf vegetarische Gerichte. Das war vor ein paar Jahren noch anders. Ich nehme die Kässpätzle.«

Die Kellnerin notierte es.

»Für mich dasselbe«, sagte Lott.

*

»Ich muss mehr über deine Tochter wissen. Und über das Manuskript. Sonst kann ich dir nicht helfen.«

Ilse zögerte. Und wartete, bis die Kellnerin das Geschirr abgeräumt hatte.

»Einen Nachtisch, Frau Strasser?«

Ilse winkte ab.

»Und der Herr?«

»Einen Ramazotti.«

»Mit Eis und Zitrone?«

»Gerne.«

Die Kellnerin ging zum Tresen und gab die Bestellung auf.

»Ich will uns den Abend nicht verderben, Klaus. Wenn ich jetzt von meiner Tochter anfange …«

»Aber deshalb bin ich doch hier!«

»Nur deshalb?«, unterbrach Ilse Lotts Erklärung. Ihr Blick dabei beunruhigte ihn und er schaute kurz weg.

»Nein, nicht nur deshalb«, räumte er dann, wieder gefasst, ein. »Ich war neugierig auf dich.«

Jetzt war es Ilse, die dem Blick ihres Gegenübers auswich.

Und nach einer kurzen Weile griff Lott das Thema erneut auf.

»Wer ist Marie?«, fragte er.
»Lass uns das zu Hause besprechen.«
Ilse rief die Kellnerin und bat um die Rechnung.

*

Sie fuhr noch die Seestraße entlang, um Lott zu zeigen, wie die sich in den letzten 40 Jahren verändert hatte. Trotz der späten Stunde war die Vorzeigestraße noch immer stark frequentiert und, weil das Wetter mitmachte, auch von Fußgängern bevölkert.

Ilse gestand: »Nicht nur für die Touristen, auch für mich ist der Herbst hier im Tal die schönste Jahreszeit.«

Sie sprach dann vom Licht und den Farben und vom Röhren der Hirsche und dass dieses Ruhigerwerden der Natur auch ihrem Gusto entspräche.

Ilse zeigte auf die Parkanlage. »Da stehen jetzt die drei berühmtesten Talbewohner: Ganghofer, Thoma und Slezak. Fehlt nur noch mein Mann.« Ilse lachte bitter.

»Morgen zeig ich dir dann alles«, fuhr sie fort und hielt den Wagen an einer Straßenverengung, um dem entgegenkommenden Fahrzeug die Vorfahrt zu gewähren.

»Die Straßenführung ist auch neu«, erklärte Ilse.

Lott erkannte vieles wieder. Einiges neu herausgeputzt. Die Ladenlokale wohl anderweitig vermietet. Boutiquen, Juweliere, Antiquitäten. Kaum Praktisches noch. Aber so war das ja fast überall, wohin er auch kam. Das konnte seine sentimentalen Erinnerungsgedanken nicht beeinträchtigen. Kurz vor der Bucht aber erschrak er.

»Was ist das denn?«, fragte er Ilse.

»Eine neue Hotelanlage. Die alte ›Überfahrt‹ hat lange Zeit leer gestanden, irgendwann hat man sie abgerissen und dafür diesen Koloss hingestellt. Das ist jetzt das neue ›Seehotel Überfahrt‹.«

Lott hielt einen Moment inne. Dann wusste er, was ihn störte: »Es ist die Egerner Bucht, die im Schatten des Hotels wie ein Tümpel wirkt«, sagte er. »Ich hatte einfach viel mehr Wasser in Erinnerung.«

»Der Malerwinkel ist derselbe geblieben«, beruhigte ihn Ilse und lachte: »Entscheidend ist doch die Perspektive.«

Sie parkte den Wagen in der Aribostraße.

»Lass uns ein paar Schritte gehen«, schlug sie vor und stieg aus.

Sie gingen in Richtung Malerwinkel. Dort blieben sie stehen und schauten zur angestrahlten Kirche St. Laurentius.

»Du hast recht«, grinste Lott, »es ist noch immer dieselbe Postkarte.«

Dann drehte er sich um, ließ seinen Blick vom großen Hotel auf das kleine danebenstehende Slezak-Haus schwenken und seufzte. »Das wenigstens ist uns erhalten geblieben.«

»Uns?«, wiederholte Ilse fragend, wohl wissend, auf was ihr einstiger Geliebter anspielte und fuhr fort: »Das Hinterhäuschen, in dem wir unser Zimmer hatten, gibt es allerdings nicht mehr.«

»Schade«, sagte Lott.

»Ilse, Bilse, niemand will se«, gluckste Ilse da plötzlich und fragte: »Weißt du noch?«

Lott wurde rot. Er wusste nur zu genau, auf was Ilse jetzt anspielte, und das war ihm peinlich.

»Natürlich weiß ich das«, stammelte er schamhaft. Und erinnerte sich: Immer, wenn Ilse noch Lust hatte, und das hatte sie meistens, auch wenn sie eben miteinander geschlafen hatten, kalauerte sie diesen Satz als eine Art Aufforderung zum Handeln.

Lott drehte sein Gesicht in den Schatten des Straßenlichts, als wolle er sich darin verstecken. Aber Ilse schien ihre Gedanken bereits wieder woanders zu haben, denn sie lachte plötzlich schrill auf. »Erinnerst du dich noch an Martin Lauer, der gleich neben uns in dieser Hütte gewohnt hat?«

»Und ob ich mich daran erinnere«, schwelgte Lott jetzt wieder gefasst und rekapitulierte: »Seine Wohnstatt war nur über eine lange Treppe zu erreichen.«

»Manchmal spielte er Gitarre«, warf Ilse ein.

Und Lott: »Wir warteten darauf, dass er das Lied ›Die letzte Rose der Prärie‹, singen würde.«

Ilse kicherte. »Aber wir warteten umsonst. Er sang nämlich nie, sondern klimperte immer nur auf der Gitarre.«

*

Ilse brachte Wein. Und setzte sich Lott gegenüber.

»Marie war schon als Kind eine Träumerin«, begann sie. »Den Kühen mehr zugetan als den Menschen. Überhaupt allen Tieren. Ich glaube, sie ist schon als Vegetarierin auf die Welt gekommen. Zumindest erinnere ich mich nicht, dass sie jemals Fleisch gegessen hat. Im Gegensatz zu meinem Strasser, der sich fast ausschließlich von der hiesigen Fleischproduktion ernährt hat.« Ilse lächelte, hielt einen Moment lang inne, ehe sie weitererzählte: »Auch nichts Süßes. Das einzige Süß, das der gegessen hat, war der Senf zur Weißwurst. Aber die Tochter auf Händen getragen, obwohl sie ganz und gar nicht nach ihm geraten war. Auch nicht nach mir übrigens. Manchmal denke ich, sie ist einfach von einer Himmelswiese in meinen Bauch geplumpst.«

Ilse nippte am Weinglas und erzählte weiter: »Nach dem Abitur wollte Strasser, dass sie Betriebswirtschaft, Architektur oder auch Jura studiert. Irgendetwas eben, was auch für sein Baugeschäft von Nutzen sein könnte. Aber Marie wollte davon nichts wissen. Sie hat Landwirtschaft studiert, war aber auch nicht glücklich damit. Sie ist eben eher eine Praktische. Hat einige Sommer lang auf der Alm gelebt und ist mit den Kühen dann erst wieder beim Almabtrieb herunter ins Tal gewandert.«

Lott unterbrach: »Wo passt da das mysteriöse Tucholsky-Manuskript rein?«

»Marie hat viele Seiten«, wich Ilse aus.

»Aber wie kam sie darauf, danach zu fahnden?«

»Das war wohl meine Schuld. Mich hat dieses Manuskript Jahrzehnte lang nicht losgelassen. Anfänglich gab es ja immer wieder eine neue Spur, die sich aber jedes Mal als Trugspur, von irgendeinem Wichtigtuer in die Welt gesetzt, erwiesen hat. Das ging, solange Mary gelebt hat, immer in einem gewissen Turnus so weiter.«

»Wann ist Mary Tucholsky gestorben?«

»Im Oktober 1987. Sie wurde 89 Jahre alt. Die letzten Jahre hat sie im Seniorenheim in Kreuth verbracht. Ich hab sie dort regelmäßig besucht. Wir haben über vieles gesprochen, hin und wieder auch noch über den *Schwanenschrei*.«

»Und ihre Meinung dazu?«

»Mary war bis zuletzt so empört darüber wie am ersten Tag. Das war schon lustig.«

»Und wie bist du nach Marys Tod mit der Geschichte verblieben?«

»Noch auf ihrer Beerdigung hat mich ein Mann auf das Manuskript angesprochen. Er gab vor, ein Münchner Antiquar zu sein, und wollte, bevor er es über ein Auktionshaus anbieten würde, mir den Vorzug geben. ›Die Strassers sind doch Millionäre, die bezahlen diese Kleinigkeit doch aus der Portokasse.‹ So hat der gesprochen. Ein unangenehmer Mensch.«

»Wie viel wollte er?«

»Nur zwei Millionen.« Ilse grinste.

»Dafür kannst du eine Menge Briefe verschicken.«

»Ich hab ihn auf eine Million heruntergehandelt.«

Lott feixte: »Für die Frau Strasser sind das ja Peanuts.«

»Ich war gespannt. Und wartete. Aber nichts geschah. Und bevor ich meinen Mann in dieses Geschäft einweihen konnte, las ich in der ›Tegernseer Zeitung‹ vom Tod dieses Mannes. Es war ein Foto dabei, ich erkannte ihn sofort. Er war übrigens kein Antiquar, sondern ein Anlageberater von zweifelhaftem Ruf, wie es die Zeitung vorsichtig ausgedrückt hat.«

»Wie ist er denn ums Leben gekommen?«, fragte Lott.

»Suizid, er hat sich in seiner Garage mit den Abgasen seines Wagens umgebracht. Du weißt ja sicher, wie das geht. Die Ermittler hatten ein Fremdverschulden ausgeschlossen.«

Lott schnaufte, als zweifelte er daran. Ilse bemerkte es und schaute Lott fragend an. »Er hat ein Millionengeschäft in Aussicht und bringt sich um?«, reagierte Lott ungläubig.

»Ich habe den ermittelnden Beamten damals nichts von dem Manuskript gesagt. Ich weiß nicht warum, es war ein Bauchgefühl. Hinterher habe ich mir des Öfteren deswegen Vorwürfe gemacht.«

»Und wie ging es weiter?«

»Gar nicht. Sechs Jahre lang Schweigen. Dann eine neue Spur. Eine Postkarte an mich. Der Text:

Betr: Schwanenschrei,

Daher mag ich auch nicht, daß das jemand Fremdes zu lesen bekommt … Deinen Eingang segne Gott (noch immer 2 Mio.) – meinen Eingang gleichermaßen.

Mehr nicht. Keine Adresse, keine Telefonnummer, kein Hinweis auf eine Geldübergabe. Nichts.«

»Konntest du dir einen Reim draufmachen?«

»Es waren zwei Zeilen aus Tuchos *Q-Tagebüchern*, nur die zwei Millionen hatte er den Zeilen untergejubelt.«

»Q-Tagebücher?«, hakte Lott fragend nach.

Ilse erklärte: »Das *Q* stand für *ich quatsche*. Diese Tagebuchblätter legte er den Briefen an seine Zürcher Freundin Dr. Hedwig Müller bei. *Das Politische habe ich anliegend, damit es nicht den Brief kapott macht,* schrieb ihr Tucho in einem dieser ersten Briefe an Nuuna, wie er seine Zürcher Freundin nannte.«

Lott hörte gespannt zu, dann sagte er: »Der Anbieter war demnach ein Tucholsky-Kenner.«

»Nicht unbedingt«, widersprach Ilse. »Die Q-Tagebücher sind bereits 1978 erschienen und waren somit für jedermann zugänglich wie auch die Briefe an Nuuna, die ein Jahr zuvor erschienen waren. Beide Bände hat übrigens Mary Tucholsky noch selbst mit herausgegeben.«

Ilse stand auf, ging in das anliegende Zimmer und kam mit den beiden Bänden zurück. Sie reichte sie Lott, der gleich begann, darin zu blättern. Dann wandte er sich wieder Ilse zu.

»Was ist weiter geschehen, hat sich der Kartenschreiber noch einmal gemeldet?«

»Überhaupt nicht«, wisperte Ilse. »Das ist ja das Verrückte daran. Er will mir das Manuskript anbieten, will zwei Millionen, damals noch D-Mark, dafür, und meldet sich nicht mehr.«

Lott trank sein Weinglas leer, Ilse schenkte nach. Während sie noch einmal miteinander anstießen, schüttelte Lott den Kopf und fragte lächelnd: »Hast du danach wieder nach mysteriösen Todesfällen gefahndet?«

»Das hab ich wirklich«, lachte Ilse, »aber ohne Erfolg.«

Sie griff zum Glas und nahm einen Schluck.

»Und wie geht die Geschichte weiter?«, fragte Lott.

»Die Geschichte verblasste mit der Zeit. Zudem hatte sich mein Mann ein wenig an der Börse verspekuliert, ohne dass er freilich dabei arm geworden wäre, aber er tat zumindest so. Und Marie hatte auch so ihre Probleme, da geriet Tucholsky wieder zur absoluten Nebensache, bis, ja, bis Marie mich auf eine Internetseite aufmerksam machte, die von einem verloren gegangenen Kapitel aus Tucholskys ›Pyrenäenreise‹ berichtete, das angeblich wieder aufgetaucht wäre. Natürlich war es das nicht, wie sich bald herausstellte. Aber Maries Neugierde war geweckt.«

»Hatte sie denn von dem Schwanenschrei gewusst?«

»Ich habe die Geschichte gewiss einmal erzählt, aber ich kann mich nicht daran erinnern, dass sie auf Marie Eindruck gemacht hat. Das war ja auch nicht so ihre Welt. Erst später hat sich mich einmal darauf angesprochen und Interesse gezeigt.«

»Wann genau war das?«

»Anfang des neuen Jahrtausends. Aber das Interesse verflog bald wieder. Es gab ja auch keine neuen Erkenntnisse, und für mich war inzwischen klar, was Mary Tucholsky schon immer gesagt hat: Es ist Unsinn! Ein solches Manuskript gibt es nicht. *Schwanenschrei*! Das ist nicht Tucho.

Und von wegen Vermächtnis. Tucholskys gesamtes Werk ist ein Vermächtnis!«

Lott spürte, dass der Wein inzwischen Wirkung zeigte. Seine Zunge wurde schwer.

Und er hoffte, dass seine Frage nicht lallend daherkommen würde. Aber er musste fragen und darauf hoffen, dass Ilse es jetzt auf den Punkt bringen würde, warum sie ihn an den Tegernsee geholt hatte.

»Warum, glaubst du, ist Marie verschwunden, und was hat das mit dem verdammten Manuskript zu tun?«

»Ich habe noch einmal ein Angebot bekommen.«

»Wann?«

»Vor ein paar Monaten. Eine E-Mail, von einem Internet-Café aus gesendet.«

»Was stand drin?«

»Es war wieder eine Stelle aus den Q-Tagebuchblättern: *Schade. Ich berichte dann weiter, ich muss mal sehn, ob man nicht doch etwas drehn kann.*

Dahinter die Seitenangabe des Zitats und das Wort *Schwanenschrei.*«

»Vielleicht war der *Schwanenschrei*, so das Manuskript tatsächlich existieren sollte, lediglich eine größer angelegte Tagebuch-Lieferung?«, mutmaßte Lott.

»Es wäre eine Erklärung. Um kontrollieren zu können, ob sein Briefwechsel mit Nuuna wirklich lückenlos war, nummerierte Tucholsky seine Briefe samt Beilagen fortlaufend und ärgerte sich, wenn Nuuna vergaß, seinem Beispiel zu folgen. Und da gibt es tatsächlich Lücken.«

»Aber was könnte so gewichtig sein, um dafür eine solche Summe zu fordern?«, lallte Lott.

Ilse belächelte den Zungenschlag ihres Gegenübers, antwortete aber ernsthaft: »Das wahre Geld würde in der Weiterverwertung liegen. *Muss das Tucholsky-Bild neu gesehen werden?* Literaturkritik, Feuilletons, vor allem aber das Fernsehen. Jeder Bericht darüber würde demjenigen Geld einbringen, der das Manuskript hat und somit vermarkten kann. Die Rechte waren ja, 70 Jahre nach Tucholskys Tod, frei.«

»Wann kam dann Marie auf den Plan?«

»Ich habe sie eingeweiht, ihr die E-Mail gezeigt und erläutert. Und sie hat Feuer gefangen. Hat Blut geleckt, wie man so treffend sagt. Ist nur noch vor dem Computer gehockt, hat recherchiert und eine eigene Plattform dafür gefunden.«

»Und jemand hat angebissen?«

»Die letzte Mail hatte folgenden Wortlaut:

*Natürlich bin ich unruhig. Ich habe deinen unnummerierten Brief (*es folgte ein aktuelles Datum*) bekommen und wünsche Gögön und Lieschen alles Gute. Kleine Kinder haben ja bald eine hohe Temperatur, aber du mußt genau schreiben, wenn es vorüber ist. Ich habe heute Material aus Oslo bekommen.*«

Lott unterbrach: »Verstehst du das?«

»Es sind Bruchstücke aus Tuchos letztem Brief an Nuuna.«

»Hört sich nach einer verschlüsselten Nachricht an.«

»Das war wohl auch die Absicht des Schreibers. Marie hat, wie gesagt, Blut geleckt und hat sich darin verbissen.«

»Und du?«

»Ich wollte damit nichts mehr zu tun haben. Hab auch Marie geraten, die Finger davon zu lassen. Okay, erst setze ich ihr den Floh ins Ohr und dann lass ich sie damit allein. Aber dieser *Schwanenschrei* hat mir kein Glück gebracht.«

Lott schaute sie forschend an.

»Naja, es begann doch schon damit, dass wir uns getrennt haben.«

»Wir haben uns nicht getrennt. Ich glaube, unsere Liebe hat sich einfach aus dem Staub gemacht«, korrigierte Lott Ilses Aussage.

»Schön gesagt. Du hättest Dichter werden sollen.«

Lott lachte etwas abfällig.

»Ich mein das im Ernst.«

»Lass gut sein«, beschwichtige Lott.

Er stand auf und spürte den Boden unter sich schwanken.

»Ich denke, es ist Zeit fürs Bett.«

Ilse nickte. Zeigte Lott das untere Bad. Oben gab es ein zweites und ein drittes.

»Gute Nacht, Ilse«, sagte Lott und küsste sie auf beide Wangen.

»Danke, dass du gekommen bist«, erwiderte Ilse.

Dann gingen beide ihrer Wege. Ilse ins Bad. Lott, ohne sich zu waschen, in sein Zimmer. Er musste jetzt sofort liegen. Auf dem Rücken. Und die Decke anstarren. Die beste Methode, damit es einen nicht drehte. Durch das Fenster drang das Licht einer Straßenleuchte. Die Helligkeit war lästig, aber aufstehen, um den Vorhang vorzuziehen, wollte er auch nicht. Vielleicht war er auch nicht mehr fähig dazu.

Jetzt lag er da, starrte an die Decke und dachte an Mary Tucholsky. Er dachte an ihre Aufregung über den *Schwanenschrei*. Damals im September 69. Jetzt schloss sich der Kreis. Er nahm den Faden auf, den die Witwe vor mehr als 40 Jahren begonnen hatte aufzurollen. Wenn auch nicht aus eigenem Antrieb. Er dachte an die grauhaarige, so fein gepflegte Frau, an ihre ausgewogene Wortwahl und daran, dass sie 16 Stunden am Tag sich dem Werke ihres Mannes, mit dem sie nur eine kurze Zeit zusammengelebt hatte, widmete. Er wollte einschlafen, aber er konnte nicht. Er hörte das Muhen einer Kuh, dann die Hirsche, die am Fuß des Wallbergs ihre Brunftschreie röhrten. Er spürte einen Druck auf der Blase, stand auf und wankte aufs Klo. Die Tür zu Ilses Schlafzimmer stand einen Spaltbreit offen. Sie hatte noch Licht. Lott wollte möglichst geräuschlos in sein Zimmer zurück. Da hörte er Ilses Stimme:

»Ilse, Bilse, niemand will se!«

KAPITEL 3 –
DIE VERSCHWUNDENE TOCHTER

Lott wachte mit Kopfschmerzen auf. Kaum traute er sich, die Augen zu öffnen. Der Schmerz saß hartnäckig in der rechten Schläfe, ein paar Ausläufer davon auch im Nacken. Er setzte sich auf, ein Druck auf die Blase zwang ihn dazu. Er musste aufstehen, ob er nun wollte oder nicht. Er blinzelte in Richtung Fenster. Das Fenster nach Osten, also Morgensonne. Auch dem Licht sah man an, dass es Herbst geworden war. Die Farben rührten ihn. Alles erschien ihm wie damals, diese ganze Kulisse. Was fehlte, war die Leichtigkeit jener Tage. Was hatte er sich inzwischen nicht alles aufgeladen. Mit leichtem Gepäck durchs Leben wandern war eben doch nicht seine Sache gewesen. So sehr er das bei anderen bewunderte.

Von irgendwoher drang Geschirrgeklapper. Lott musste sich orientieren. Frühstück. Wo befand sich das Esszimmer? Er ging ins Bad, hatte Mühe beim Pinkeln, pinkelte schließlich doch und wusch sich, ging in sein Zimmer zurück und zog sich an. Ein frisches Hemd, dieselbe Hose. Er traf Gordana auf dem Flur und bat um eine Kopfschmerztablette.

»Frau Strasser ist schon weg. Sie mögen allein frühstücken, hat sie gesagt, Tisch ist schon gerichtet.« Sie führte Lott ins Esszimmer.

Später brachte sie die gewünschte Tablette. Er nahm sie mit einem Schluck Orangensaft.

»Wann kommt Frau Strasser wieder?«

»Mittag«, sagte sie.

»Wissen Sie, wo sie hin ist?«

Gordana hob die Achseln. Dann antwortete sie doch: »Irgendein Amt. Weiß nicht mehr, welches. Sagen Sie mir, wenn etwas fehlt. Trinken Sie Kaffee oder Tee?«

»Kaffee«, antwortete Lott.

Gordana ging und kam gleich wieder. Mit Kaffee. Ein Kännchen, wie im Hotel.

Lott betrachtete jetzt, da er den ersten Schluck Kaffee zu sich genommen hatte, das Frühstücksangebot. Es war üppig. Allerlei Brotsorten, Wurst und Käse, eine Auswahl Obst. Was fehlte, war der Appetit.

Gordana kam an den Tisch, fragte, ob er ein weiches Ei wünsche.

Wie im Hotel, dachte Lott und verneinte.

Dann aß er doch mehr, als er glaubte, vertragen zu können. Wurst, Käse, das ganze Programm. Und dachte dabei an Marie, die laut Ilse schon als Vegetarierin auf die Welt gekommen war. Gordana kam wieder an den Tisch, Lott vermutete, sie wolle bereits wieder abräumen, aber sie reichte Lott einen Zettel.

»Eine Nachricht von Frau Strasser für Sie. Lag auf dem Glastisch. Hab ich erst nicht gesehen.«

Lott bedankte sich und las:

Hab vergessen dir zu sagen, dass ich einen Notartermin habe. Ich bin spätestens 13.00 Uhr wieder daheim. Wenn du Kontakt mit der Polizeiinspektion in Wiessee aufnehmen willst, hier Adresse und Telefon: also Bad Wiessee,

Hügelweg 1, du biegst in Wiessee bei der letzten Straße Richtung See ab und folgst dem Hinweisschild. Telefon 0822/9878-0. Der leitende Beamte dort heißt Alois Wengartner.

Lott steckte den Zettel ein. Er nahm sein Handy und wollte dort anrufen. Tat es dann aber doch nicht. Ein persönliches Gespräch vor Ort erschien ihm ratsamer.

Auf dem Display leuchtete ihm jetzt Ellis Nummer entgegen. Sein letzter Anruf. Er drückte die entsprechende Taste und musste warten. Dann endlich nahm Elli ab. Schon ihr Atmen war der Vorwurf selbst.

Schnippisch fragte sie: »Und, wie war deine Nacht?«

»Kopfschmerzen«, antwortete Lott.

»Hast du mit ihr geschlafen?«

Lott lachte. Das Lachen war nicht echt.

»Also hast du?«

Lott schwieg. Er war wütend, dass Elli das fragte.

Weil Elli auf eine Antwort harrte, sagte er: »Ich habe mein eigenes Zimmer.«

Damit sollte alles gesagt sein. Hoffte er.

»Ein Nein hätte auch genügt«, schmollte Elli.

»Ich muss jetzt nach Wiessee, zu den Kollegen dort. Einen Anfang machen. Bin mal gespannt, wie die mich empfangen in ihrem Revier.«

»Wann kommst du heim?«

»Wenn ich Klarheit habe«, antwortete Lott.

Er spürte im selben Augenblick die Doppeldeutigkeit seiner Aussage. *Klarheit,* worüber denn? Was ging ihn Marie an, die Tochter einer Jugendliebe? Und was Ilse, die nur ein halbes Jahr lang sein Leben mitbestimmt hatte. Was, dieses mysteriöse Manuskript? Er war nicht mehr im Dienst, und selbst wenn: Der Tegernsee war fremdes Revier. Was also wollte er? Klarheit finden über sich und sein Leben? Ob er vor 40 Jahren vielleicht einen falschen Weg eingeschlagen hatte?

Blödsinn!

Lott nahm seine Jacke von der Garderobe und ging zu seinem Wagen.

*

Das Gebäude, in dem die Wiesseer Kollegen untergebracht waren, sah genau so aus, wie Lott sich das vorgestellt hatte: funktional, aber, architektonisch betrachtet, wenig ansprechend. Ein lang gezogener Bau, der vorgab, sich dem übrigen Landschaftsbild anpassen zu wollen, aber letztendlich doch herausfiel.

An der Pforte fragte er nach Alois Wengartner. Er war Hauptkommissar und Ilses Ansprechpartner gewesen. Eine Polizeibeamtin führte Lott in Wengartners Büro.

»Mein Name ist Klaus Lott, ich war bis vor Kurzem der Leiter des Dezernats für Sonderfälle bei der LPD in Tübingen, aber seit dem Frühsommer bin ich im Ruhestand.«

Wengartner stand auf und reichte Lott die Hand. Er wirkte überrascht.

»Sehr angenehm, Herr Lott. Was kann ich für Sie tun?«

»Es geht um Marie Strasser. Ich bin mit ihrer Mutter, der Ilse Strasser, befreundet. Sie hat mich um Unterstützung gebeten.«

Wengartner unterbrach: »Ist also die Marie noch nicht wieder aufgetaucht.«

»Nein«, antwortete Lott. »Frau Strasser wirft Ihnen vor, Sie hätten ihre Vermisstenanzeige nicht ernst genommen.«

Wengartner lächelte verlegen. Ein wenig grinste er auch, als er sagte: »Inzwischen kommt sie jede Woche vorbei und meldet ihre Tochter als vermisst.«

Lott horchte.

»Bei der ersten Vermisstenanzeige, das war vor circa zwei Jahren, hat sich herausgestellt, dass Marie eine Weile bei einem Freund gewohnt hat, wovon die Mutter angeblich nichts wusste, was Marie wiederum bestritt. Und beim zweiten Mal, ein paar Wochen später, hat sich Marie einfach zurückgezogen, um an ihrem neuen Roman zu schreiben. Angeblich wieder ohne der Mutter Bescheid zu sagen.«

»Marie Strasser ist Romanautorin?«

»Ja, es sind Kriminalromane, die hier im Tal spielen. Aber die größere Fantasie hat, glaube ich, die Mutter. Sieht überall Gespenster!«

Wengartner senkte wieder den Blick und sagte: »Seit Max Strassers Tod ist die Ilse etwas wunderlich geworden.«

Lott schluckte.

Plötzlich zweifelte er an Ilse. War sie verrückt geworden? Oder nur wunderlich? Wunderlich im Alter? Aber Ilse war ein Jahr jünger, wie er sich jetzt plötzlich sicher war. Noch keine 60. Hatte der Tod ihres Mannes sie verändert? Was war sie überhaupt für ein Mensch? Er kannte Ilse doch eigentlich gar nicht. Eine Jugendliebe, geprägt von Hormonen.

»Kümmern Sie sich um Ilse, aber suchen Sie nicht weiter«, sagte Wengartner, stand auf und ging auf Lott zu und gab ihm die Hand. »Es ist nur ein Rat«, sagte er und verabschiedete sich mit Handschlag.

Schon an der Tür drehte Lott sich noch einmal um.

»Eine Frage noch: Den letzten Anruf von Marie hat Ilse Strasser vom Münchner Flughafen aus empfangen.

Marie war eben gelandet, kam von Tokio. Haben Sie das überprüft?«

Wengartners Freundlichkeit war mit einem Male aus seinem Gesicht gewichen.

»Natürlich haben wir das«, antwortete er sichtlich brüskiert. »Auch wenn die Strasserin überspannt ist, so gehen wir doch jedem Hinweis ganz professionell nach. Marie Strasser stand nicht auf der Passagierliste. Sie war nicht in Tokio!«

*

Lott fuhr nach Rottach zurück und parkte in der Nördlichen Hauptstraße gegenüber der Bank, für die das »Gasthaus zur Post« hatte Platz machen müssen. Er erinnerte sich jetzt an die Tafel, die damals vor dem Eingang stand. *Heute besonders zu empfehlen.* Darunter die Angebote des Tages, Wörter, die seinen Speichelfluss anregten. Er war jung und hungrig gewesen. Auf Ilse, auf Sex und auf Hirschbraten mit Preiselbeeren.

Lott stieg aus und ging hinunter zur Seestraße. Bald war er an dem Park angelangt, an dem er mit Ilse gestern vorbeigefahren war. Darin die Plastiken der drei Berühmtheiten, die einst hier gelebt hatten. Aber Lott hatte keinen Blick für sie, auch nicht für den See und nicht für die Bäume, die die Farben des Herbstes trugen. Er dachte an Ilse. Und im Augenblick an nichts anderes. Warum hatte sie ihn geholt? War das Verschwinden von Marie wirklich der Grund dafür gewesen? Er zweifelte plötzlich. Warum hatte sie ihm nicht gesagt, dass ihre Tochter schon öfters weggeblieben war, und Ilse sie als vermisst gemeldet hatte. Warum hatte sich Wengartner so verhalten gegeben, dann aber, als es um die Passagierliste ging, plötzlich frostig reagiert? Lott setzte sich auf eine der Parkbänke und schaute auf den See. Es war nicht mehr der See wie vor 40 Jahren. Die Zeit hatte sich dazwischengedrängt.

Er spürte jetzt seine Hüfte und wollte zum Wagen zurück. Größere Strecken waren Gift für sein Gelenk. Die Hüfte, das alte Problem, mit dem er sich seit Jahren herumschlug. Eine einzige unachtsame Bewegung und schon meldete sie sich mit ihrer generativ-arthrotisch bedingten Kapselverdickung, ihrer Gelenkspaltverschmälerung und Pfannenrandusur im Bereich des rechten Acetabulumdaches zurück. Am Kapselansatz des oberen Pfannenrandes eine ödematöse Verdickung der Gelenkkapsel mit Kalkeinlagerungen. Der Befund war noch immer derselbe, nur ein wenig fortgeschrittener. Jetzt waren die Schmerzen wieder in ihrer ganzen Tragweite da, besetzten bald nicht nur mehr den Hüftbereich, sondern zogen die Ischias-Linie entlang Richtung Knie und annektierten bald Fessel und Wade.

Er drückte die entsprechenden Punkte, die den Schmerz vertreiben sollten. Und schaute dabei auf den See.

Er war doch noch derselbe.

Nur die Umstände des Betrachters hatten sich verändert.

Lott stand auf und ging zum Wagen zurück. Er wollte zum Roßwandweg. Obwohl er wusste, dass in Mary Tucholskys Haus längst andere Leute wohnten, zog es ihn da hin. An der Touristik-Information studierte er den Stadtplan. Dennoch verfuhr er sich ein paar Mal. Orientierung war nicht seine Stärke. Schließlich aber stand er vor Marys Haus. Alles sah noch aus wie damals. Keine Veränderung. Er blickte über den Zaun. Alles war ruhig. Es schien unbewohnt zu sein. Als er sich schon umdrehen und wieder zurückfahren wollte, öffnete sich die Haustür. Ein Mann trat heraus. Er hatte ein Gewehr in der Hand. Lott sah den Lauf des Gewehres auf sich gerichtet.

*

»Nehmen Sie doch Platz, Frau Strasser«, sagte Notar Karlheinz Hacker und führte Ilse Strasser in sein Büro. »Der Ort ist so klein, dennoch haben wir uns, glaube ich, seit dem Tod Ihres Mannes nicht mehr gesehen.«

Ilse reagierte nicht auf Hackers Feststellung und setzte sich wortlos dem Notar gegenüber.

»Was kann ich für Sie tun, Frau Strasser?«

»Es geht um die Hütte am Bodenschneid. Ich will sie nun doch loswerden. Sie sagten ja, dass Sie einen Interessenten dafür haben. Ist diese Aussage noch aktuell?«

»Natürlich ist sie das«, antwortete der Notar. »Der Interessent bin ja ich.«

»Marie ist seit ein paar Wochen verschwunden«, sagte Frau Strasser.

Hacker schaute sie verwundert an. Und sagte nur: »Das tut mir leid.«

»Eigentlich ist ja Marie die Erbin der Hütte, laut Testament meines verstorbenen Mannes, und ohne Maries Zustimmung kann ich sie eigentlich gar nicht verkaufen. Aber Marie will, dass ich sie verkaufe. Die Hütte hat ihr kein Glück gebracht.«

»Sie haben doch eine Vollmacht«, sagte Hacker bestätigend.

»Nein«, widersprach Ilse und seufzte laut.

Dann stand sie auf und reichte dem Notar die Hand.

»Es liegt ein Fluch auf dieser Hütte. Solange diese Hütte in unserem Besitz ist, wird Marie nicht zurückkommen.«

Der Notar schwieg. Aber seinem Gesichtsausdruck sah man an, was er dachte.

Ilse setzte sich plötzlich wieder und wartete, bis auch der Notar wieder seinen Platz eingenommen hatte.

»Dann wäre da noch eine andere Sache«, stieß Ilse vor.

»Ich höre.«

»Ich will, dass Sie mein Testament ändern.«

*

»Was suchen Sie hier?«

Die Frage des Mannes, der sein Gewehr auf Lott gerichtet hielt, war die Drohung selbst. Er ging jetzt Lott ein paar Schritte entgegen.

Lott versuchte, ihn zu beschwichtigen. »Ich war früher schon einmal hier. Bei Mary Tucholsky, die hier gewohnt hat. Jetzt wollte ich lediglich eine Erinnerung auffrischen.«

»Verschwinden Sie von meinem Grundstück!«

»Aber ich habe es doch überhaupt nicht betreten.«

»Dann verschwinden Sie eben von der Gartentür.«

»Ich werde mir wohl noch das Haus, von außen versteht sich, anschauen dürfen, in dem früher einmal Mary Tucholsky, die Witwe des großen Dichters, gewohnt hat.«

Lott redete mit Absicht derart gestelzt, aber der Mann mit dem Gewehr ließ sich davon nicht beeindrucken.

»Sie können mir erzählen, was Sie wollen, ich glaub Ihnen nicht!«, herrschte er Lott an.

»Was hat Sie so misstrauisch gemacht?«, fragte Lott.

»Erst neulich hab ich einen erwischt, wie er versucht hat,

in die Hütte einzudringen. Was glaubt ihr denn eigentlich, da zu finden?«

»Ich habe Frau Tucholsky gekannt, die hier vor vielen Jahren gewohnt hat. Deshalb bin ich für einen Moment stehen geblieben und habe das Haus betrachtet. Es hat sich kaum etwas verändert.«

»Und jetzt wollen Sie einen Blick nach drinnen werfen, ob da auch noch alles beim Alten geblieben ist, habe ich recht? Aber das funktioniert bei mir nicht, nicht noch einmal.«

»Heißt das, jemand hätte sich so Zutritt verschafft?«, hakte Lott nach.

»Was geht Sie das an?«

»Ich bin Polizist.«

Der Mann lachte schrill auf. »Dann zeigen Sie mal Ihren Dienstausweis her!«

»Ich muss mich korrigieren, ich bin nicht mehr im Dienst«, gestand Lott. »Seit ein paar Wochen bin ich im Ruhestand.«

»Dann scheren Sie sich gefälligst zum Teufel.«

Er nahm das Gewehr, das er zwischenzeitlich gesenkt gehalten hatte, wieder hoch und drohte. »Ich zähle bis drei!«

Lott spürte, dass mit dem Mann nicht zu spaßen war. Er hob beide Hände und wandte sich seinem Wagen zu.

*

»Du hast mir nicht gesagt, dass Marie Kriminalromane schreibt!«

Ilse schaute ihn groß an. Lott stand noch an der Tür, wartete auf eine Antwort.

»Mein Gott«, sagte Ilse und bewegte dabei ihre Arme, als wären es Flügel: »Ich liebe meine Tochter, weißt du, aber was sie schreibt, ist keine Literatur. Darauf kann ich nicht gerade stolz sein. Es ist minderwertige Unterhaltung, damit macht sie keinen Staat. Etwas Geld vielleicht, aber das ist dann auch schon alles. Meine Tochter ist kein Tucholsky!«

Trotz dieser Erklärung war Lott noch immer wütend.

Vorwurfsvoll sagte er: »Und manchmal zieht sich deine Marie einfach zum Schreiben zurück und sagt dir nichts. Und du gibst dann eine Vermisstenanzeige auf.«

»Hat das Wengartner behauptet?«

Lott zuckte mit den Achseln.

»Natürlich Wengartner, wer sonst. Als mein Mann noch lebte, hätte der sich das nicht getraut. Ja, ich habe die Marie als vermisst gemeldet, jetzt, vor einem Monat. Die vorigen Male aber waren es vage Befürchtungen, die ich ausgesprochen habe, man kennt sich ja schließlich seit Jahren. Eine offizielle Vermisstenanzeige aber habe ich erst beim letzten Mal aufgegeben, als Marie mich vom Münchner Flughafen aus angerufen hat und dann nicht nach Hause gekommen ist, nicht sofort und nicht die folgenden Tage, obwohl sie es versprochen, ja direkt angekündigt hatte. Habe ich dir das nicht geschildert?«

Lott nickte. »Ja, das hast du.«

»Mama, die Dinge sind nicht so, wie sie sind. Und dann mir in den Hörer gebrüllt hat: Sensationell sind sie!«

»Wie hatte Wengartner darauf reagiert?«

»Eigentlich gar nicht. Er hat sich meine Aussage notiert und karg geantwortet: ›Wir kümmern uns drum.‹ Und mich stehen lassen. Die Strasserin hätte man früher, als mein Mann noch lebte, nicht einfach stehen lassen. Egal, mit welchem Anliegen ich gekommen wäre. Die hätten sich überschlagen vor lauter Entgegenkommen. Diese widerlichen Schleimklumpen! Für den eigenen Vorteil taten die doch alles. Denen hätte man keine 30 Silberlinge für einen Verrat zahlen müssen. Die machten das kostenlos, nur um damit als letzter windiger Haken dieser Seilschaft anzugehören.«

»Welcher Seilschaft?«

»Das sind die Leute, die alles, was im Tal passiert, bestimmen und kontrollieren wollen. Einer von denen war mein Mann gewesen.«

Ilse hatte sich in Rage geredet. Lott dachte an Wengartner.

»Der Wiesseer Kollege hat behauptet, Marie wäre nicht auf der Passagierliste gestanden.«

»Dieses Arschloch!«

»Hast du das nachgeprüft?«

»Natürlich nicht! Dass Marie nicht auf der Passagierliste gestanden haben soll, höre ich zum ersten Mal.«

»Weißt du, ob die Wiesseer deine Vermisstenanzeige an die dafür zuständige Kripo weitergeleitet haben?«

»Die zuständige Kripo ist in Miesbach«, erklärte Ilse.

»Und, hat Wengartner das in die Wege geleitet?«

»›Wir kümmern uns drum‹, hat Wengartner gesagt. Ich nehme doch an, dass er diesen wohl nötigen Schritt in die Wege geleitet hat.«

»Wann hast du zuletzt mit ihm gesprochen?«

»Vor drei Tagen. Kurz bevor ich dich angerufen und um deine Hilfe gebeten habe.«

»Was hat er da gesagt?«

»Er hat mich behandelt, als ob ich verrückt wäre. Man weiß ja, dass die Strasserin eine Überspannte ist. Gesagt hat er's nicht, aber gedacht. Das habe ich ihm angesehen. Diesen bedauernden Blick von dem Wengartner Alois.«

»Er hat dir keinerlei Ergebnisse seiner Ermittlung, auch wenn sie negativ waren, mitgeteilt?«

»Nein. Vielleicht hätte ich dich sonst nicht angerufen.«

»Hast du einmal direkt mit der Miesbacher Kripo Kontakt aufgenommen?«

»Das hätte ich wohl tun müssen, aber ich hatte mich auf Wengartners Wort verlassen. Er war ja schließlich ein Freund meines Mannes gewesen. Naja, Freund vielleicht nicht gerade, eher ein Interessensgenosse.«

Lott stöhnte.

»Das kann ich ja noch tun, wenn du willst, auch sofort«, reagierte Ilse.

»Nein Ilse, lass mich das machen«, entgegnete Lott, »aber vorher muss ich noch einmal mit Wengartner reden.«

»Wozu?«

Lott verdrehte die Augen. »Weil du mich gerufen hast, damit ich dir helfe.«

*

»Maries erste Krimis waren kleine Liebeserklärungen an das Tal«, erzählte Ilse, während sie vor Lott die gesammelten Kriminalromane ihrer Tochter ausbreitete. »Eigentlich sind es Heimatromane mit einer eingeflochtenen Kriminalstory. Was diese auszeichnet, ist eine geradezu erschreckende Harmlosigkeit.« Ilse lachte. »Selbst die Wiesseer Polizei kommt gut weg, auch wenn sich die Herren etwas tumb und unbeholfen anstellen. Maries Heldin, eine Dorfpolizistin aus dem Tal, aber löst alle die kleinen und größeren Schandtaten der meist zugezogenen oder sich auf Urlaub befindenden Gauner.«

Nun war es Lott, der lachte.

»Das scheint neuerdings ein Trend zu sein«, stellte er dann schmunzelnd fest: »Einfache Dorfpolizisten klären Morde auf, während die Kommissare der Mordkommission sich in ihren eigenen Ermittlungsplänen verheddern und grundsätzlich im Dunklen tappen, während der einfache Dorfpolizist, oder Polizistin wie im vorliegenden Fall, den klaren Durchblick behält. Mein Gott, das sind wirklich die Heimatromane von heute.«

»Maries Konzept war es, möglichst viele heimatliche Begriffe darin unterzubringen, welche den Touristen, die ja in erster Linie ihre Leserschaft bilden, vertraut waren. Wallberg, ›Bachmair‹ oder ›Angermaier‹. Die Touristen sind doch entzückt, wenn sie das lesen und dann sagen können, da waren wir doch auch. Oder die Friedhofsbeschreibung, die bei Marie nie fehlt. Thoma, Ganghofer, Slezak, die dort ruhen, und die Maidi von Liebermann. Da sind wir auch gewesen, weißt du noch?«

Ilse wurde plötzlich still, und über ihre Wangen kullerten ein paar Tränen. Lott wollte sie trösten.

»Lass nur«, wich Ilse ihm aus. Dann sagte sie: »Nur ihr letztes Buch war anders. Es ist kein Krimi. Nicht im eigentlichen Sinn. Es heißt: ›Das gestohlene Tal‹.«

Sie griff zu dem Buch und drückte es Lott in die Hand.

»Es handelt vom Ausverkauf unserer Heimat. Einer der Hauptakteure ist dabei der Vater der Ermittlerin, in Wirklichkeit aber beschreibt Marie ihren eigenen Vater, den Max Strasser. Das Buch hat hohe Wellen hier geschlagen. Als Nestbeschmutzerin hat man sie beschimpft. Da hat sie sich wirklich mit allen angelegt.«

»Lass es mich lesen«, bat Lott.

*

Lott horchte seiner Erinnerung nach. Ilse kutschierte ihn durch die Seestraße, obwohl das ein Umweg war. Aber im Erinnerungenauffrischen standen sie sich um nichts nach. Nahe dem Malerwinkel parkte Ilse.

»Stand da nicht einmal ein anderes Haus?«, fragte Lott. »Ich hatte es schlichter in Erinnerung.«

»Da stand einmal das Fischerwebergütl«, erklärte Ilse, »bis sie es abgetragen und im Freilichtmuseum auf der Gentleiten wieder zusammengesetzt haben. Das Fischerwebergütl hat Platz machen müssen für einen Neubau, der eigentlich nicht hierher passt.«

»Ich verstehe den Grund nicht«, bemerkte Lott.

»Ich auch nicht«, antwortete Ilse. »Im Übrigen hat Marie in ihrem letzten Buch diesem Gütl ein ganzes Kapitel gewidmet.«

»Ich bin gespannt darauf«, sagte Lott, und ging Ilse voran, vorbei an der neuen »Überfahrt«. Im See schaukelte das Boot des Fährmanns. Dass er noch immer Leute ans andere Ufer übersetzte, berührte ihn.

Ilse griff nach Lotts Hand. »Weißt du noch …?«

Lott wurde rot. Er wusste, auf was Ilse jetzt anspielte. Auch sie hatten sich damals zum großen Parapluie übersetzen lassen. Und hatten dabei den Plan geschmiedet, dass, wenn es mit der Hochzeit soweit wäre, der Überführer sie sinngemäß vom ledigen Stand in die Ehe hinüberführen sollte. Die Trauung in der Egerner Kirche, das Festessen im Klosterbräu. Alles schon beschlossene Sache. Damals.

»Es muss dir nicht peinlich sein«, sagte Ilse. »Es war nur ein Jugendtraum.«

»Hast du ihn dir erfüllt?«

»Nicht wirklich. Mit dem Strasser wollte ich das nicht.

Das Brautpaar auf dem Überführer, das war unser Traum. Der Strasser ist selbst mit dem dicken Mercedes zur Tegernseer Kirche gefahren. Alles, was Rang und Namen hatte, war dort versammelt. Sogar der Ministerpräsident. Und anschließend eine Feier für 400 geladene Gäste. Wie bei einem Monarchen. Nur dass ich mich nicht als seine königliche Gemahlin gefühlt habe.«

»Warum hast du ihn dann geheiratet?«

Ilse schwieg.

Sie gingen am Malerwinkel entlang. An der Stelle, an der sie den See um eine Unvergänglichkeit ihrer Liebe angerufen hatten, blieben sie stehen. Sie mussten sich jetzt einfach küssen.

Dann lachten beide wie über einen Scherz und gingen weiter, Richtung Hundebad. So hieß jetzt das abgeteilte Wiesenstück, auf dem Hunde während der Badesaison Zutritt hatten.

»Lass uns umkehren«, bat Ilse.

Lott zeigte sich einverstanden.

Wortlos gingen sie zum Wagen zurück. Und fuhren dann weiter bis Wiessee.

»Ich hab noch einige Erledigungen zu machen«, teilte Ilse mit. »Geh du solange zu deinem bayrischen Kollegen.«

Lott stieg aus und ging die wenigen Schritte zum Polizeirevier.

*

»Marie stand nicht auf der Passagierliste. Das habe ich Ihnen doch schon gesagt.«

Wengartner zeigte sich ungehalten und überhaupt nicht kooperativ.

»Kann ich die Passagierliste sehen?«, bat Lott.

»Sie liegt bei den Kollegen in Miesbach«, brummte Wengartner.

»Dann wäre es vielleicht möglich, dass Ihre Kollegen dort sie rüber faxen?«

»Nein«, sagte Wengartner entschieden.

»Haben Sie denn kein Interesse daran, dass der Fall aufgeklärt wird?«

»Es gibt keinen Fall! Das Ganze ist ein Irrsinn!«

»Woher wollen Sie das wissen? Laut Ilse Strasser hat Marie sie vom Flughafen aus angerufen. Und das, so Ilse, hat überhaupt nicht danach geklungen, dass sie vor der Mutter die Flucht ergriffen hat.«

»Behauptet Frau Strasser!«

»Warum sollte sie lügen? Marie war zu diesem Zeitpunkt ja bereits weg. Warum also hätte sie diesen Telefonanruf erfinden sollen, Tage später, wohlgemerkt.«

»Marie stand nicht auf der Passagierliste und war demnach auch nicht in Japan«, beharrte Wengartner.

»Vielleicht hat sie einen anderen Flug genommen.«

»Die Miesbacher Kripo hat das doch alles geprüft und ist zu dem Ergebnis gekommen, dass Marie Strasser auf keiner der infrage kommenden Passagierlisten stand. Will das denn nicht in ihren Kopf!«

Lott zweifelte. Irgendetwas stimmte nicht. Jemand log. Aber er konnte nicht sagen, ob es am Ende vielleicht doch Ilse war, die ihm etwas vorspielte.

»Ich werde nach Miesbach fahren«, kündigte Lott an. »Vielleicht zeigen sich Ihre Kollegen kooperativer.«

Er war bereits an der Tür, als diese von außen geöffnet wurde und Ilse eintrat.

»Grüß dich, Ilse«, empfing Wengartner die Witwe mit

einem wenig herzlichen Gruß, der ihm gequält über die Lippen kam.

»Grüß Gott, Alois«, grüßte Ilse kühl zurück.

»Nimm doch Platz«, sagte Wengartner.

Ilse setzte sich. Lott stellte sich neben sie.

»Herr Wengartner weigert sich, uns einen Einblick in die Passagierliste zu gestatten.« Lotts Aussage klang gewollt spröde.

»Und warum nicht?«, fragte Ilse, Wengartner zugewandt.

»Vertraust du uns nicht mehr, Ilse?«, fragte Wengartner zurück. »Du setzt mir einen Kollegen aus dem Württembergischen vor die Nase? Warum nicht gleich ein Privatdetektiv. Aber genau genommen ist er das im Grunde ja auch. Der pensionierte Kriminalhauptkommissar aus Tübingen.«

Wengartner schnaufte tief durch. Dann sagte er: »Aber wenn ich dir einen Dienst damit erweise, rufe ich in Miesbach an.«

Er hielt den Telefonhörer bereits in der Hand und wählte durch. Und brachte sein Anliegen vor. Er bedankte sich und legte auf.

»Sie schicken uns die Liste gleich per Fax«, murmelte er.

Lott unterbrach das plötzlich eingetretene Schweigen, indem er Wengartner fragte: »Was wurde überhaupt unternommen, um Marie zu finden?«

Der Wiesseer Beamte war genervt. »Das fragen Sie doch bitte den leitenden Kriminalhauptkommissar von der Miesbacher Kripo. Ich will nichts mehr damit zu tun haben.«

Das Faxgerät kündigte das erwartete Schreiben an. Wengartner zog es heraus und reichte es Ilse, die sofort die Namen darauf überflog. Plötzlich stockte sie.

»Was ist?« Lott horchte.

»Unter den Passagieren gibt es eine Annegret Hagn«, sagte sie mit zitternder Stimme.

»Wer ist das?«, fragte Lott.

»Annegret Hagn ist eine Romanfigur. Marie hat der Protagonistin ihres letzten Romans diesen Namen gegeben. Eine Polizeianwärterin aus Hagrain.«

»Das kann bedeuten«, mutmaßte Lott, »Marie ist unter falschem Namen gereist.«

*

Lott lag in seinem Bett. Er wollte Elli anrufen, aber tat es dann doch nicht. Ihren Vorwürfen war er jetzt nicht gewachsen. Und mit unterschwelligen Vorwürfen gegen ihn würde sich Elli nicht zurückhalten. Also verschob er den Anruf. Der Abend war ja noch jung. Er hatte Ilse sein Unwohlsein gestanden, es ein wenig dramatisiert, weil er spürte, dass er jetzt Ruhe brauchte. Der Tag war für ihn gelaufen. Kopfschmerzen, Schwindelgefühle.

»Der Föhn«, hatte Ilse gesagt. Das reichte als Erklärung.

Jetzt lag er da, schloss die Augen und öffnete sie wieder. Unschlüssig, ob er Elli vielleicht doch gleich anrufen sollte, um es hinter sich zu haben.

Vom Fuß des Wallbergs her hallte wieder das Röhren der Hirsche. Er beneidete sie um die Schlichtheit ihres Werberituals. Was hatte er nicht alles anstellen müssen, um eine Frau rumzukriegen. Das gesamte Kaleidoskop seiner Verführungskünste musste er immer vor ihnen ausbreiten. Wie einfach hatten es da die Hirsche. Und wie lächerlich dagegen war sein Gockelgehabe. War es mit Ilse auch so gewesen? Und wie hatte Ilse es in Erinnerung? Aber mit

Ilse reden, war ihm jetzt nicht möglich. Er musste allein sein, über Marie nachdenken und was es mit ihrem Verschwinden auf sich haben könnte. Und sich nebenbei den Auswirkungen des Föhns hingeben. Was war Marie für eine Frau? Stimmte das Bild, das Ilse ihm zu vermitteln versuchte? War Marie vielleicht ganz anders und Ilse eine Glucke, die nicht loslassen konnte?

Lott griff jetzt nach dem Buch, das neben ihm auf dem Nachtkästchen lag. Es war Maries letzter Roman. »Das gestohlene Tal.« Er setzte sich auf, blätterte darin und begann irgendwo in der Mitte des Buches zu lesen.

… Der Mann nähert sich dem Fanggitter, in der Hand eine Säge. Er ist ein Folterer und weiß es nicht. Das Horn, das er sich nehmen will, lebt. Nur die Hornscheide ist Horn, Gewebe und Nervenhaut umhüllen den Knochenzapfen. Ein Auswuchs des Stirnbeins ist dieser Knochenzapfen, wenn er das Horn absägt, dann auch den Schädelknochen, zumindest ein Teil von ihm …

Lott übersprang mehrere Absätze und las weiter.

… Wie soll ich jetzt reden, meine Herdenposition unterstreichen, bei Gefahr die Herde warnen. Das Horn ist mein Sensor und Sprachrohr. Wie kann ich mich mitteilen ohne Horn, wie mich zurechtfinden, wie mich noch orientieren? Ein kurzes Senken des Gehörns, um ein rangniedrigeres Tier zum Weichen zu bewegen. Wie soll das noch gehen. Ohne die Würde, die mein Horn mir verleiht …

Lott legte das Buch zur Seite. Was sollte das? Das Enthornen von Kühen, um den Bestimmungen Folge zu leisten, die vorschrieben, dass bei Laufstallhaltung das Enthornen grundsätzlich vorgeschrieben ist, konnte doch nicht Anlass dafür sein, dass Maries Roman die Gemüter im Tal derart erhitzte.

Plötzlich klopfte Ilse an die Tür und trat gleich ein.

»Darf ich dich stören?«, fragte sie der Höflichkeit halber, wartete aber eine Antwort nicht ab. »Mir ist noch etwas eingefallen: die Passagierliste.«

»Was ist damit?«, fragte Lott etwas unwirsch.

»Mir ist ein zweiter Name aufgefallen: Hans Müller.«

»Und?« Lott horchte.

»Hans Müller hieß der Mann, der Mary Tucholsky seinerzeit das Manuskript angeboten hat.«

»Aber der ist doch tot«, winkte Lott ab. »Außerdem ist der Name Hans Müller nicht gerade selten.«

»Marie hat auch diesen Namen in ihrem letzten Roman verwendet. Hans Müller ist einer von den Talräubern, wie Marie die Landschaftszerstörer nennt, die Annegret Hagn im Visier hat. Das kann doch kein Zufall sein!«

Lott schaute skeptisch. »Ist es heutzutage überhaupt noch möglich, unter falschem Namen eine Flugreise anzutreten?«

»Es ist immer alles möglich, wenn man nur will«, beharrte Ilse.

»Nenn mir einen Grund, warum Marie unter falschem Namen gereist sein soll. Doch nicht aus Jux und Tollerei?«

»Sie wird Gründe dafür gehabt haben. Vielleicht ist das Tucholsky-Manuskript doch eine gefährlichere Angelegenheit, als ich das bisher, trotz aller Vorkommnisse in der Vergangenheit, vermutet hatte. Mehr als eine literarische Sensation.«

Ilse, die bis jetzt an der Tür stehen geblieben war, kam jetzt an Lotts Bett und setzte sich auf die Bettkante. Lott machte ihr Platz. Und fragte: »Mit wem war Marie denn zuletzt zusammen? Hat sie einen Freund?«

»Marie war in dieser Hinsicht nicht gerade mitteilsam. Vor ein paar Wochen hat sie mal einen Namen erwähnt. Edgar. Und dabei etwas verwegen gekuckt, als ob da was liefe. Edgar ist Journalist, hatte sie beiläufig erwähnt.«

»Einen Nachnamen hast du nicht?«

»Nein«, bedauerte Ilse.

»Das bringt uns im Augenblick nicht weiter«, resümierte Lott. »Ich fahre morgen nach Miesbach.«

»Soll ich mitkommen?«

»Wenn du willst. Ist vielleicht besser. Du könntest das Eis brechen.«

»Du aber auch«, hauchte Ilse, und ihre Hand strich über Lotts nackte Brust.

*

Er rief Elli an, obwohl Mitternacht bereits vorüber war. Sie nahm gleich ab, als hätte sie den ganzen Abend vor dem Telefon gesessen, um auf seinen Anruf zu warten.

»Du schläfst noch nicht?«

»Ich habe in den alten Fotokisten gestöbert«, antwortete Elli.

»Und?«

Elli gluckste. »Da habe ich ein Dia entdeckt, auf dem ich dein Ding im Mund habe.«

Lott schluckte. Und lachte dann.

»Das wolltest du doch wegwerfen«, sagte er.

»Ich hab es damals wohl doch nicht getan. Die anderen ja, aber dieses allem Anschein nach nicht. Es sei denn, du hättest es wieder aus dem Müll herausgekramt.«

»Das könnte dir so passen«, lachte Lott und beteuerte: »Nein, das hab ich gewiss nicht!«

Elli seufzte laut, aber nicht tragisch, und Lott erinnerte sich an die kurze pornografische Phase in ihrer noch jungen Ehe, die vom Zeitgeist der frühen 70er Jahre bestimmt war. Er hatte sie damals im Bild festhalten wollen und Ellis erotische Aktivitäten geknipst. Sie und er. Hauptsächlich aber Elli. In all den Posen, wie sie die Sexmagazine jener Zeit vorgaben.

Eine Weile lang schwiegen beide ins Telefon, als müssten sie diese Erinnerungsfetzen erst einmal verdauen.

»Wie geht es dir?«, fragte Lott dann zaghaft.

»Gut!«, antwortete Elli spitz. Im Nachhall war ein Vorwurf nicht zu überhören.

»Morgen bin ich bei den Kollegen in Miesbach. Mal sehen, was ich dort über das Verschwinden von Marie erfahre.«

»Du redest von ihr, als gehöre sie zur Familie.«

»Unsinn!«

»Und was machst du jetzt? Steigst du zu deiner Ilse ins Bett?«

Lott gab einen Laut von sich, der seinen Unmut darüber ausdrücken sollte, ansonsten schwieg er.

»Sag schon, tust du's?«

Lott schwieg weiter. Dann sagte er: »Ich habe eben daran gedacht, wie wir damals in Wien waren, erinnerst du dich? Da hast du dich eines Nachts aus unserem Bett geschlichen, um in das unseres Gastgebers zu steigen.«

»Klaus, das ist 30 Jahre her, mindestens 30 Jahre, wenn nicht mehr.«

»Verjähren Enttäuschungen denn?«, fragte Lott trotzig.

»Ja, das tun sie!«

»Es hat trotzdem wehgetan. Ich hatte mich allein gefühlt in jener Nacht, noch dazu in einer fremden Stadt. Und wenn ich mich heute daran erinnere, tut es immer noch irgendwie weh. Es kam mir damals vor wie Verrat.«

»Klaus, 30 Jahre! Erinnere dich, auch wir waren Mitstreiter der sexuellen Revolution gewesen.«

»Oder die Nutznießer, wenn du so willst.«

»Wir haben es ernst gemeint, Klaus. Uns gegenseitig Wilhelm Reich vorgelesen. ›Der Einbruch der sexuellen Zwangsmoral.‹ Weißt du noch? ›Das Heiratsgut als Vorstufe der Ware.‹ Unser Handeln wurde durch Theorien gestützt.«

»Es waren Ausreden, sei ehrlich. Plumpe, selbstgefällige Ausreden.«

»Ich hab die deinen geschluckt. Im Interesse der Sache.«

»Eifersüchtig warst du dennoch, gib es zu«, beharrte Lott.

»Du etwa nicht?«

»Wir haben uns etwas vorgemacht, damals, als wir …«

Lott ließ den Satz in der Schwebe.

Elli griff ihn auf: »Heute mache ich mir nichts mehr vor. Ich habe Angst davor, dass du mich hintergehst.«

Lott lachte. »Hintergehst – mein Gott, wie sich das anhört.«

»Wir haben damals Fehler gemacht, Klaus. Aber doch nicht immer. Die meiste Zeit doch nicht. Und als Lisa auf die Welt kam, gab es von meiner Seite aus keinen einzigen Fehltritt mehr. Im Gegensatz zu dir!«

»Elli, ich bin hier, weil eine Freundin aus dem vorigen Jahrhundert mich gebeten hat, ihr mit meinem kriminalistischen Wissen, meiner kriminalistischen Erfahrung zur Seite zu stehen. Und darum, und nur darum bin ich hier.«

Elli schluckte.

Lott hörte es.

Dann sagte sie: »Denk an unsere Pläne. Du weißt schon, all die Reisen, die wir noch unternehmen wollen.«

»Lass uns jetzt schlafen«, sagte Lott. »Gute Nacht.«

»Gute Nacht, Klaus«, hauchte Elli und legte auf.

Lott knipste das kleine Licht am Nachtkästchen aus und horchte Ellis Worten nach. Er wollte den Klang ihrer Stimme, das Alemannische, wie sie seinen Namen betonte, Klaus mit ou, mit in den Schlaf hinübernehmen. Und dachte gleichzeitig, dass er Elli nicht die Wahrheit gesagt hatte.

Auf dem Flur hörte er jetzt Schritte. Einen Augenblick später klopfte Ilse an seine Tür.

KAPITEL 4 – FREMDES REVIER

Das Gebäude der Polizeiinspektion in Miesbach glich dem in Bad Wiessee in einer Weise, als hätte sein Architekt gleich eine Reihe identischer Polizeiinspektionen entworfen und die Schablone davon an den Bauherrn zur Fertigstellung der Objekte weitergereicht. Selbst die Bäume davor unterschieden sich nicht.

Ilse ging, nachdem sie unmittelbar vor dem Eingang ihren Wagen abgestellt hatte, Lott voraus. Mit herrischen Schritten betrat sie das Polizeigebäude wie ein Feldherr ein annektiertes Land. Die Polizistin an der Pforte musste sie zurückhalten, sonst wäre Ilse schnurstracks in das Zimmer des leitenden Beamten gestürmt, welches gleich gegenüber der Pforte lag. So aber wurde Maximilian Feldhaus, Erster Kriminalhauptkommissar, noch rechtzeitig gewarnt und Ilse ordnungsgemäß bei ihm angemeldet. Er ließ die Frau Strasser, wie deutlich zu vernehmen war, und deren Begleitung umgehend eintreten, stand auf und ging mit grußbereiter Hand Ilse entgegen. Danach schüttelte er Lotts Hand in der Art, wie man Kollegen aus anderen Revieren begrüßt, herzlich und misstrauisch zugleich.

Maximilian Feldhaus war ein Mann in den 40ern, athletisch und sonnengebräunt, mit akkuratem Haarschnitt und auf den ersten Blick durchaus sympathisch. Die Gesichtszüge waren fein, die hervorstehenden Backenknochen unterstrichen sein festes Auftreten; der Miesbacher Kollege machte nicht den Anschein, dass ihn irgendetwas aus der Ruhe bringen könnte. Er hatte Augen wie blaues Glas.

»Herr Wengartner hat mich bereits darüber informiert, dass Sie glauben, eine neue Spur gefunden haben, die zu Ihrer Tochter führen könnte«, begann er ohne Umschweife, aber mit einem Unterton, der seine Zweifel deutlich machte.

»Es handelt sich um die Passagierliste«, erklärte Ilse. »Es sind zwei Namen darauf, die mir aufgefallen sind.«

Feldhaus horchte.

»Sie wissen ja, dass Marie, meine Tochter, Romanautorin ist …«

»Wer weiß das hier im Tal nicht«, unterbrach Feldhaus und gestand schmeichelnd: »Sie dürfen mich zu den Lesern von Marie Strassers Büchern zählen.«

»Dann dürfte Ihnen nicht verborgen geblieben sein, dass der Name Annegret Hagn, die Romanheldin aus Maries letztem Roman, auf der Passagierliste stand.«

Feldhaus stutzte. Die Passagierliste lag auf seinem Tisch. Er warf einen Blick darauf und las die Kopfzeile mit seinem eigenen Vermerk.

»Es handelt sich um die Maschine aus Tokio, Ankunft in München um 17.15 Uhr. Ist doch richtig?«

Ilse bestätigte mit einem Kopfnicken und sagte: »Kurz danach hat Marie mich vom Flughafen aus angerufen.«

»Was macht Sie so sicher, dass Marie vom Flughafen aus angerufen hat?«

»Die Geräusche im Hintergrund, die Durchsagen. Ich lege meine Hand ins Feuer, dass sie vom Flughafen aus angerufen hat.«

Feldhaus rümpfte die Nase, starrte dabei aber wie hypnotisiert auf die Passagierliste und brummte: »Annegret Hagn, die Ermittlerin aus Hagrain.« Er schüttelte, mit einem flüchtigen Lächeln auf den Lippen, den Kopf und bemerkte amüsiert: »Sachen gibt's!«

»Mir ist der Name sofort ins Auge gesprungen«, sagte Ilse.

»Annegret Hagn ist in Bayern kein ungewöhnlicher Name«, räumte Feldhaus ein.

Jetzt war es Lott, der sich laut räusperte, um die Aufmerksamkeit auf sich zu lenken. »Eine Annegret Hagn, die just auf der Passagierliste eines Rückfluges aus Tokio steht, wäre aber schon ein äußerst großer Zufall«, erwiderte er.

Feldhaus lächelte mitleidig. »Sich heutzutage unter einem falschen Namen einzuchecken, ist bei all den Sicherheitsvorkehrungen im Flugbetrieb wohl kaum mehr möglich«, sagte er, betrachtete noch einmal die Passagierliste und fuhr fort: »Was sollte auch die Geheimniskrämerei? Was sprach dagegen, unter ihrem eigenen Namen zu reisen?«

»Eine Vorsichtsmaßnahme vielleicht?«, äußerte Lott.

»Vor was hatte sie denn Angst«, entfuhr es Feldhaus. Und wandte sich dabei an Ilse: »Warum soll Marie überhaupt nach Tokio geflogen sein?«

»Recherchen für einen neuen Roman«, antwortete Ilse.

»In Japan? Maries Romane spielen doch alle hier bei uns im Tal.«

Ilse warf Lott einen fragenden Blick zu. Er erwiderte ihn mit einem Nicken.

»Das ist nur die halbe Wahrheit …«, gestand Ilse.

»Und der andere Teil der Wahrheit?«, bohrte Feldhaus.

»Marie war auf der Jagd nach einem verschollenen Manuskript. Es ist eine lange Geschichte …«

»Ich habe Zeit«, ermutigte der Miesbacher Kollege Ilse dazu weiter zu erzählen, schaute aber dabei ungeduldig auf die Uhr.

Aber es war Lott, der nun übernahm: »Vor rund 40 Jahren, damals waren Frau Strasser und ich ein Paar, besuchten wir die Witwe von Kurt Tucholsky, die in Rottach-Egern ein Archiv des Schriftstellers aufgebaut hatte und betreute. Exakt an diesem Tage erhielt Mary Gerold-Tucholsky einen ominösen Brief, in dem von einem bis heute nicht aufgetauchten Manuskript die Rede war, welches man Mary Tucholsky für viel Geld zum Kauf anbot. Die Witwe hielt es für Schwindel. Bis dahin kenne ich die Geschichte.«

Ilse übernahm: »Wenige Wochen später erhielt Mary ein zweites Schreiben, dem ein Zeitungsausschnitt beilag, in welchem berichtet wurde, dass der Anbieter inzwischen verstorben war, ob durch Unfall oder Mord blieb ungeklärt. Der Absender gab vor, jetzt im Besitz dieses Manuskripts zu sein und forderte eine noch höhere Summe. Mary Tucholsky ignorierte aber auch dieses Schreiben und alle, die dem noch folgten. Und alle nahm sie schließlich mit ins Grab.«

»Hielten Sie die ganze Zeit Kontakt zu Frau Tucholsky?«, fragte Feldhaus.

Ilse nickte. Und sagte: »Am Tag von Marys Beerdigung wurde plötzlich mir das Manuskript angeboten. Der Mann auf dem Friedhof gab vor, ein Münchner Antiquar zu sein, und wollte das Manuskript, bevor er es über ein Auktionshaus anbieten würde, mir für lächerliche zwei Millionen verkaufen. Auch dieser Mann, der im Übrigen alles nur kein Antiquar war, starb ebenfalls eines nicht natürlichen Todes. Angeblich hatte er sich in seiner Garage mit den Abgasen seines Wagens umgebracht, was ich bezweifle. Es folgten in gewissen Abständen noch mehr dieser abseitigen Angebote …«

Feldhaus unterbrach wieder: »Wann und wie kommt Ihre Tochter nun ins Spiel?«

»Ich habe Marie eingeweiht, ihr die ganze Geschichte erzählt. Marie hat gleich Feuer gefangen, ist nur noch vor dem Computer gehockt und hat recherchiert und eine eigene Plattform dafür geschaffen. ›Das wird ein Knüller‹, hat sie getönt. Ich glaube, sie wollte einen Roman daraus machen. Gesagt hat sie es nicht, aber es liegt doch nahe.«

»Und dafür brauchte sie unbedingt das Manuskript, wenn der Besitz des Manuskriptes nicht allein schon ihr primäres Ziel war«, warf Lott ein, »Marie hatte vielleicht die Befürchtung, dass man es ihr vor der Nase wegschnappen könnte, deshalb die Vorsichtsmaßnahme mit dem falschen Namen.«

Maximilian Feldhaus wiegte den Kopf hin und her, dann wandte er sich erneut an Ilse, weil ihm etwas eingefallen war: »Sie hatten eingangs von zwei Namen gesprochen, die Ihnen auf der Passagierliste aufgefallen sind. Welcher Name ist der zweite?«

»Hans Müller«, antwortete Ilse.

Feldhaus schmunzelte. Hatte er eben noch Ilses Geschichte interessiert verfolgt, gähnte er plötzlich ungeniert und sagte sichtlich erheitert: »Das ist ja auch ein äußerst seltener Name.«

»Ich gebe ja zu, dass dies ein Zufall sein kann«, räumte Ilse ein, »aber ich gebe zu bedenken, dass ein Mann mit diesem Namen vor 40 Jahren Mary Tucholsky das bis dato verschollene Manuskript angeboten hat.«

»Sie sind also der Meinung, dass nicht nur Marie, sondern auch noch ein zweiter Passagier unter falschem Namen gereist ist?«

»Es sieht ganz so aus«, beharrte Ilse.

Feldhaus wurde ungeduldig. »Eine Waffe an Bord zu schmuggeln, ist bei den Sicherheitsvorkehrungen heutzutage geradezu unmöglich, unter einem falschen Namen einzuchecken ist vermutlich nicht viel einfacher …«

»Marie hat viel Fantasie«, schnitt Ilse dem Kommissar das Wort ab. »Der ist bestimmt irgendetwas eingefallen, um unter falschem Namen zu reisen.«

Feldhaus wusste nicht weiter. Er hatte dem Kollegen Wengartner versprochen, Frau Strasser geduldig anzuhören, aber jetzt war er mit seiner Geduld am Ende.

»Das Ganze ist doch Irrsinn«, entfuhr es ihm.

Schnell besann er sich, dachte an Wengartner und was er ihm versprochen hatte. Und fragte in ruhigem Ton: »Gibt es ein Versteck, das Marie, aus welchem Grund auch immer, aufgesucht haben könnte?«

»Die Hütte am Bodenschneid war immer ihr Zufluchtsort gewesen. Dahin hat sie sich zurückgezogen, sei es bei Problemen mit uns, ihren Eltern, oder auch nur, wenn sie genug von allem hatte, wie sie immer sagte. Aber da ist sie nicht. Ich war oben. Nichts hat darauf hingewiesen, dass sich Marie in letzter Zeit dort aufgehalten hat. Zumal sie die Hütte auch verkaufen wollte.«

»Eine andere Hütte vielleicht?«, hakte Feldhaus nach.

»Schon möglich. Marie kennt ihr Tal wie Sie vermutlich Ihre Jackentasche. Jede Hütte in den Bergen hier kennt sie. Maries letzter Anruf klang aber weder nach Rückzug noch nach Flucht. Sie wollte auf dem schnellsten Weg nach Hause, um mir mitzuteilen, dass die Dinge anders sind, als wir beide wohl gedacht haben, aber, so wörtlich, *sensationell* wären!«

Ilse schnaufte durch, dann resümierte sie erschöpft: »Irgendjemand wollte vermutlich verhindern, dass Marie etwas ausplaudert.«

»Schon möglich«, räumte Feldhaus ein.

»Es gibt am Flughafen doch Überwachungskameras«, führte Lott an.

Feldhaus nickte. Und versprach: »Ich werde das LKA einschalten.«

Er wählte, nachdem die beiden draußen waren, eine Nummer.

Aber es war nicht die des Landeskriminalamtes.

*

Er konnte jetzt nichts anderes als an Elli denken. Und das, obwohl Ilse neben ihm saß und sie mit einem neuen Anhaltspunkt in Sachen Marie von Miesbach zurückfuhren: die Überwachungskameras auf dem Münchner Flughafengelände. Zudem hatte Lott das Gefühl, dass der Miesbacher Kriminalbeamte erst jetzt Ilses Vermisstenanzeige wirklich ernst nahm. Aber im Augenblick waren Lotts Gedanken an Ereignisse gekettet, die Elli aus den verstaubten Regalen ihrer gemeinsamen Erinnerungen hervorgezerrt hatte. Warum hatte Elli nur die alten Fotos und damit die Beweisstücke ihrer Jugendsünden hervorgeholt, die mit ihrem aktuellen Lebensabschnitt doch nicht das Geringste mehr zu tun hatten. Obwohl er zugeben musste, dass diese ihn eventuell noch heute erregen könnten. Er grinste innerlich. Und dachte dann: Elli, die Buchhändlerin, damals angestachelt von den Studenten und deren

Profs der Hochschule für Gestaltung. Und er zwischen allen Stühlen. Angetan freilich von Ellis angenommener Welt- und Wertvorstellung. Andererseits aber ließ er auch seine Zweifel daran laut werden, war er doch gerade dabei, den rechtslastigen Berufsweg als Polizist einzuschlagen. Dennoch hatte er damals, und nicht allein, um Elli zu gefallen, mit der linken Studentenbewegung sympathisiert. Der Mief von 1000 Jahren unter den Talaren deutscher Rechtsprechung war ihm auch als Student der Polizeihochschule nicht verborgen geblieben. Und auch nicht, dass die meisten seiner Kommilitonen auf dem rechten Auge blind waren, während die politische Linke für sie das ausgemachte Feindbild des Staates darstellte. Er war aber auch eifersüchtig gewesen, auf diese HfG-Studenten, die so unangepasst daherkamen mit ihren langen Haaren, die Bärte dazu, und die Art, wie sie sich auszudrücken pflegten. Da war er dann wieder versucht, die Welt der Ordnungskräfte zu verteidigen. Zwar hatte er bei seinen Kommilitonen und Ausbildern, bei denen er die studentische Bewegung zu rechtfertigen versuchte, einen schweren Stand. Für Elli dagegen war er viel zu wenig rebellisch. So wurde ihre Liebe ein ums andere Mal auf harte Proben gestellt. Aber schließlich hatten sie sich durch den Dschungel ihrer Gegensätzlichkeit geschlagen. Nicht, ohne dabei einander zu verletzen. Und nicht ohne strategische Demütigungen, als Kampfmittel eingesetzt, mit denen dieser frühe Ehekrieg geführt worden war.

»Ich muss Wengartner anrufen«, sagte Ilse plötzlich und riss Lott aus seinen Erinnerungsgedanken. »Er muss die Bergwacht einsetzen. Vielleicht steckt Marie ja wirklich irgendwo in ihren geliebten Blaubergen.«

Sie griff nach ihrem Handy. Lott schaute sie mahnend an.

Ilse verstand. »Sorry«, sagte sie, »ich hab vergessen, dass ein Polizist neben mir sitzt.«

Ilse fuhr, sobald sich ihr die Gelegenheit bot, rechts ran und maulte weiter. »Ich weiß, beim Autofahren zu telefonieren kommt einer Todsünde gleich.«

Lott zuckte mit den Achseln, während Ilse bereits durchwählte. Und staunte dann, wie herausfordernd Ilse mit Wengartner sprach.

»Der war so groß mit Hut«, triumphierte sie, nachdem sie ihr Mobiltelefon wieder weggesteckt hatte und weiterfuhr.

»Vermutlich hat Feldhaus ihn bereits dahingehend instruiert«, meinte Lott.

»Kann schon sein, Hauptsache, Wengartner spurt.« Ilse lachte laut auf und beschleunigte.

Bis Tegernsee schwiegen sie. Beide schienen eigenen Gedanken nachzuhängen, die sich nirgendwo zu kreuzen schienen.

»Es gibt wohl noch eine andere Spur, die zu dem Manuskript führen könnte«, sagte Lott plötzlich, während sie am See entlang fuhren.

Ilse horchte.

»Ich war gestern an Mary Tucholskys Haus und bin sehr rüpelhaft vermutlich von dem jetzigen Besitzer dort behandelt worden. Er hat mich mit einer Waffe bedroht.«

»Eine amerikanische Familie hat es damals gekauft und dann wieder weiterverkauft, auch an Amerikaner, wenn ich mich recht erinnere.«

»Das würde zu der Art passen, wie der mich empfangen hat. Mit einem Jagdgewehr im Anschlag. Der hätte, glaube ich, geschossen, wenn ich nur einen Schritt weitergegangen wäre.«

»Was hat er denn gedacht, was du von ihm willst?«

»Es scheinen vor mir bereits Leute dort gewesen zu sein, die nach irgendetwas gesucht haben. Das hat ihn wohl misstrauisch gemacht.«

»Fahren wir hin?«, fragte Ilse.

»Riskieren wir's«, antwortete Lott.

Ilse nahm die Abkürzung über den Kapellenweg, bog in die Weißachaustraße ab und fuhr bis zum Roßwandweg. Das Haus am Ende der Straße, Roßwandweg 37, war Mary Tucholskys Archivstätte und Wohnhaus gewesen. Ilse hielt unmittelbar davor und stieg aus.

Lott sah ihr an, dass sie diesen Weg schon oft gegangen war. Wie selbstverständlich öffnete sie das Gartentor, nahm die Stiege zum Eingang und klingelte dort.

Niemand öffnete ihr. Auch nach erneutem Klingeln keine Reaktion.

Achselzuckend ging sie zum Wagen zurück. Lott war inzwischen ausgestiegen und Ilse entgegen gegangen.

»Scheint niemand zu Hause zu sein«, bemerkte Ilse. Und brummte: »Soll sich doch Wengartner darum kümmern.«

Missmutig wendete sie. Hielt dann aber auf einem der Parkplätze des Wallberg-Sanatoriums.

»Lass uns ein paar Meter gehen«, schlug Ilse vor. »Den Weg an der Weißach entlang, den wir damals immer gegangen sind, um uns auszusprechen. Erinnerst du dich noch daran?«

»Natürlich erinnere ich mich«, antwortete Lott mit gespielter Empörung. »Bis nach Kreuth sind wir einmal gewandert und wieder zurück und die ganze Zeit haben wir geredet.«

Ilse hängte sich jetzt bei Lott ein und trieb ihn zur Eile.

»Mit 60 beginnt das Alter scheint's wirklich«, meinte sie lachend und auf Lotts holpernden Gang deutend. Sie kokettierte mit dem einen Jahr, das sie jünger war, trug die Fünf vor sich her wie ein Schutzschild der Sechs zugewandt, die sie zu bedrohen schien.

Lott lächelte und entgegnete ihr: »Das Alter beginnt viel früher oder auch nie. Vielleicht bleiben wir in der Jugend ja irgendwo stecken.«

»Wir schmiedeten Zukunftspläne«, sagte Ilse, als sie bereits ein Stück weiter gegangen waren.

»Und du sagtest, es gäbe keinen anderen Platz, wo du lieber wohnen würdest als hier im Tal. Ich hab mich damals ja deinem Wunsch angeschlossen, obwohl mir klar war, dass dies für mich nur ein Traum bleiben würde. Die Hochschule in Villingen-Schwenningen wartete und danach ein Praktikum in Ulm.«

»Der Tegernsee wäre nicht aus der Welt gewesen.«

»Aus der meinen schon. Villingen-Schwenningen, das war ein anderer Planet.«

Ilse blieb plötzlich stehen. »Wenn du jetzt behauptest, wir hätten damals nur dauernd geredet, so muss ich dir ernsthaft widersprechen. An dieser, genau an dieser Stelle zum Beispiel haben wir uns damals geküsst.«

Sie schaute Lott herausfordernd an.

Lott lächelte. »Wenn ich heute immer wieder stehen bleibe, dann ist das meiner Hüfte geschuldet, ich muss ihr immer häufiger eine kleine Pause verschaffen.«

Über Ilses Gesicht glitt ein flüchtiges Lächeln.

Sie fragte: »Merkst du nur daran, dass du älter geworden bist?«

Lott dachte kurz nach. Eigentlich wollte er jetzt nicht mit seinen körperlichen Einschränkungen aufwarten und wehrte ab: »Es gibt andere Indizien dafür. Früher, um ein Beispiel zu nennen, habe ich die Todesanzeigen nur kurz überflogen. Heute studiere ich sie förmlich.«

Ilse lachte bitter auf. »Und dann steht man morgens vor dem Spiegel, schaut sich an und denkt, soll es das jetzt gewesen sein?«

»Die Hoffnungen, die man in ein Leben setzt, sind immer größer als das Ergebnis. Menschen sind gierig. Auch ich«, sagte Lott hastig und gestand: »Lange gingst du mir nicht aus dem Kopf. Es hat wohl Monate gedauert, bis ich mir eingeredet habe, dass alles so, wie es gekommen ist, am besten für uns beide ist.«

Ilse sagte nichts darauf.

Lott hakte nach: »Wann hast du aufgehört, an mich zu denken?«

»Nie«, sagte Ilse.

*

Feldhaus hatte auf Ilses Anrufbeantworter gesprochen. »Die Aufnahmen der Überwachungskameras sind noch nicht wieder gelöscht worden.« Mehr sagte er nicht. Kein Wort darüber, dass er sich die Bänder anschauen würde. Ilse rief gleich zurück. Vielleicht gaben die Aufnahmen ja Aufschluss darüber, ob Marie mit der Maschine aus Tokio gelandet war oder auch nicht.

»Können wir uns dort treffen?«, fragte Ilse.

»Ich bin derzeit unabkömmlich hier«, entschuldigte sich Feldhaus.

»Geld spielt keine Rolle«, sagte Ilse. Als hätte sie den Satz auswendig lernen müssen bei Max Strasser, der ihr Lehrer gewesen war.

»Es geht wirklich nicht. Aber ich kann Sie dort ankündigen, einen Termin für Sie vereinbaren.«

»Dann morgen gleich, wenn's möglich wäre«, sagte Ilse, »am Vormittag, wenn sich das einrichten ließe.«

»Ich tu, was ich kann«, versprach Feldhaus. Und rief ein paar Minuten später wieder an, um Ilse den vereinbarten Termin mitzuteilen.

»Morgen fahren wir zum Flughafen«, sagte sie, Lott zugewandt.

Sie streifte sich die Schuhe ab und ließ sich in einen der Sessel fallen. Lott setzte sich ihr gegenüber auf die Chaiselongue.

»Glaubst du denn, Marie ist einem Verbrechen zum Opfer gefallen?«, fragte er.

»Ich befürchte es, aber glauben tu ich es nicht. Ich glaube daran, dass sie jeden Augenblick hier zur Tür hereinkommt und sagt, die Dinge sind nicht so, wie du denkst, aber wie sie sind, ist einfach sensationell. Und dann wird sie mir irgendeine haarsträubende aber gewiss wahre Geschichte auftischen, wie sie es schon so oft getan hat.«

Lott hörte Gordana in der Küche werkeln. Einen Augenblick später trat sie ins Wohnzimmer und fragte Ilse nach ihren Wünschen.

»Kaffee wäre nicht schlecht«, sagte Ilse und schaute zu Lott, der ihr zustimmte. »Und irgendetwas Schnelles gegen den Hunger.«

Gordana war schon an der Tür, als Ilse ihr nachrief: »Wo ist Balou?«

»Noch unterwegs«, antwortete Gordana und erklärte: »Tanja hat schulfrei und wollte noch mit dem Hund gehen.«

»Ist gut«, sagte die Hausherrin und ließ Gordana gehen.

»Tanja ist ihre Tochter«, klärte sie Lott auf und bemerkte: »Die Sache mit Marie nimmt sie sehr mit, vielleicht weil sie auch eine Tochter hat und deshalb nachfühlen kann, wie es mir geht.«

Lott nickte verständnisvoll. Dann sagte er: »Ich muss alles einsehen können, was sich bei Marie in den letzten Wochen und Monaten an Korrespondenz und dergleichen angesammelt hat. Vielleicht finde ich da eine Spur.«

»Ihr Notebook hat sie leider mitgenommen«, bedauerte Ilse. »Da dürfte jegliche Korrespondenz, die uns weiterhelfen könnte, drauf sein. Den wenigen Papierkram habe ich bereits gesichtet, da habe ich nichts Auffälliges entdecken können. Schriftwechsel mit ihrem Verlag und Anfragen wegen Lesungen, Autogrammstunden und dergleichen, ein paar Rechnungen noch, sonst nichts.«

»Lass es mich dennoch anschauen. Vielleicht hast du ja etwas übersehen«, bat Lott.

Gordana brachte Kaffee und Schnittchen und ging wieder. Kurz darauf kam Tanja mit dem Hund zurück. Balou stürmte ins Wohnzimmer und begrüßte sein Frauchen mit einem ausgelassenen Tanz. Lott war dieses Gebaren vertraut. Flaubert, sein inzwischen in die Jahre gekommener Golden Retriever, war da nicht anders. Balou touchierte nun auch ihn ein wenig, holte sich einen Streichler ab und stürmte dann in die Küche, wo vermutlich sein Futternapf wartete.

Ilse brachte Lott, nachdem sie gegessen hatten, Maries Papierkram. Dann zog sie sich zurück. Ihre E-Mails checken, wie sie sagte. Ihre Tasse Kaffee nahm sie mit.

Lott setzte sich jetzt an den Tisch am Fenster und blätterte den Vorordner, in welchem Marie ihre Post alphabetisch abgelegt hatte, Buchstabe für Buchstabe durch. Das meiste darin waren tatsächlich Anfragen und Abrechnungen ihres Verlegers. Darunter auch ein Angebot einer Filmgesellschaft, die an den Filmrechten für einen von Maries früheren Romanen »Die letzte Maiandacht« Interesse zeigte. In einem anderen Fach lagen Beitragsrechnungen einer Versicherungsanstalt und im nächsten ein handschriftlicher Brief einer Buchhändlerin, die Marie für eine Lesung gewinnen wollte. Lott las ihn. Die Einladung war rührend altmodisch formuliert. Er, an Maries Stelle, hätte da sofort zugesagt. Einige E-Mail-Ausdrucke hatte Marie den jeweiligen Adressaten zugeordnet und akkurat im Alphabet ihres Ordners abgelegt. Er überflog die Ausdrucke, bis er an einer E-Mail hängen blieb, die ihn stutzig machte. Ein Verlag bot darin Marie für ihren, so wörtlich, *sich noch in Arbeit befindenden Roman* einen Vorschuss auf das Honorar in Höhe von einer Million Euro an. Er las die E-Mail ein paarmal durch, dann ging er in Ilses Arbeitszimmer.

»Kennst du einen LitBuch Verlag in Herne?«, fragte er ohne Umschweife.

Ilse schüttelte den Kopf. »Nein, warum fragst du?«

Er reichte Ilse wortlos die E-Mail.

»Der Verlag ist mir vollkommen unbekannt«, sagte sie, während ihre Finger bereits über die Tastatur ihres Computers flatterten um den Begriff *LitBuch Verlag* zu googeln.

Plötzlich hielt sie inne und schaute zu Lott hoch, der wie Ilse auf den Bildschirm gestarrt hatte. Google hatte kein Ergebnis unter diesem Begriff gefunden.

»Verstehst du das?«, fragte Lott.

»Ich fürchte, ja«, sagte Ilse. »Es geht nicht um Maries neues Buch, es geht um das Tucholsky-Manuskript selbst.«

*

Eine Stunde später saßen Lott und Ilse noch immer vor dem Bildschirm in Ilses Arbeitszimmer. Sie hatten alle Suchmaschinen in Gang gesetzt, um Näheres über diesen ominösen *LitBuch Verlag* in Erfahrung zu bringen. Aber selbst die E-Mail-Adresse auf dem Ausdruck schien nicht mehr aktuell zu sein.

Plötzlich sagte Ilse: »Es gibt von Marie einen Clip auf YouTube, den musst du dir unbedingt anschauen.« Sie rückte etwas mehr auf ihre Seite, damit Lott ungehindert verfolgen konnte, was gleich über den Bildschirm flimmern würde:

Man sah Marie. Und eingeblendet ihren Roman »Das gestohlene Tal«. Und dann die Interviewerin mit ihrer ersten Frage: »Man hat Sie als Nestbeschmutzerin beschimpft und Ihnen vorgeworfen, den eigenen Vater auf die Anklagebank gesetzt zu haben. Wie geht man als Autorin, die hier aufgewachsen ist und bald jeden im Tal kennt, damit um?« Marie antwortete: »Man kann sich den Vater nicht aussuchen, sonst hätte ich vielleicht den Gschwandner-Bauer zum Vater, für den ich einige Sommer lang die Alm über dem Hirschberg bewirtschaftet habe und der sich von Gott nichts sehnlicher wünscht, als dass im Tal alles wieder so wird, wie es einmal war.«

»Sie haben die Sünden aller für den Raubbau Verantwortlichen zusammengefasst und sie Ihrem Vater in die Schuhe geschoben. Warum das?«

»Im Roman braucht's einen *Sündenbock. Wenn ich die ganze Gesellschaft oder auch nur diese Seilschaft anklage, verpufft das Ganze in einer Art Machtlosigkeit. Einen einzelnen Täter aber kann der Leser erfassen und ich kann ihn mithilfe meiner Polizistin Annegret Hagn, die ja auch seine Tochter ist, quasi zur Strecke bringen.«*

»Ihr Vater Max Strasser galt im ganzen Tal als gottesfürchtiger Katholik …«

Marie unterbrach: »Hätte er Gott wirklich gefürchtet und sich nicht selbst als Gott gesehen, dann wäre er anders mit unserer Heimat umgegangen. Achtsamer vor allem. Aber ihm war einzig daran gelegen, aus der Schönheit unseres Tals möglichst viel Profit zu schlagen, möglichst viel Geld zu scheffeln. Wie viel an Natur und historischem Bauwerk dafür geopfert werden musste, war für ihn ohne Belang. Hauptsache für ihn war, er konnte ein Geschäft abschließen, das sich lohnte.«

»Gab es eine Zeit, Frau Strasser, in der Sie Ihren Vater geliebt haben?«

Marie schmunzelte und gestand: »Ich habe meinen Vater immer geliebt, aus dem einzigen Grund, weil er mein Vater war. Mein Angriff richtete sich deshalb auch nicht gegen meinen Vater, dessen Tod ich noch immer betrauere, er richtete sich gegen den Geschäftsmann, der maßgeblich an der Verschandelung des Tals beteiligt war.«

»Wird ›Das gestohlene Tal‹ eine Fortsetzung erfahren, vielleicht wieder als ein wirklicher Kriminalroman. Arbeiten Sie bereits daran?«

Marie schaute mit kühnem Blick in die Kamera und prophezeite: »Das Buch, an dem ich jetzt arbeite, wird all die vorherigen in den Schatten stellen, so viel kann ich verraten und versprechen …«

»Bekommen ein paar Leute jetzt kalte Füße?«

»Schon möglich, deshalb rate ich allen, sie mögen sich warm anziehen!«

Ihr herausforderndes Lachen füllte jetzt den Bildschirm und dann Maries mutiger, herausfordernder Blick in die Kamera. Dann war der Clip zu Ende.

Eine Weile lang saßen Lott und Ilse noch stumm vor dem dunklen Bildschirm. Lott drehte sich dann zuerst zu ihr hin, und sie lächelte ihn durch ihre Tränen hindurch an. Lott aber, um Trostworte verlegen, konnte Ilse nur an sich ziehen, ihren Kopf an seinen Nacken drücken und somit beide am Reden hindern.

Was sollte er auch sagen, und was sie.

*

Gordana öffnete die Tür einen Spaltbreit und wollte sich verabschieden. Ilse stand auf, ging zu ihr und mit ihr zur Haustür, wo sie kurz miteinander die vorwiegend hauswirtschaftlichen Forderungen des nächsten Tages besprachen.

Als sie zurück in ihr Arbeitszimmer kam und Lott noch immer vor dem Bildschirm sitzen sah, auf dem noch einmal Maries Clip auf YouTube lief, war sie plötzlich in Aufbruchsstimmung.

»Wohin?«, fragte Lott.

»Ein paar Besorgungen im Kramerladen«, antwortete Ilse und ließ keinen Zweifel daran aufkommen, dass sie erwartete, dass Lott sie dorthin begleiten würde, ihn also in Richtung Garderobe bugsierte, wo er sich die Sommerjacke überwarf.

Der Kramerladen. Mein Gott, den gab es ja noch immer. Er hatte ihn, als sie zuletzt durch die Seestraße fuhren, mit einer gewissen Erleichterung wahrgenommen.

»Es ist wie damals die Frau Mannhardt, die dort hinter der Ladentheke steht. Und das im wahrsten Sinne des Wortes«, berichtete Ilse, während sie die Seestraße hinunterfuhren und genau vor dem Kramerladen einen Parkplatz fanden.

Lott stieg aus, betrachtete den wie ihm schien gänzlich unveränderten Gemischtwarenladen mit seinen Auslagen an Obst, Gemüse, Postkarten und Zeitungen davor. Er wunderte und freute sich nun erneut über diesen Fels an Beständigkeit in der immer heftiger werdenden Brandung der Zeit. Er erkannte die Inhaberin wieder. Sie war älter geworden, ohne sich groß verändert zu haben. Lott hätte sie, ihrer Unvergänglichkeit wegen, küssen mögen. Klar, dass sie ihn nicht wiedererkannte, aber da er in Begleitung der Ilse Strasser war, fiel alle Aufmerksamkeit auf ihn.

»Vor 40 Jahren war ich das letzte Mal hier«, gestand Lott.

Die Inhaberin blinzelte und tat dann, als würde sie ihn jetzt wiedererkennen. Ihre Lüge war entwaffnend. Ließ dann aber nicht locker und wollte von Lott wissen, wie man es fertigbrächte, vier Jahrzehnte lang ohne den Tegernsee leben zu können.

Lott befriedigte ihre Neugier, brachte ein Bonmot an, über das die Ladeninhaberin lachte.

Ilse, die inzwischen ihren Einkauf beieinander hatte, bezahlte und verabschiedete sich.

Frau Mannhardt reichte Lott die Hand und sagte: »Es hot mie richtig g'freit. Ois Guade!«

*

Lott war noch erfüllt vom Zauber der Erinnerung, der zu seinem Erstaunen auch an den kleinen alltäglichen Begebenheiten haftete, als Ilse seine Gedanken wieder in eine andere Richtung lenkte.

»Du hast mir noch nicht gesagt, was du von Maries Videoclip hältst.«

»Marie ist mutig«, resümierte Lott. »Und ich frage mich,

was ihre Drohungen, was ihr neues Buch betrifft, wohl bewirkt haben könnten. Vielleicht ist das Tucholsky-Manuskript ja die vollkommen falsche Fährte. Hast du denn ernsthaft mit Marie über ihr neues Projekt gesprochen? War es wirklich das Tucholsky-Thema?«

»Da bin ich ganz sicher. ›Mama, das ist ja auch deine Geschichte‹, hat sie gesagt. Wieweit sie dabei das Personal ihres letzten Krimis mit eingebaut hat, also die Amigos vom Tal, das weiß ich allerdings nicht. Marie hat mich nie etwas lesen lassen, bevor es nicht in Buchform auf dem Tisch lag.«

»Wusste es der Verlag?«

»Ich habe nicht nachgefragt.«

»Ruf dort an«, schlug Lott vor. »Der Name der Lektorin geht ja aus dem Schriftwechsel, den wir durchgeschaut haben, hervor.«

Ilse stimmte zu. Und sagte dann plötzlich: »Willst du Marys Grab besuchen?«

»Ja«, sagte Lott ganz selbstverständlich, obwohl ihn Ilses Sprunghaftigkeit verblüffte.

»Es ist auf dem neuen Friedhof. Dort, wo auch Olaf Gulbransson liegt.«

Sie hielt vor der Auferstehungskirche, die Gulbranssons Sohn gebaut hatte.

Am Grab von Olaf Gulbransson, auf dem wie zufällig die Striche, mit denen er sein Gesicht gezeichnet hatte, auf dem Stein lagen, hielten sie inne.

Ja – ich erinnere mich, dachte Lott.

Dann stand er plötzlich vor Mary Gerold-Tucholskys Grabplatte, zu der Ilse ihn geführt hatte, und las die Inschrift darauf.

... hat nur einmal geliebt.

KAPITEL 5 – DAS GESTOHLENE TAL

Gott hatte zu tun. Es war das Gletschereis, das ihm zu schaffen machte. Er hatte es aus dem Inntal geschleppt und trug es nun über die Achenseefurche und über das Tal der Weißen Valepp. Mit dem Eis führte er fremde Gesteine mit: Granite, Quarz, Serpentin und Amphibolit. An nichts sollte es fehlen, denn er hatte Großes vor. Mit den Gesteinen der Molasse, dem Abtragungsschutt der jungen, aufsteigenden Alpen, war ein Untergrund geschaffen, ein Fundament, auf das sich bauen ließ. Er hatte, wie gesagt, Großes vor. Und Zeit war nicht das Problem. Es kam ihm auf ein paar Millionen Jahre mehr oder weniger nicht an. Gott legte sich dennoch ins Zeug, denn jetzt, da die Wucht der Eisströme allmählich verebbte, begann er, ein Tal zu modellieren, in sanften Bögen, lieblich also und anders als das schroffe Gestein bisheriger Architektur. Göttin Tethys, die Mutter der Wolken, welche die Bäche, Quellen und Brunnen gebar, sollte die Namensgeberin sein. Und mit Jod- und Schwefelquellen für die künftigen Bewohner des Tales Gesundbrunnen erschaffen. Mit Quellenwunder und Quellenzauber, schließlich war sie eine Göttin und somit befugt, Gottes Werk zu vollenden.

Lott legte Maries Buch aus der Hand. Der Prolog hatte ihn in gewisser Weise verzaubert. Einen Kriminalroman konnte man so jedenfalls nicht beginnen. Aber wie Ilse ihm schon gesagt hatte, war »Das gestohlene Tal« kein Kriminalroman, sondern eine Liebeserklärung an ihre Heimat. Und eine Abrechnung mit all denen, die dieses Tal bereits zerstört haben. Allen voran ihr Vater, der in ihrem Roman, wie im wirklichen Leben, Bauunternehmer war. Ob so korrupt, wie Marie ihn schilderte, sei dahingestellt. Trotz aller Verbrechen an der Natur war Maries Buch wohl nicht mit ihren früheren Kriminalromanen zu vergleichen.

Lott suchte nach Hinweisen, einem Anhaltspunkt, inwieweit dieser Roman die Saat eines Verbrechens hätte streuen können. Maries Vater war tot, aber die Komplizen lebten noch, fürchteten vielleicht, dass Marie sie noch mehr bloßstellen könnte. Andererseits scherten die sich doch einen Teufel darum, was die kleine Nestbeschmutzerin in ihren *Schundromanen,* so ein Statement in einer Presseerklärung, von sich gab. Lott dachte an den Videoclip, in dem Marie ihnen gedroht hatte: »… deshalb rate ich allen, sie mögen sich warm anziehen!«

Von draußen drang das Muhen einer Kuh. Lott war sich sicher, es war dieselbe wie gestern. Kalbte sie noch immer, oder hatte man ihr das Kalb weggenommen? Marie, da war sich Lott sicher, würde es heraushören, denn sie verstand, wie Ilse ihm sagte, die Sprache der Kühe.

Lott nahm das Buch wieder zur Hand und schlug es auf. Es war die Stelle, die ihm gestern schon ins Auge gefallen war, bei der es um die Enthornung der Kühe ging. Er las die Seite noch einmal:

Der Mann nähert sich dem Fanggitter, in der Hand eine Säge. Er ist ein Folterer und weiß es nicht. Das Horn, das er sich nehmen will, lebt. Nur die Hornscheide ist Horn, Gewebe und Nervenhaut umhüllen den Knochenzapfen. Ein Auswuchs des Stirnbeins ist dieser Knochenzapfen, wenn er das Horn absägt, dann auch den Schädelknochen, zumindest ein Teil von ihm …

Und wie gestern übersprang er die medizinischen Erklärungen und las dort weiter, wo eine Kuh selbst zu Wort kommt.

… Wie soll ich jetzt reden, meine Herdenposition unterstreichen, bei Gefahr die Herde warnen. Das Horn ist mein Sensor und Sprachrohr. Wie kann ich mich mitteilen ohne Horn, wie mich zurechtfinden, wie mich noch orientieren? Ein kurzes Senken des Gehörns, um ein rangniedrigeres Tier zum Weichen zu bewegen. Wie soll das noch gehen? Ohne die Würde, die mein Horn mir verleiht …

Was wollte Marie dem Leser sagen? Ging es wirklich nur um Kühe? Oder nicht auch um ihre eigene Ohnmacht, *ohne Sensor und Sprachrohr* sich mitteilen zu können. War das Verlieren des Horns am Ende eine Metapher für den Verlust von Würde?

Lott ließ die Blätter durch seine Finger gleiten, als müsste der Zufall ihm zur Seite stehen und er bei der richtigen Seite stoppen und aufschlagen und das Geschriebene dort wäre schon die Spur, die zu der einzig wahren Lösung führt.

Liebe Hedwig Courths-Mahler, ich spreche dich von Kollegin zu Kollegin an. Ich bin Marie Strasser, und meine Romanheldin heißt Annegret Hagn. Sie ist keine Griseldis, die auf ihren Traumprinzen hofft, sie ist Polizistin und als solche auf der Jagd nach den Landschaftszerstörern. Vielleicht ist ein Teil von dir ja noch da. Ein Seelenanteil, der nicht loslassen will, dann schau aus dem Fenster und du wirst sehen: Die Bagger rücken dir bereits auf den Pelz. Annegret Hagn hält fest: Der Tatbestand der vorsätzlichen Landschaftsverletzung ist gegeben und muss verfolgt werden. Ich bin hier geboren, es ist auch mein Tal, und ich werde es schützen, so wahr mir Gott helfe. Die Gier, ein Virus, gegen das kein Kraut in unserer hiesigen so heilpflanzenreichen Gegend gewachsen ist. Es ist eine Binsenweisheit, aber durch zahlreiche Beispiele belegt, dass die Schönheit einer Landschaft den Kern ihrer Zerstörung bereits in sich trägt. Denn dort, wo es am schönsten ist, zieht es die Reichen und Mächtigen hin, ohne Skrupel dabei zu haben, drängen sie die einheimische Bevölkerung aus ihrer kleinen, heilen Welt an die Peripherie ihres Landkreises und somit raus aus dem Paradies. Still wüten die Spekulanten, und ihrer Bauwut kann niemand Einhalt gebieten. Gewiss, auch du hast das Tal als deine Heimat gewählt, hast dich integriert, bist eine von uns geworden. Doch die Ankömmlinge heute, Rentner auf der Suche nach einem Altersruhesitz, vereinsamen in ihren Villen ohne die Kinder und Enkel, die sonstwo in der Ferne ihr Zuhause haben. Sie sind zu alt, um noch einmal Wurzeln schlagen zu können. Es sind Greise, und mit ihnen vergreist auch das Tal. Am schlimmsten aber sind jene, die ihre Villen nur als Drittwohnsitze für ein paar Sommertage im Jahr nützen und ansonsten die Fensterläden geschlossen halten und uns ihre blinden Häuser überlassen. Wären es einfache Hütten oder auch Häuser, aber es sind Villen mit Tiefgaragen und Swimmingpools, die sie in die Hänge hineingraben. Jeder Kubikmeter Wasser im Pool wiegt eine Tonne, Tausende von Tonnen Gewicht, die dem Berg also zusätzlich aufgebürdet werden, muss der Leeberg tragen. Aber was kann man tun gegen die geologischen Unbedenklichkeits-

gutachten, welche die Bauwerber aus dem Ärmel ziehen wie Falschspieler ihre gezinkten Asse. Weißt du es, Hedwig Courths-Mahler? Hätte ich deine Fantasie, ich wüsste die Lösung. Aber es geht jetzt auch um dein Haus. Wehr dich, Kollegin …

Lott klappte das Buch zu, wunderte sich noch darüber, dass die Autorin sich plötzlich selbst in das Geschehen einbrachte und nicht ihre Protagonistin reden ließ.

Lotts Daumen klemmte als Lesezeichen noch zwischen den Buchseiten, während er an die Decke starrte und mit losgelösten Gedanken vor sich hin träumte. *Ich bin nicht mehr im Dienst. Ich bin ein Pensionär. Also habe ich das Recht, dass mich im Augenblick jede Form sachlicher Kriminalistik ankotzt.*

Er haderte mit sich, auf was er sich da eingelassen hatte. Aber sich bockig zu geben, war ja auch keine Lösung. Er dachte an Elli. Ein Anruf war längst überfällig. Warum aber verfranzte er sich jetzt in Maries wilden Spekulationen. Waren die vielen Ermittlungen jahrzehntelanger Polizeiarbeit denn so langweilig und fruchtlos gewesen, dass er mit einem Male zum Verschwörungstheoretiker tendierte?

Wie Marie!

Wenn sie denn eine war.

Er schlug erneut Maries Buch auf und las weiter:

Wer stiehlt ein Haus, sackt es ein wie ein Dieb in der Nacht. Wer hat es gestohlen, das Fischerwebergütl am Egerer G'stad? Ein Verlust, den ich nicht ertrage, denn die Heimat, das bin auch ich, die Hagn Annegret. Und der Blick auf das schlichte Anwesen, das an diesem wundervollsten Platz steht, er ist getrübt, denn die Augen ganz öffnen, das traue ich mich nicht mehr. Und wenn ich sie doch einmal öffne, dann versperrt mir ein Tränenvorhang den nicht gewollten Blick. So viele Menschenleben trägt es. Darin geboren, darin gestorben. Oder der Heimat entrissen, wie jener junge Sohn des Hauses, der zum napoleonischen Feldzug gezwungen wurde und mit 30.000 anderen bayrischen Buben dasselbe Schicksal teilte, einen sinnlosen Tod zu erleiden. Kein Anwesen lag mir je mehr am Herzen, nicht einmal Thomas' Haus auf der Tuft'n und schon gar nicht das eigene Elternhaus, dieser kalte Protzbau, in den mein Vater mit aller Gewalt bayerische Gemütlichkeit hinein gemeißelt hat.

Das Fischerwebergütl aber, das war die Heimat meiner Seele. Die Hauskapelle darin mit dem Bildnis der Schmerzhaften Muttergottes. Nun werden die Gebete nicht mehr erhört werden, und der See wird über die Ufer treten und neue, höhere Ufer schaffen. Plötzlich steigt mir das Aroma des Enzians in die Nase. Im Wandkastl hat die Flasche immer gestanden. Er kann jetzt keinen mehr trösten und die Kuh nicht heilen, wenn sie eine Medizin braucht. Alle sind sie gegangen, die Kühe und die Menschen und die Seelen und Geister des Hauses. Und nun das Haus selbst. Sie haben es gestohlen, sind gekommen wie Diebe in der Nacht und haben es abgerissen und auf die Genleiten geschleppt wie eine Jagdtrophäe. Aber dort wird es so wenig wieder lebendig, wie ein erlegter Hirsch wieder lebendig wird, wenn man ihn ausstopft.

Lott legte das Buch zur Seite. Und nahm ein anderes her.

»Die letzte Maiandacht«, so der Titel. Er las und las sich fest. Ein Kriminalroman, der an den Ufern des Tegernsees spielt. Rührend und naiv. Er las ihn mit der Erfahrung und dem Wissen eines lang gedienten Kriminalhauptkommissars. Und musste dabei ein ums andere Mal schmunzeln. Die Ermittlungsschritte der Polizistin waren äußerst dilettantisch. So sympathisch Maries Ermittlerin herüberkam, so unbeholfen stolperte sie über die Grundregeln jeder Tatortbefundaufnahme. Kriminalistische Versionsbildungen, Ermittlungs- oder Teilermittlungspläne, geschweige denn Fallanalysen gab es in Maries Polizeiwelt schlichtweg nicht. Es war ein Räuber- und Gendarmspiel, bei dem die Räuber die Bösen waren, die im realen Tegernseer Alltag wohl ihre unverkennbaren Spiegelbilder hatten. Auch in diesem Kriminalroman gab es bereits Landschaftsdiebe, die in ihrer Profitgier auch vor Mord nicht zurückschreckten. Annegret Hagn jagte sie und brachte den wohl größten Halunken bei der *letzten Maiandacht* zur Strecke.

Eine Stunde oder mehr las Lott darin. Zuweilen überflog er die Seiten, wenn Marie aus dem Schwärmen über die Schönheit des Tales nicht herausfand.

Lott betrachtete auf dem Buchrücken das Foto von Marie und las ihre kurze Vita. Dann stellte er das Buch zurück und griff wieder zu Maries letztem Roman.

»Das gestohlene Tal.«

Der war von einer anderen Art. Sprachlich ein einziger Trauergesang. Eine melancholische Anklage, in der bereits die Resignation der Ermittlerin Annegret Hagn mitschwang. Ein wütender Angriff noch hie und da, wenn sie die Talräuber in die Enge trieb und bloßstellte. Aber lag darin ein Grund, die Verfasserin aus dem Verkehr ziehen zu wollen?

Lott hegte Zweifel.

»Du musst das Buch als Ganzes sehen und nicht irgendetwas herauspicken. Es ist kein Kriminalroman, aber eine einzige Anklage.«

Er hatte Ilses Interpretation im Ohr. Und war wieder ganz der sachliche Ermittler, der er immer gewesen war, und daher jenseits jeglicher Verschwörungstheorie. Und er war sich sicher: Sollte Marie etwas zugestoßen sein, dann nicht wegen dieses Buches.

KAPITEL 6 –
DAS ENDE DER BEGIERDE

Ein Lied von Victor Jara ging Lott durch den Kopf. Es stammte aus dem Album »Presente«. Ein paar abgerissene Strophen konnte er noch her singen und den Refrain. Seine Gedanken hatten einen kleinen Quantenhopser ins Jahr 1973 gewagt. Militärdiktatur in Chile. Die Ermordung von Salvator Allende. Auch dies ein schrecklicher 11. September.

Es war ein unglaubliches Jahr gewesen. Auch wenn die Menschheit nicht recht vorankam, resümierte Lott, verhalfen wir wenigstens der Sexualität zu einem Stück Freizügigkeit. Mit Elli und Isabelle eine *Ménage á trois.* Wilde Zeiten. Aber musste Elli gerade jetzt damit kommen. Die *Ausschweifungen* ihrer frühen Jahre wieder hervorkarren? Was war in sie gefahren? Und was war in ihn gefahren, diese eine Nacht in Wien gegen Elli als schweres Geschütz aufzufahren. Bei allen gemeinsamen erotischen Eskapaden war doch er, der Kriminalhauptkommissar in spe, der Nutznießer gewesen. Mit zwei Frauen im Bett, die seine Erotikträume ein ums andere Mal realisierten!

Wie albern aber, dass Elli jetzt mit diesem peinlichen Foto daherkam.

Das Ende der Begierden ist das Ende der Leiden. Das

war doch die Literatur, die sie neuerdings las. Zen-Weisheiten …

Er konnte jetzt nicht anders, er musste Elli anrufen.

*

Elli spürte, wie die Wohnung ohne ihn geschrumpft war. Das Gegenteil hätte doch der Fall sein müssen. Ein weiter Raum ohne jede Auseinandersetzung. Sein Nichtvorhandensein aber füllte jedes Zimmer und ließ ihr kaum Platz zum Atmen. So ähnlich muss es sein, wenn der andere einmal unwiederbringlich nicht mehr da ist, dachte sie und man ein Leben ohne den anderen erst lernen muss. Dann nahm sie die Hundeleine von der Garderobe. Flaubert, der das Geräusch wahrnahm, war sofort zur Stelle. Elli schlug den gewohnten Weg zum Ortsrand ein. Als die Felder begannen, ließ sie Flaubert von der Leine. Die Sonne hing bereits zwischen den Baumkronen des nahen Waldstücks. Auch hier draußen war Enge. Dabei war sie ja die meiste Zeit ohne ihren Mann unterwegs gewesen. Wann hatte der schon mal Zeit gehabt. Sie war doch das Alleinsein gewöhnt. Auch hier draußen. Aber jetzt schien irgendetwas anders zu sein. Sie hatte Angst. Wer war diese Ilse? Sie fühlte sich bedroht von ihr. Bedroht, das Leben, das sie bisher geführt hatte, zu verlieren. Sie hatte ihr Handy zu Hause gelassen. Vielleicht hätte sie sonst angerufen, ihn gebeten, auf der Stelle zurückzukommen. Aber sie tat nichts dergleichen. Auch als sie wieder daheim und das Telefon in Reichweite war. Sie würde warten, bis er anrief. Die Fotos hatte sie wieder weggeräumt. Vielleicht, so dachte sie, war es falsch, ihn auf das Foto hinzuweisen, auf dem sie sein Geschlecht zum Mund führte wie etwas Essbares und dabei lachte. Vielleicht war die Vergangenheit ja ein früheres, längst gelebtes Leben.

Sie stellte Flaubert den gefüllten Futternapf an die gewohnte Stelle, an welcher der Hund bereits mahnend verharrte. Dann ging sie zurück ins Wohnzimmer, unruhig und wie jemand, der nicht sicher war, ob die Gegenstände darin noch zu ihr gehörten. Alles erschien ihr mit einem Mal fremd. Sie ging zu der Anrichte und kramte aus dem Schränkchen darunter ein paar Schallplatten hervor. Seitdem sie auf CDs umgestellt hatten, verwaisten die Vinyl-Tonträger zusehends darin. Allesamt waren es Relikte aus den 70er und 80er Jahren. Sie griff jetzt nach der Platte von Georges Moustaki »Ma liberté«. Sie musste auch den Plattenspieler hervorholen und ihn einstecken. Das Gerät war an der Hochschule für Gestaltung entwickelt worden und nannte sich »Schneewittchensarg«.

*

Lott ging nach draußen und ein paar Schritte in Richtung Wallberg. Er setzte sich auf eine Bank und rief Elli an. Die nahm gleich ab. Im Hintergrund hörte er Moustaki »Ma liberté«.

Warum spielte sie das jetzt ab.

Es war einmal ihr Lied gewesen. Aber das war vor mehr als 35 Jahren. Dazwischen lagen Gluck und Mendelssohn-Bartholdy, lagen Bach und La Bohème, ihre ganze Klassikphase und Reinhard Mey »*Nein, meine Söhne geb ich nicht*«.

»Ma liberté« lag doch auf der untersten Stellage ihrer gemeinsamen Erinnerungen. Aber er selbst hatte ja auch

Victor Jara im Ohr gehabt. Ein Salto rückwärts also, eine kleine Zeitreise in die Vergangenheit, auch von ihm.

»Du hörst Moustaki?«, fragte er dennoch.

Elli schnaufte nur. Dann sagte sie, als wäre dies die einzig plausible Erklärung: »Der ›Schneewittchensarg‹ musste wieder einmal geöffnet werden.«

Lott grinste. Gegen Ellis Schlagfertigkeit kam er nicht an.

Und so blieb ihm nur die lapidare Frage: »Wie geht es dir?«

Elli antwortete ebenso lapidar: »Ich bin keine 20 mehr.«

»Ich auch nicht«, konterte Lott.

»Aber du benimmst dich so.«

Lott schwieg ins Telefon. Als dies unerträglich wurde, sagte er ungeduldig fragend: »Elli, was ist los? Wir sind seit Jahrzehnten zusammen, denkst du …«

Elli unterbrach ihn: »Aber jeder in seiner eigenen Welt. Du in deiner Polizeidienststelle. Und ich, ja wo lebte ich denn?«

»Du hast deine Buchhandlung nie losgelassen.«

»Mein Gott, die Buchhandlung!«

»Du trugst immer einen deiner Autoren im Mund herum und hast sie bei jeder Gelegenheit zu Wort kommen lassen. Das war doch deine Welt, in die ich nur als Zaungast blicken durfte. Deine klugen Sätze von klugen Schriftstellern, die du …«

»Und gab es keine gemeinsame Welt?«, unterbrach ihn Elli aufgebracht.

»Natürlich gab es die! Und damit meine ich nicht allein Lisa, unsere Tochter, oder Flaubert, sondern Herrgott noch mal unsere verdammte Liebe!«

»Dann setz dich ins Auto und komm!«

»Bald, Elli, aber nicht jetzt! Wir haben eine vielversprechende Spur.«

»Kann ich zum Wochenende mit dir rechnen?«

Lott sagte nichts.

Und Elli: »Ich habe verstanden.«

»Nichts hast du verstanden«, entgegnete Lott wütend.

Und Elli: »Hast du mit Ilse geschlafen?«

»Ich gebe dir keine Antwort darauf!«

»Und wann haben wir das letzte Mal miteinander geschlafen?«

Lott schwieg.

»Du weißt es also nicht mehr«, bohrte Elli nach.

»Ich weiß aber noch, wie du gesagt hast: ›Das Ende der Begierden ist das Ende der Leiden.‹ Und das ziemlich von oben herab. Als wäre das mit der Begierde nicht mehr deine Welt.«

»Ich war der Meinung, den Sex transzendiert zu haben.«

»Man kann auch ohne Sex gierig sein«, beharrte Lott. »Du warst gierig auf Harmonie. Harmoniesüchtig warst du!«, schrie er jetzt ins Telefon. »Nur keine Auseinandersetzung, nur kein lautes Wort!«

»Dann musst du ja jetzt zufrieden sein«, entgegnete Elli mit dünner Stimme. Und fuhr fort: »Du hast recht, ich war immer gierig nach Geborgenheit.«

Ellis Anklage war eine Mischung aus Verzweiflung und Empörung. Sie atmete jetzt schwer und ihr Atem schien keiner weiteren Auseinandersetzung mehr standzuhalten. Elli war drauf und dran, ihre Krankheit als Waffe einzusetzen.

Lott spürte es, verabschiedete sich und legte auf.

*

Und dann Ilse. Die kam ihm jetzt hinterher. Und setzte sich neben ihn, blickte ihn fürsorglich an und fragte: »Deine Frau?«

Lott nickte.

»Gibt es Probleme, weil du hier bist?«

»Ja«, gestand Lott. »Sie will, dass ich zurückkomme.«

»Wann?«

»Möglichst sofort.«

Ilse blickte enttäuscht zu Boden, bückte sich dann und rupfte eine Wegwarte aus der Erde.

Wieder gefasst sagte sie: »Sei froh darüber. Der Strasser und ich, wir hatten keine Probleme mehr miteinander. Wer sich nichts mehr zu sagen hat, der lässt auch die Probleme außen vor.«

»Ich weiß nicht, was plötzlich in Elli gefahren ist«, gab sich Lott verwundert. »Wir hatten immer unsere Freiräume.«

»Sie ist eifersüchtig und sie hat Angst vor mir.«

Lott lachte auf. Sein Lachen klang künstlich.

Ilse nahm es zum Anlass. Und erzählte: »In meiner Ehe wurde nur noch schlechtes Theater gespielt für ein ebenso miserables Publikum. Beim Leonhardiritt immer im ersten Wagen, einer Prunkkarosse. Darin dann das Traumpaar des Tegernseer Tals.«

»Ich kann mir das gut vorstellen«, bemerkte Lott ironisch.

»Aber hinter den Gardinen? Der Max hat vom ersten Tag an unsere Ehe besudelt. Ich, das Heimchen am Herd, während er seine Streifzüge unternahm. Ich fühlte mich beschmutzt von seiner Heimlichtuerei. Und noch mehr gedemütigt, wenn er jeden meiner Fehler sezierte. Darin war er Spezialist.«

»Du hast nie in Erwägung gezogen, dich von ihm zu trennen?«

»Ich habe dafür bekommen, was ich wollte. 35 Jahre lang am Tegernsee leben zu dürfen, quasi in Saus und Braus, für eine unglückliche Ehe. Ist das etwa kein gutes Geschäft gewesen? War der Preis zu hoch?«

Sie schaute Lott fragend an, ohne eine Antwort zu erwarten. Und fuhr fort: »Materiell gesehen war es ein Leben, das du dir vielleicht auch gewünscht hättest. Aber dafür hast du ja das familiäre Glück gefunden. Oder war beides nur Illusion? Auch dein Eheglück nur eine Posse?«

Ilses Stimmung war gekippt. Sie stand auf, stapfte trotzig um die Bank herum, als wäre diese Stimmungslage nur gehend zu ertragen. Und rief in die enge Flusslandschaft hinein: »35 Jahre Tegernsee, wenigstens den Traum konnte ich mir erfüllen! Aber der Preis war zu hoch! Er war Wucher!«

Ihre Aussage klang bitter. Lott schaute sie entgeistert an, aber verstand.

Schließlich hatte auch Ilse das Recht auf Stimmungsschwankungen.

»Wie ist's um deine Einkommensverhältnisse bestellt«, fragte Ilse dann, mit einem Male wieder ganz sachlich geworden.

»Die Abzüge sind erträglich«, ließ Lott sie wissen, »mit dem Geld kann man planen, wenn auch keine Schlösser bauen.«

»Luftschlösser allemal«, erwiderte Ilse, »für die reicht Geld doch immer. Und Luftschlösser haben ein stabiles Fundament.«

Ilse setzte sich wieder, legte eine Hand auf Lotts Schenkel und wurde sentimental.

»Wir waren ein Paar mit Aussicht auf Zukunft. Selbst Mary Tucholsky hat das gesehen. Erinnerst du dich nicht?«

Lott konnte nichts darauf sagen, nur ihre Stimme jetzt wahrnehmen. Wenn Ilse sprach, konnte das immer noch wie Musik klingen. Ein einzelner Satz bereits eine Melodie, frei von Dissonanzen. Daran hatte sich nichts geändert.

Er lächelte Ilse an und griff nach ihrer Hand, die noch immer auf seinem Schenkel ruhte.

Und Ilse lächelte zurück.

»Du glaubst an eine zweite Chance?«, hauchte sie.

Lott schwieg und zog seine Hand zurück.

Da nahm Ilse die gepflückte Wegwarte und drückte sie gegen ihr Brustbein.

»Die Wegwarte hilft gegen Schmerzen aller Art.«

Lott schaute sie fragend an.

»Auch gegen Herzschmerzen. Und mein Herz tut weh, weil ich nicht will, dass du gehst.«

Lott wollte ihre Hand greifen, die noch immer die Pflanze an die Brust drückte.

Ilse wehrte ihn ab. »Lass nur. Du hast es ja schon gesagt. Unsere Liebe hat sich aus dem Staub gemacht …«

»Das war vor 40 Jahren«, korrigierte Lott seine Aussage und bemerkte, wie um Ilses Lippen ein herausforderndes Lächeln spielte.

»Was ist?«, forschte Lott.

»Ich habe eben an einen Satz von Tucholsky gedacht, den er Mary in seinem letzten Brief geschrieben hat.«

Lott horchte.

»Man denkt oft, die Liebe ist stärker als die Zeit. Aber immer ist die Zeit stärker als die Liebe.«

Lott nickte wissend.

KAPITEL 7 – DAS HAUS AM ROSSWANDWEG

Wengartner wartete am Terminal 2. Lott wunderte sich.

»Es muss schon eine Amtsperson dabei sein«, sagte Wengartner spöttisch.

»Danke, Alois«, sagte Ilse. Er hatte bereits Kontakt mit den Technikern, die für die Überwachungskameras zuständig sind, aufgenommen und strebte nun zu deren Büro hoch.

Eine junge Mitarbeiterin der Abteilung nahm die drei Besucher dort in Empfang und führte sie weiter in den Kontrollraum, wo bereits der Leiter der Abteilung wartete. Sie begrüßten einander mit Handschlag.

Der Techniker kündigte an, dass er den entsprechenden Film bereits vorbereitet hätte, und bat die Anwesenden, Platz zu nehmen und ihre Aufmerksamkeit auf den Bildschirm zu richten. Ilse drückte Lotts Hand, als liefe nun gleich ein Film, der sie emotional aufwühlen würde. Im nächsten Augenblick flimmerten Bilder über den Bildschirm, die eine Gruppe Reisender zeigten, die eben eine Boeing verlassen hatten und nun auf dem Weg zur Flughafenhalle waren und bald schon in einem Tunnel verschwanden.

Ilse starrte gespannt auf die Bilder der Kameraüberwachung und drückte Lotts Hand noch fester.

Lott warf ihr einen Blick zu, der Erwartung signalisierte, und schwieg.

Wengartner fragte Ilse: »Erkennst du jemanden unter den Passagieren?«

Ilse schüttelte den Kopf. »Nein.«

Im nächsten Augenblick aber schrie sie auf: »Stopp!«

Der Film wurde angehalten.

»Können Sie das vergrößern?«, fragte Ilse aufgeregt. »Die Frau, die durch den Mann davor halb verdeckt ist, das könnte Marie sein. Gibt es eine andere Perspektive? Eine andere Kameraeinstellung? Marie ist klein, im Pulk geht sie unter.«

Ilse plapperte wie ein Kind. Lott versuchte, sie zu beruhigen.

Aber Ilse schrie erneut: »Das ist Marie, das ist ohne Zweifel Marie.«

»Welche Frau?«, fragte Wengartner.

»Die halb verdeckte Frau.«

»Aber Ilse, wie du selbst sagst, sieht man doch das meiste von dieser Frau nicht. Kein Gesicht und nur die Ahnung einer Statur.«

»Sie trägt Jeans. Marie trägt immer Jeans. Und es ist die Art, wie sie geht!«

Wengartner und Lott wechselten ein paar vielsagende Blicke.

Schließlich sagte Wengartner: »Warten wir, ob sie später, wenn sie das Flughafengebäude betreten, noch besser ins Bild kommt.«

Die folgende Kameraeinstellung zeigte die Passagiere, wie sie am Rollband darauf warteten, ihr Gepäck entgegennehmen zu können. Von der Frau, die hätte Marie sein können, aber war nichts zu sehen.

Plötzlich schrie Lott: »Stopp! Halten Sie das Bild an!«

Der Techniker folgte Lotts Aufforderung, und Wengartner fragte: »Haben Sie jemanden erkannt?«

»Ja«, antwortete Lott. Und fragte, Ilse zugewandt: »Wer ist der Mann in der grünen Trachtenjacke?«

»Ich kenne ihn nicht«, antwortete Ilse mit dünner Stimme.

»Das ist der Mann mit dem Gewehr, der mich von Mary Tucholsky Haus verscheucht hat.«

*

Alois Wengartner legte den Hörer zurück auf die Station. Dann starrte er zum Fenster hinaus. Er fühlte sich wie ein Hund, dem das Herrchen soeben die Leviten gelesen hat. Er musste das jetzt erst von sich abschütteln.

Was wollte Feldhaus eigentlich? Dass er alles unter den Tisch kehrte, was sich einige Herren neuerdings im Tal herausnahmen? Seit Max Strassers Tod schien die Hierarchie durcheinandergewirbelt. Ein jeder wollte jetzt das Alphatier sein. Oder auch nur das Alphatier spielen. Denn an Max Strasser reichte keiner von denen heran, die nur ihren eigenen exzentrischen Vorteil im Sinn hatten. Er nahm die Kaffeetasse zur Hand und trank sie leer. Dann ging er nach draußen. Er brauchte jetzt dringend frische Luft. Und den Blick zum Wallberg. Nicht, dass er jetzt dort sein wollte. In den Bergen schon. Aber nicht unter den Touristen. Sondern allein oder mit den Kameraden von der Bergwacht. Und irgendwo abseits der ausgetretenen Wanderwege. Aber der Wallberg war auch ein Symbol, das für ihn Heimat bedeutete.

Wir wollen den Ball möglichst flach halten.

Was sollte das? Was steckte hinter Feldhausens Aussage?

Mein Gott, ihm war die Sache auch nicht angenehm. Aber der Name Strasser hing nun einmal über dem Tal wie unser König Ludwig über seinen Schlössern.

Und was Marie betraf, das war er Ilse einfach schuldig.

Was also wollte Feldhaus wirklich von ihm? Gingen bei ihm, wenn er den Namen Strasser hörte, noch immer gleich die Alarmsirenen an? Obwohl der Max seit zwei Jahren unter der Erde lag. Auf dem Egerner Friedhof. Im Familiengrab der Strassers.

Alois Wengartner hatte jetzt genug frische Luft geschnappt. Die musste bis zum Feierabend reichen. Wie auch der Blick zum Wallberg. Man müsste die Blicke zu ihm auf Vorrat anlegen. Während er das dachte, saß er bereits wieder an seinem Schreibtisch und kramte die Unterlagen zu der Vermisstenanzeige von Ilse Strasser hervor. Er las sie gelangweilt und gleichermaßen gerührt. Als das Telefon klingelte, war er für die Ablenkung dankbar.

»Achleitner hier, grüß dich, Alois.«

»Anton, habe die Ehre, was gibt's?«

»Du wirst es nicht glauben, aber dieser Miesbacher Kommissar lässt nicht locker. Kannst du nicht mal mit ihm reden?«

»Anton, keine Chance. Aber wenn du den Ball flach hältst, passiert nichts.«

*

Der Mann mit dem Gewehr trat vor die Tür. Diesmal hatte er das Gewehr nach Jägerart geschultert. So fiel er nicht auf. Er trug die hiesige Tracht, darüber einen Lodenmantel. Er sah aus, als hätte er sich soeben in einem der traditionellen

Trachtenläden in Rottach-Egerns Nördlicher Hauptstraße eingekleidet. Aber er wollte als Jäger durchgehen. Er öffnete das Garagentor, dann das breite Gartentor, legte das Gewehr auf die Rückbank seines dunkelgrünen Mercedes Geländewagens der G-Klasse, stieg ein und fuhr los. Weit kam er nicht. Gerade, als er wieder aussteigen wollte, um das Gartentor wieder hinter sich zu schließen, versperrten ihm zwei Streifenwagen der Wiesseer Polizeiinspektion den Weg. Aus einem der Wagen stieg Wengartner.

»Wir haben einen Durchsuchungsbeschluss«, teilte er dem Mann mit dem Gewehr mit.

*

Sie fanden eine Tierleiche. Erschwerend kam hinzu, dass es eine Gams war.

KAPITEL 8 – DAS GESTOHLENE TAL II

Lott schlug Maries Buch auf und las:

Jupiter und Sonne standen Pate, als Gott das majestätische Pflanzenwesen der Engelwurz erschuf. Und nun war es Annegret Hagn, die vor dem zwei Meter hohen majestätischen Pflanzenwesen stand und es anrief, wie man zu allen Zeiten die Erzengel angerufen hatte, wenn man deren Hilfe bedurfte. Das Tal lag im Argen und es war krank und so rief Annegret Hagn im Schutze der mächtigen Pflanze den Erzengel Raphael an. War er doch der Engel der Heilung, der die Engelwurz einst aus der Welt der Feen und Elfen in die Klostergärten gebracht und als Heilige Geist Wurz in die Klostermedizin eingeführt hatte. Und die Mönche und Klosterfrauen pflegten die Pflanze und weihten sie dem Erzengel Raphael. Bald fand sich die Engelwurz in jedem Bauerngarten, bis sie in den umliegenden Nasswiesen, an Bachufern, Wegrändern in Wäldern und Bergschluchten bis weit hinauf in die Höhe unserer Berge verwilderte. Nun ist sie selten geworden. Und ich bin froh, ein Exemplar dieser Spezies entdeckt zu haben. In ihrem Schatten rufe ich den Erzengel Raphael an …

Lott klappte das Buch zu. Von draußen hörte er Schritte. Es war Gordana. Sie fragte Lott, ob er Wünsche hätte. Kaffee, Tee, ein Stück Kuchen?

Ilse war weggefahren. Ein Termin bei der Bank und Einkäufe.

Lott wünschte Tee und sagte auch beim Kuchen nicht Nein. Als Gordana mit beidem zurückkam, fragte er sie, wie sie das Mutter-Tochter-Verhältnis von Ilse und Marie einschätze.

Gordana verzog das Gesicht, spitzte die Lippen und sagte: »Dazu will ich lieber nichts sagen.«

»War es denn nicht gut?«, hakte Lott nach.

»Früher sah es manchmal so aus, als wünschte die eine der anderen den Tod.«

»Im Ernst, so schlimm?«

»Wie Hund und Katz!«

»Wann war das? Ich hatte nicht den Eindruck, dass Frau Strasser ihre Tochter hasst. Im Gegenteil, sie macht sich Sorgen.«

»Ja, das alles ist eine Tragödie«, sagte Gordana und war schon wieder bei der Tür.

Lott rief sie zurück. »Gordana, was ist vorgefallen?«

»Ich kann das nicht sagen, aber es ist eine Tragödie.«

»Ist dieses Buch dran schuld?«

»Das ist doch nur Papier.«

Lott lächelte. Gordana nahm es zum Anlass, eine Bitte von Ilse weiterzuleiten:

»Balou müsste Gassi gehen. Ilse fragt an, ob Sie das heute machen könnten, da Sie ja auch einen Hund haben, und ich kann leider heute nicht.«

»Natürlich«, sagte Lott.

Schon griff Gordana nach der Leine. Ein Geräusch, das

auch Balou nicht verborgen blieb, der sogleich mit gespitzten Ohren ins Wohnzimmer tappte. Lott nahm den letzten Bissen Kuchen, trank die Tasse Tee zu Ende und war bereit. Er schlüpfte in seine Schuhe, nahm die Jacke von der Garderobe und leinte den Hund an, der ihn etwas verwundert anschaute, aber ihn doch zu akzeptieren schien.

»Bitte immer an der Leine führen«, sagte Gordana.

Lott versprach es und ging.

Balou zerrte, wollte losstürmen, aber Lott hatte den Hund gleich im Griff und bestimmte fortan das Tempo. Sie gingen zur Roßkapelle, Richtung Unterwallberg. Lott war versucht, den Hund springen zu lassen, hielt sich aber dann doch an das Versprechen, das er Gordana gegeben hatte. Außerdem hatte er Gewissensbisse Flaubert gegenüber. Er war seinem Hund untreu geworden.

*

Bei der Roßkapelle machte er Halt. Die Hüfte schmerzte. Er brauchte dringend eine Pause. Er las noch die Bitt- und Dankschilder im Inneren der Kapelle, dann setzte er sich auf die Bank davor, zog Maries Buch aus der Tasche und las, während Balou sich zu seinen Füßen legte.

Über dem Wallberg hängt die Sonne, ganz wacklig, als falle sie gleich herab auf den Berg. Und durch das Tal weht bereits der Pesthauch des Vergehens.

Hier sitze ich, Annegret Hagn, an der Prinz-Carl-Kapelle am Leeberg, die bereits von Neubauten umzingelt ist, und beobachte die Geschütze. Einen Tag lang sind sie gegen den Leeberg vorgegangen. Nun, da die Sonne sich zurückzieht, werden auch sie aus dem Schlachtfeld gezo-

gen. Genug Erdreich wurde für heute abgetragen und zahllose Bäume sind wieder dem Bauvorhaben zum Opfer gefallen. In unserem Tal herrscht Krieg. Krieg gegen das Tal. Und mein Vater ist der Feldherr, der gegen das Tal zieht, als wäre es sein Feind. Mit einem Heer von Spekulanten zieht er ins Feld. Wie viel Land hat er bereits erobert, wie viele Gebäude zerstört? Sein Kriegszug nimmt kein Ende. Nun geht er gegen die Prinz-Carl-Kapelle vor, an der ich verweile und beobachte, wie weit er noch geht in seiner Wut. Sie scheint ihm im Weg zu sein, ein Dorn im Auge, aus dem nicht mehr Tränen, sondern der Eiter der Gier perlt. Die Bäume liegen aufgetürmt wie hölzerne Leichen, wie Gefallene in einem Krieg gegen Gottes prächtige Natur. Doch die Natur wird siegen. Die Zeit ist ihr Verbündeter. Eine Million Jahre, ein Wimpernschlag. Da kann mein Vater nicht mithalten, dessen Zeit bald abgelaufen ist. Aber noch nützt er diese, um die Bewohner des Tals, als wären es seine Gefangenen, an die Peripherie des Landkreises zu verbannen, damit die Verbündeten meines Vaters es annektieren können.

Mein Vater hat keinen Respekt vor Gedenkstätten, auch nicht vor dieser Kapelle, die an den Todessturz des Prinzen Carl von Bayern während eines Ausrittes erinnert. Er war der Bruder von König Ludwig I: Reichsrat der Krone Bayerns, Erbe der Wittelsbacher Besitzungen am Tegernsee.

Annegret hatte im »Bairischen Seebuch« gelesen, was Henrich Noe im Jahre 1865 über Prinz Carl geschrieben hatte und es herauskopiert. Die Zeilen schienen ihr derart aktuell, dass sie den Beschluss gefasst hatte, eine Tafel mit diesem Text am Eingang der Kapelle anzubringen. Die trug sie nun bei sich. Eine Holztafel wie ein Marterl mit folgendem Text:

»Prinz Carl ist gegenüber der geschmacklosen Bauwuth, welche die schönsten Aussichten versperrt, der Habgier, welche die Kronen der Wälder lichtet, das conservative Prinzip im edlen Sinne des Wortes. Er hat bedeutende Summen dafür bezahlt, dass der eine oder andere reizende Punct, der im frischen Schmelze des Sommers grünt, von einem Speculanten nicht mit Ziegelsteinen überhäuft wird, aus welchen zinstragende Fremdencabinen geformt werden.«

*

Lott unterbrach die Lektüre. Schaute auf das Herbstbunt der Bäume, dann zum Wallberg. Von dort den Blick wieder zurückzunehmen, fiel ihm jedes Mal schwer. Als sammle dieser Berg geradezu die Blicke seiner Bewunderer. Am Horizont noch das flirrende Blau des Altweibersommers.

Lott schlug die Seite wieder auf und las den Schluss des Kapitels.

»… Und weil auf der Erd niemand mehr war, wollt's in Himmel gehen, und der Mond guckt es so freundlich an und wie's endlich zum Mond kam, war's ein Stück faul Holz und da ist es zur Sonn gegangen und wie's zu den Sternen kam, waren's kleine goldne Mücken, die waren angesteckt, wie der Neuntöter sie auf die Schlehen steckt. Und wie's wieder auf die Erde wollt, war die Erd ein umgestürzter Hafen und war ganz allein.«…

Der Text stammte aus Büchners Woyzeck.

KAPITEL 9 – VOM ERSTEN KUSS BIS IN DEN TOD …

Ilse checkte ihre E-Mails. Und war dann mit ihrem Smartphone beschäftigt. Irgendetwas schien ihr lästig zu sein. Irgendjemand zu aufdringlich. Sie fluchte, dann, als sie Lott wahrgenommen hatte, verzog sie ihr Gesicht zu einem Lächeln. Um freundlich zu wirken, musste sie sich anstrengen.

Lott trat an sie heran und fragte: »Etwas Neues von Feldhaus?«

»Dieser Hans Müller von der Passagierliste ist ein Literaturagent aus Gilching.«

Lott horchte auf.

»Aber Fehlanzeige. Er kennt, laut Feldhaus, weder Marie noch ihre Bücher.«

»Als Literaturagent?«

»Eine andere Sparte eben. Mehr im wissenschaftlichen Bereich. Angeblich war er wegen Lizenzgeschäften in Tokio.«

»Du zweifelst?«, fragte Lott.

»Ich zweifle derzeit an allem. Und am meisten an mir selbst. Ich frage mich immer, was ich falsch gemacht habe. Mit Marie, meine ich.«

»Ganz allgemein oder auf das Tucholsky-Manuskript bezogen?«

»Ich zweifle an mir als Mutter.«

Lott schwieg. Beim Thema Erziehung war er nicht gerade kompetent. Die Erziehung seiner Tochter Lisa hatte er Elli überlassen, während er über der Aufklärung von Kapitalverbrechen brütete. Und wenn Elli mit Lisa Probleme bekam und auch mit ihrer Harmoniesucht keine zufriedenstellende Lösung fand, musste er sich den leisen Vorwurf »Du musst ja deine Verbrecher jagen«, gefallen lassen.

»Ich glaube, Mütter zweifeln immer«, sagte Lott dann doch.

»Ich habe Marie immer zu selbstverständlich genommen«, erwiderte Ilse. »Aus Marie sollte das werden, was ich nicht geschafft habe. Eine Intellektuelle, die ihr Wissen und ihr Gescheitsein auch lebt!«

»Sie ist Romanautorin geworden«, warf Lott ein.

Ilse lachte bitter, machte eine wegwerfende Handbewegung. Und signalisierte, dass sie das Thema im Augenblick nicht weiter vertiefen wollte.

»Reden wir lieber über uns«, sagte sie. »Ein wenig Vergangenheit haben wir ja auch.«

Sie stand plötzlich auf, ging zu einer der bemalten Bauerntruhen und kam mit ihrem »Erinnerungskram«, wie sie es nannte, zurück. Ein Programmzettel der Ludwig Thoma Bühne. Sie reichte ihn Lott.

»Weißt du noch?«, begann sie. »Damals war das Theater noch hinterm Rathaus.«

»Und jetzt?«

»Sind sie im Kongresssaal untergebracht. Viel zu protzig, für das, was sie spielen. Es sind ja immer noch dieselben Stücke wie damals.«

Lott schlug den Programmzettel auf. »Kilian, der Dorfphilosoph?«

»Zum Beispiel!«

Ilse lachte.

Und Lott lachte mit.

»Und wir haben uns köstlich über das Stück amüsiert«, sagte er.

Lott zelebrierte jetzt jedes Wort: *»Kilian der Dorfphilosoph«*. Und dann die Namen der Schauspieler. »Katharina de Bruyn und Franz Xaver Kroetz en Knecht. Ganz am Anfang ihrer Karrieren noch.«

Ilse hatte wirklich alles aufgehoben. Lott staunte. Auch die Bücher, die Lott sich hatte signieren lassen. Dagny Gulbransson und Marys Geschenk, »Nachher« mit Marys Widmung. Ilse entpuppte sich als die Archivarin ihrer Liebe.

Gordana unterbrach und verabschiedete sich ins Wochenende. Es war Freitagnachmittag. Ilse ging mit ihr bis zur Tür, besprach dabei noch irgendwas, die nächste Woche vielleicht, wie sie die Arbeit einteilen würden.

Als sie zurückkam, zeigte sich Lott zum Aufbruch bereit.

»Was hast du vor?«, fragte Ilse.

»Zum Friedhof«, sagte Lott.

»Kann ich mitkommen?«

»Natürlich.«

Sie nahmen Lotts Wagen. Aber Ilse chauffierte. Sie wollte das so. Hielt dann am hinteren Eingang gegenüber der Auferstehungskirche.

Da waren sie dann gleich bei den Dichtergräbern. Lott stellte sich davor, las die Daten und zeigte Ehrfurcht. Vor den Namen, den Jahreszahlen, der Lebensspanne.

»Der gehäufte Tod, nirgendwo sichtbarer als auf dem

Heimatfriedhof. *Wenn die Namen auf den Grabsteinen Gesichter zeigen*«, sagte er.

Ilse blickte ihn ungläubig an. »Ist das von dir?«

»Nein, ich hab es irgendwo gelesen, aber frag mich nicht, wo.«

»Da drüben ist das Familiengrab der Strassers, dem wir nicht die Ehre zuteilwerden lassen, es zu besichtigen«, sagte Ilse dann und zeigte auf eine protzige Grabstätte. »Dort werde ich wohl oder übel auch einmal landen. Wenn ich nicht vorher ...«

Sie sprach nicht weiter, ließ den Satz in der Schwebe, schaute traurig lächelnd den Kommissar dabei an und lachte dann angesäuert auf.

»Verstoßen aus dem Paradies«, sagte sie.

Und ging dann weiter, Lott mit sich ziehend, bis zu dem Teil der Friedhofsmauer, über die man auf den See blicken konnte und an der rechter Hand das Grab der Slezaks war.

Wie beim letzten Mal schon musste Ilse lachen, als Lott den Satz von der immerwährenden Liebe laut las. Nur, dass diesmal auch ein paar Tränen über ihre Wangen liefen.

»Ich muss noch ein paar Besorgungen machen«, sagte Ilse plötzlich und wischte sich mit dem Handrücken wie ein Kind die Tränen aus dem Gesicht.

»Treffen wir uns in einer halben Stunde am Wagen?«, fragte sie.

Lott nickte. Und war froh, ein wenig Zeit allein für sich zu haben, nahm die Treppe zur Seestraße hin und setzte sich auf eine der Bänke beim Bootsverleih. Im Rücken das Kramerlädele der Frau Mannhardt, die grüßend zu ihm herüberwinkte. Er winkte zurück und schaute dann auf den See hinaus bis ans andere Ende.

Das gestohlene Tal. Er dachte an Marie Strassers Buch, während sein Blick jetzt vom neuen Seehotel bis zu dem Neubau, an dem früher das Fischerwebergütl stand, hinüberwanderte.

Sie haben es gestohlen, sind gekommen wie Diebe in der Nacht und haben es abgerissen und auf die Genleiten geschleppt …

Der Klingelton seines Handys riss ihn aus seinen Gedanken. *Forever Young.*

Das Display zeigte den Namen Elli.

Lott meldete sich.

»Was machst du gerade?«, fragte sie.

»Ich sitze am Ufer des Tegernsees und ermittle.«

Elli lachte.

»Im Ernst«, erwiderte Lott. »Ich suche nach dem Grund für Maries Verschwinden.«

»Kommst du am Wochenende?«

»Ich werde versuchen, es so einzurichten«, antwortete Lott geschäftsmäßig.

»Du hast es versprochen«, drängte Elli.

»Wir haben eine vielversprechende Spur«, sagte Lott.

»Du bist nicht mehr im Dienst«, antwortete Elli. »Und der Tegernsee ist für dich fremdes Revier.«

»Ein Freundschaftsdienst«, erklärte Lott.

Elli lachte künstlich. Und sagte: »Auch diese Frau ist fremdes Revier.« Und fügte hinzu: »Für dich.«

Nun war es Lott, der lachte. Und ebenso künstlich. Und dann genervt.

»Elli«, sagte er nur. Aber in einem Ton, der alles sagen sollte.

Elli hatte da aber schon aufgelegt. Lott überlegte, ob er gleich zurückrufen und ihr »Ja, ich komme«, sagen sollte, ließ es dann aber, weil Ilse bereits wieder da war. Mit einer gefüllten Einkaufstasche kam sie aus dem Lädele und stellte sie neben Lott ab.

»Das war eine kurze halbe Stunde«, sagte der.

»Ich kann ja noch mal gehn«, antwortete Ilse trotzig.

»Unsinn«, sagte Lott, stand auf, griff die Tasche und ging Ilse voran über den Friedhof zum Parkplatz an der Auferstehungskirche.

Sie fuhren zurück. Die Stadt wurde belebter. Selbst in dem ruhigen Viertel, in dem die Strassers ihr Haus hatten und die meisten Häuser unbewohnt schienen.

»Es ist Freitagnachmittag«, klärte Ilse ihn auf. »Die meisten bewohnen ihre Häuser, wenn überhaupt, ja nur an den Wochenenden. Noch mehr Häuser werden gerade mal zwei, drei Wochen im Sommer bezogen, den Rest des Jahres stehen sie leer.«

Sie gingen ins Haus, Ilse gleich in ihr Arbeitszimmer, wo sie ihren Computer hochfuhr. Sie checkte ihre Mails. Dann rief sie Lott mit aufgeregter Stimme.

»Lies das mal«, sagte sie und machte neben sich Platz.

Lott kniff die Augen zusammen, das Licht vom Fenster her spiegelte den Bildschirm. Aber dann konnte er den Text der E-Mail lesen:

Betreff: Schwanenschrei.

Und dann den Text:

Eine, die Treue hielt, – und einer, der sie vergaß, Einer, der ein Leben verspielt, – und eine, die wartend saß.«

»Verstehst du das?«, fragte Lott.

Ilse nickte. »Es sind Verse aus dem fünften Akt des ›Peer Gynt‹.«

Lott staunte. Und fragte: »Was will der Absender uns damit sagen?«

»Tucholsky erwähnt diese Zeilen aus dem ›Peer Gynt‹ in seinem letzten Brief an Mary.«

Ilse stand auf, ging ans Bücherregal, zog ein Buch heraus, blätterte darin und las vor: *»Da kraucht der Held gegen den Schluss hin im Wald herum, kommt an die Hütte, in der dieses Schokoladenbild, die Solveig, sitzt, und sie singt da irgendetwas Süßliches. Aber dann steht da: Er erhebt sich – totenbleich und dann sagt er vier Zeilen. Und die meine ich.«*

»Es sind die Zeilen der E-Mail«, konstatierte Lott.

»Ganz recht. Und der Absender ist ein gewisser Hans Müller!«

Lott schaute auf die E-Mail und vergewisserte sich.

»Das ist doch ein Witz«, sagte Ilse.

»Leite die Mail an Feldhaus weiter«, schlug Lott vor.

Ilse drückte die entsprechende Taste »Weiterleiten an« und gab die E-Mail-Adresse der Miesbacher Kripo ein.

»Soll ich sie auch an Wengartner schicken?«

»Ich denke, der ist draußen«, gab Lott seine Meinung kund.

»Hans Müller, das ist doch sicher ein Deckname«, mutmaßte Ilse. »Der erste Absender des Briefes an Mary war ein Hans Müller, und ein Hans Müller steht auf der Passagierliste des Flugs Tokio–München.«

»Und ich erkenne auf der Gangway den Mann, der mich mit einem Gewehr am Haus der Mary Tucholsky bedroht hat. Vermutlich heißt auch der Hans Müller«, spann Lott den Faden weiter.

»Aber was sollte diese E-Mail? Er fordert ja nichts«, gab Lott zu bedenken.

»Vielleicht will er nur sagen: ›Leute, ich habe das Manuskript, oder zumindest, ich weiß davon.‹ Und Fortsetzung folgt«, meinte Ilse. Und sinnierte: »Warum aber gerade dieser Text? *Eine, die Treue hielt, – und einer, der sie vergaß, Einer, der ein Leben verspielt, – und eine, die wartend saß.«*

»Es hört sich nach einer Liebesgeschichte an. Eine, die in Treue ausharrt, und einer, der sie verrät und dieses Leben verspielt«, orakelte Lott.

»Fühlst du dich angesprochen?«, fragte Ilse fiebrig. »Meinst du, es ist eine Mail an dich?«

»Nein«, antwortete Lott. »Ich kann mir auch keinen Reim drauf machen.«

»Naja, ein Reim ist es ja schon«, grinste Ilse, »aber ich werde nicht schlau daraus«, erwiderte sie. »Was Tucho seiner Mary damit sagen wollte, ist klar.«

Ilse, die das Buch noch in der Hand hielt, schlug es erneut auf und las:

»*Wenn Liebe das ist, was einen ganz und gar umkehrt, was jede Faser verrückt, so kann man das hier und da empfinden. Wenn aber zur echten Liebe dazu kommen muß, daß sie währt, daß sie immer wieder kommt, immer und immer wieder –; dann hat nur einmal in seinem Leben geliebt.«*

»Es ist Mary Tucholskys Grabinschrift: … hat nur einmal geliebt«, erinnerte sich Lott.

»Aber was hat das mit meiner Marie zu tun?«

Lott zuckte mit den Achseln.

»Ich werde noch wahnsinnig!«

Lott spürte die Panik in Ilses Aussage. Er strich über ihre Schulter und nahm sie dann in den Arm.

»Hilf mir«, stöhnte sie. Und weinte dann drauflos. Und schluchzte: »Wir haben doch alles falsch gemacht.«

Um Trostworte verlegen, konnte Lott sie nur fester an

sich drücken. Er spürte ihre Erregung. Das Läuten des Telefons ließ beide erstarren.

Ilse nahm ab. Feldhaus war dran.

»Die Mail wurde in einem Internetcafé in Holzkirchen abgeschickt«, teilte er Ilse mit.

»Was sagen Sie zu dem Absender, einem gewissen Hans Müller?«, fragte Ilse und horchte.

»Meine ehrliche Meinung?«

»Was sonst«, hakte Ilse nach.

»Wir sind hier der Meinung, Sie haben diese Mail selbst geschickt, und dieser Hans Müller ist eine Erfindung von Ihnen.«

»Weshalb sollte ich das tun?«, empörte sich Ilse.

»Sagen Sie es mir«, beharrte Feldhaus.

»Es gibt keinen Grund dafür!«

»Frau Strasser, Sie mögen Ihre Tochter vermissen, aber es gibt keine vermisste Person.«

Feldhaus legte auf.

Ilse starrte erst den Telefonhörer an, dann Lott.

»Ich soll diese E-Mail selbst geschickt haben, glaubt dieser Kommissar. Aus PR-Gründen, um im Gespräch zu bleiben. Und weil keine Lösegeldforderung dahinter steckt, nicht einmal eine Drohung, will Feldhaus die Sache nicht weiter verfolgen.«

Lott verstand. Vier Zeilen aus »Peer Gynt«, das war zu wenig, um daraus bereits ein Verbrechen ableiten zu können.

Ilse sagte jetzt nichts mehr und wollte nichts mehr hören, setzte sich an den Computer, auf dem die E-Mail noch am Bildschirm zu lesen war, und drückte auf »Weiterleiten«. Dann gab sie Wengartners Adresse ein und drückte auf »Senden«.

Wengartner meldete sich fast prompt. Per Mail.

Liebe Ilse. Ich mache mir ernsthaft Sorgen. Auch wegen Achleitner. Lies bitte folgende Mail, die ich anhänge.

Ilse löste die virtuelle Klammer und ließ den Text frei.

Alois, halte den Ball flach. Sonst brennt die Hütte. Anton.

»Der Anton Achleitner hat diese Mail geschrieben«, teilte Ilse Lott mit.

»Wer ist das?«

»Ein Makler, vorsichtig ausgedrückt. Genauer gesagt ist er der größte Immobilienhai im Tal. Und als solcher hat Marie ihm ein Denkmal gesetzt.«

Lott schmunzelte. Und fügte bestätigend hinzu: »In ihrem letzten Roman.«

»Ja, ein skrupelloser, korrupter Immobilienhai. Wie du ja weißt, Marie hat den Namen auf Anton Arlt umgewandelt. Ihn vielleicht etwas überzeichnet. Aber davon abgesehen hat sie ihn ganz gut getroffen.«

»War er ein Geschäftspartner deines Mannes?«

»Komplize wäre wohl der passendere Ausdruck. Ich hab noch eine Rechnung mit ihm offen.«

Ilse wandte sich wieder dem Computer zu und antwortete Wengartner:

Feldhaus ist der Ansicht, Hans Müller wäre eine Erfindung meiner Tochter, und ich hätte die Mail mit den Peer Gynt Zeilen an mich selbst geschickt. Was glaubst du?

Wengartners Antwort kam umgehend und bestand aus einem einzigen Satzzeichen. Einem Fragezeichen.

*

»Wir haben wirklich eine heiße Spur, aber egal, was passiert, Sonntag bin ich bei dir.«

»Nicht schon morgen?

»Leider nein. Ich muss nach Miesbach. Feldhaus, der ermittelnde Kommissar, bereitet mir Kopfschmerzen. Mein Bauchgefühl warnt mich vor ihm.«

»Ach du«, seufzte sie.

Lott sagte nichts.

Dafür Elli: »Mir bereitet deine Jugendliebe Kopfschmerzen.«

»Du hast Angst vor Gespenstern«, wiegelte Lott ab.

»Ich vermisse dich«, antwortete Elli.

Dann legten beide wie auf Kommando auf.

*

Ilse saß noch immer vor dem Computer. Recherchierte. Sagte aber nicht, worüber.

Als Lott ihr näherkam, fuhr sie den Rechner rasch herunter.

»Spinnt dieser Kommissar eigentlich?«, empörte sich Ilse. Und drehte sich dabei zu Lott um. »Wengartner, auf jeden Fall, ist mit Feldhaus auch nicht d'accord. Weshalb sonst das Fragezeichen.«

Lott sagte nichts darauf, und auch Ilse wurde plötzlich still. Und sagte dann doch: »Meinst du, Marie hat mir eine fingierte Mail geschickt?«

»Vielleicht will sie dich warnen?«

»Wie meinst du das?«

Er bat Ilse, die Mail noch einmal zu öffnen. Ilse tat es und schob den Bildschirm in Lotts Richtung.

Eine, die Treue hielt, – und einer, der sie vergaß, Einer, der ein Leben verspielt, –und eine, die wartend saß.«

»Er war für Mary Tucholsky bestimmt!«, sagte Ilse und zuckte mit den Achseln.

»Aber wenn Marie dir diese Zeilen geschickt hätte, was könntest du daraus folgern?«

Ilse grübelte. Und sagte: »Keine Ahnung! Im Übrigen sind das nur zwei Zeilen der angesprochenen Verse. Die beiden letzten lauten:

O, Ernst! – Und nimmer kehrt sich das um.

O, Angst! – Hier war mein Kaisertum.«

»Es steckt eine Botschaft dahinter«, konstatierte Lott. »Von wem und an wen auch immer.«

»Wenn Marie die Möglichkeit hatte, eine Mail an mich zu schicken, hätte sie doch Tacheles reden können«, erwiderte Ilse.

Lott nickte. Er kam nicht weiter mit seinen Überlegungen. Aber er spürte, dass er etwas spürte. Irgendetwas stimmte nicht.

Ilse hielt den Telefonhörer bereits in der Hand und sagte zu Lott: »So einfach kommt mir dieser Feldhaus nicht davon.« Und wartete, bis sich jemand meldete. Es war nicht Feldhaus.

»Herr Feldhaus ist bereits im Wochenende«, teilte eine diensthabende Kollegin des Kommissars mit.

Dann rief Ilse Wengartner an. Aber auch Wengartner war bereits weg.

Ilse schnaufte tief durch.

»Dann fick mich jetzt einfach«, sagte sie.

Und ließ in der Schwebe, wen sie nun meinte.

*

Im »Zotzn« war ein einziger Tisch noch frei. Den hatte Ilse reservieren lassen. Und gleich das traditionelle Gericht mit vorbestellt. Krustenbraten mit Knödeln, für Ilse nur die

Beilagen. Und einen Salat. Im Gastzimmer roch es sauer und irgendwie vergoren. Die Leute, die dort saßen, waren in Wochenendlaune. Auch Ilse. Es schien, als hätte sie alle dunklen Gedanken für den Augenblick zur Seite geschoben. Lott hatte das Gefühl, dass Ilse jetzt nicht an Marie dachte. Sie lächelte fortwährend. Und nahm dann und wann seine Hand und küsste den Handrücken. Was dachte sie? Schob sie die Kümmernisse um Maries Verschwinden wirklich einfach zur Seite? Aus Selbstschutz vielleicht?

Sie schien Lotts Vermutung zu erraten.

Und sagte: »Meine Gedanken fliehen einfach.«

»Und wohin?«, forschte Lott.

»In die Vergangenheit«, sagte Ilse und nahm wieder Lotts Hand und vergrub sie in den ihren.

»Wir sind den Weg der Vernunft gegangen«, sagte sie dann. »Aber die Vernunft ist der Gegner der Liebe. Und nichts ist gefährlicher, als die Kontrolle über sein Leben haben zu wollen. Ein vollkommen falsches Streben ist das. Ein falsch gelebtes Leben.«

Die Wirtin brachte den Krustenbraten samt Beilagen und eine Kellnerin das frisch gezapfte Tegernseer Bier. Beide nickten Ilse zu, und die Wirtin bedachte Lott mit neugierigen Blicken.

»Lasst's euch schmecken«, sagte sie dann und entfernte sich wieder.

Lott prostete Ilse zu.

»Ich glaube, man muss sich vom Leben vögeln lassen«, sagte sie dann.

Lott stutzte.

»Ich hab das irgendwo gelesen. Wir hüten das Feuer der Sehnsucht. Wir vertrauen der Intelligenz des Lebens. Wir lassen uns vom Leben vögeln.«

Und fuhr dann fort: »Ich fürchte allerdings, dass ich meine unbändige Sehnsucht nach einem ekstatischen Leben wenig heiliggehalten habe. Und vielleicht habe ich sie erst jetzt wieder entdeckt.«

*

Sie traten den Heimweg an. Es regnete. Sie waren zu Fuß gekommen und teilten sich den Regenschirm auf dem Heimweg. Ilse schmiegte sich an Lotts Körper. Um nicht nass zu werden, wie sie vorgab. Erst vor der Haustür ließ sie ihn los.

Ilse stürmte gleich ins Bad, während Lott noch den Schirm ausschüttelte, um ihn dann doch wieder aufzuspannen und ihn aufgespannt in eine trockene Ecke zu stellen.

Als Ilse aus dem Bad zurückkam, hatte sie nur einen Kimono an. Vielleicht noch Unterwäsche darunter. Aber Lott bezweifelte das. Sie wirkte einfach nackt unter ihrem Kimono. Lott fläzte sich, angezogen, wie er war, in einen der Clubsessel. Lediglich die Schuhe hatte er abgestreift. Die Hosenbeine fühlten sich feucht an. Sie setzte sich ihm gegenüber. In diesem Moment wünschte er sich Ilses nackte Heiterkeit. So wie viel früher einmal. Aber dann plötzlich wieder nicht.

Sie erzählte mit marmorkalter Stimme. Als wollte sie sich nicht selbst zuhören, wie sie das Klagelied ihrer verkorksten Ehe anstimmte.

Wie sie preisgab: »Nacht für Nacht eine kleine Gemeinheit.«

Und dann wieder schwieg.

Ilse hatte das Fenster einen Spaltbreit geöffnet. Es regnete noch immer. Das Holz roch. Es war ein Déjà-vu. Der

Geruch von nassem Holz war der Geruch, den er allein mit Ilse verband. Er sagte es Ilse. Und Ilse antwortete: »Ein Grund, warum ich darauf bestanden hatte, das Haus mit viel Holz auszustatten.«

Überall sah sie jetzt Gemeinsamkeiten. Als wäre alles Leben danach reiner Irrtum gewesen. Jede Abweichung ein Stolperstein des Erinnerns.

Ilse stand auf, ging in die Küche und kam mit Sekt zurück. Als sie sich setzte, öffnete der Kimono sich wie von selbst. Lott starrte sie ungläubig an. Übertölpelt von Ilses Geradlinigkeit konnte er nur noch sagen: »Ich fahre morgen nach Hause.«

Ilse hielt einen Moment lang inne und sagte dann: »Aber du kommst wieder.«

»Ja«, sagte Lott, »natürlich. Am Montag, wenn auch Feldhaus wieder da ist.«

Ilse setzte sich nun auf ihn und lachte ihm ins Ohr.

»Vom ersten Kuss bis in den Tod, sich nur von Liebe sagen!«

*

Ilse hatte ihm eine Brotzeit eingepackt. Und einen Tucholsky-Satz dazu: *Das Schönste vom Sonntag ist der Samstagabend.* Dann fuhr er los. Wählte die andere Route, über Wiessee, Finsterwald nach Tölz, zweigte erst spät auf die Autobahn nach Memmingen ab. Der Traum der vergangenen Nacht holte ihn ein: eine Vorlesung an der Polizeihochschule in Villingen-Schwenningen. Die Studenten lachen ihn aus. Eine Frau unter ihnen, sie lacht nicht mit, sitzt mit geschlossenen Augen da, und perlengroße Tränen rinnen aus ihren Augen. Er verlässt das Podium, eilt zu ihr hin, um die Tränen aufzufangen, und hält statt der Perlentränen ihre Brüste. Plötzlich sitzt er im Auto. Elli neben ihm stellt immerfort dieselbe Frage: »Wann haben wir das letzte Mal miteinander geschlafen?«

Als er zum Beifahrersitz schaut, sitzt da Brauchle, sein verstorbener Kollege. Er sagt: »'s goht nemme.« Das waren seine letzten Worte gewesen.

Kurz vor Ulm schaltete Lott das Radio ein. SWR 4, den vertrauten Sender. Alte Schlager. Die vertraute Stimme des Moderators. Er dachte an das wöchentliche Sonntagskonzert, leichte Klassik, Klassik, die man kannte. Unterbrochen von kleinen Episoden aus dem Leben der Musiker, deren Musik eben präsentiert wurde. Er dachte an Elli. Das Sonntagskonzert zwischen elf und zwölf Uhr. So oft gemeinsam gehört, während des späten Frühstücks. Brunch, sagte Elli dann. Aus ihrem Mund klang das wie eine Entschuldigung, weil dadurch das Mittagessen ausfiel, sie also ums Kochen herumkam. Aber heute ist Samstag, dachte Lott. Und er war einen Tag früher gefahren, als das geplant war.

Er nahm jetzt die Ausfahrt Ulm-Mitte. Einen Moment überlegte er, Brauchles Grab zu besuchen, entschied sich dann aber dagegen. Auch die Polizeidienststelle Neuer Bau nahm er in die engere Wahl, die Kollegen besuchen. Er würde neue Gesichter sehen. Der Samstag ist kein guter Tag dafür, dachte er dann aber und bog in die Weststadt ab, nach Söflingen und weiter Richtung Blaubeuren. Er hatte sich für den Landweg, wie er die Strecke über Urach nach Tübingen nannte, entschieden. Es war Punkt zwölf. Der Sender kündigte die Nachrichten an. Gleichzeitig hörte er Kirchenglocken. Er bildete sich ein, es wären die von Mariä Himmelfahrt. Dann hörte er die Nachrichten und vergaß sie gleich wieder. Die Schlager, die folgten, ertrug er nicht. Er schaltete das Radio aus.

Als er in die Straße einbog, in der er wohnte, meinte er, Flaubert bellen zu hören. Der erkannte das Geräusch seines Wagens schon von Weitem, konnte es von allen anderen Autos auf dieser Welt unterscheiden. An der Haustür wurde das Bellen dann Realität. Elli war schon zur Haustür gekommen und öffnete. Der Hund zwängte sich an ihr vorbei, um das Herrchen zu begrüßen. Irgendwie ekstatischer als sonst. Als wäre ihm die Spannung nicht verborgen geblieben.

Danach durfte auch Elli ihrem Begrüßungsritual nachkommen, küsste dabei fast leidenschaftlich, als könnte sie dadurch ihre Festung vor jedem Angriff verteidigen. Lott genoss den Funkenflug ihrer Vertrautheit. Die wenigen Tage, die er nicht hier war, schien Elli zu einer langen Irrfahrt zu stilisieren. Und sie, Penelope, feierte nun die Heimkehr ihres Helden.

Lott kürzte die Begrüßung ab. Er musste dringend aufs Klo. Auch das war ihm schnell wieder vertraut. Meistens lag irgendwas zum Lesen, was ihm Entspannung verschaffte, in der Nähe. Aber Elli hatte wohl richtig aufgeräumt. Hinter dem Badeschränkchen sah er aber das überdimensionierte Kuvert der Röntgenärztin stecken. Er machte sich lang und zog es hervor, betrachtete die Röntgenaufnahme seiner beiden Hüftgelenke. Auch ein Stück Rückgrat war mit auf dem Bild. Ihm fehlte aber der Blick dafür, irgendetwas anderes als ein Knochengerüst darauf erkennen zu können. Eine Weile starrte er auf die beiden Hüftgelenke, fand aber weder an dem einen noch an dem anderen etwas Schadhaftes. Welches das linke und welches das rechte war, konnte er allenfalls raten. Beide sahen gleich aus. Die Aufnahme war zwei Jahre alt. Er fragte sich, ob eine neue Aufnahme Veränderungen aufzeigen würde. Er selbst alterte, wie die Fotos der letzten Zeit bewiesen, geradezu im Monatsrhythmus, und das für jedermann sichtbar, wie er glaubte, wenn er sich im Spiegel betrachtete.

Im Esszimmer hatte Elli inzwischen gedeckt. Forelle Müllerin mit Salzkartoffeln. Ein Hagnauer Sonnenufer dazu. Seine Großmutter hätte gesagt: Der Werktag trägt das Essen nicht. Aber Lott fand, dass er es tat. Sie saßen sich gegenüber und prosteten sich wortlos zu. Nachdem beide ihren Fisch filetiert hatten, glaubte Lott, erzählen zu müssen. Er sprach ausschließlich von Maries Verschwinden und von den merkwürdigen Ermittlungsmethoden der bayrischen Kollegen. Der Name Ilse fiel dabei nicht. Da musste Elli schon fragen. Aber Elli hatte ihr blaues Harmoniekleid an. Darin war eine Auseinandersetzung unmöglich.

Während Elli schon am Abräumen war, trank Lott noch ein zweites und ein drittes Glas Wein. Als hätte er sich allein auf diese keusche Lebensfreude reduziert. Und er fragte sich, ob seine Liebe zu Elli zu einer lauwarmen Beziehung verdunstet war. Ihre Paarungszeit war zu Ende. Auch dieses immerwährende Rollenspiel von Dominanz und Unterwerfung beim Liebesakt. Nichts davon hatte mehr Platz in ihrer Ehe.

Schon Ovid habe alte Soldaten und alte Liebende gleich scheußlich gefunden.

Warum fiel ihm das jetzt ein?

Flaubert bellte. Es war Zeit, seine Zeit für draußen.

»Kommst du mit?«, fragte Elli.

Lott stand auf und holte sich eine wärmere Jacke aus

dem Schrank. Das war Antwort genug. Flaubert sprang an ihm hoch. So wie er müsste man seine Freude zeigen können. Am Feldweg angekommen, ließ Elli den Hund von der Leine. Er rannte los wie ein junger. Bis zum Waldrand und wieder zurück. Auch das ein Ritual.

»Warum hast du mir nie von ihr erzählt?«, sagte Elli. Wieder mit diesem nicht zu überhörenden Vorwurf in der Stimme.

»Ich habe bereits versucht, es dir zu erklären. Aber ich habe keine Erklärung, auch nicht für mich.«

Beim Gehen schien das Reden leichter.

Für beide.

»Wir waren nur ein halbes Jahr zusammen, mein Gott. Ich war 19 und sie ein Jahr jünger, und das Ganze war vor deiner Zeit.«

»Trotzdem hättest du mir doch irgendwann einmal von ihr erzählen können«, beharrte Elli.

Lott spürte ein Déjà-vu an sich vorüberziehen.

»War diese Liebe denn so einschneidend für dich gewesen, dass du sie ein Leben lang vor mir verschweigen musstest?«

Es war wirklich ein Déjà-vu.

Genau dieselben Worte.

Dachte Lott.

Und Lott reihte sich ein. Auch seine Antwort darauf ein Déjà-vu.

»Anfänglich wollte ich dich vermutlich nicht beunruhigen. Und später war Ilse einfach kein Thema mehr. Ich hatte sie vergessen. Oder verdrängt, wie du gleich antworten wirst.«

Aber Elli antwortete nicht. Sie schaute zu ihm herüber, und Lott erschrak. Elli sah aus, als käme sie aus einem schrecklichen Roman gekrochen. War Eifersucht imstande, Gesichter so zu entstellen? Er bemühte sich um tröstende Worte. Aber Elli hörte über sie hinweg und zischte: »Das ist doch ein Vorwand! Diese verschwundene Tochter. Sie will dich!«

*

Ein sternenübersäter Nachthimmel vor dem Fenster. Dazu ein dünner Mond, eine Sichelgestalt, den die Bäume am Waldrand jonglieren. Lott lag im Bett, betrachtete die Himmelskörper, kannte ihre Namen – Jupiter, Mars, Merkur, Saturn – die jetzt angeblich mit bloßem Auge auszumachen waren. Bestimmen konnte er sie nicht. Allenfalls die Venus, diesen auffälligen Abendstern, der immer schon als Erster sich am Firmament breitmachte.

Er dachte nach. Grundsätzliche Gedanken. War es ein falsch gelebtes Leben?

So in der Art.

Gedanken von unsinniger Schwere.

Elli kam zu ihm ins Bett im hochgeschlossenen baumwollenen Schlafanzug.

Sie weinte. Durch den dichten Schleier ihrer Tränen blickte sie Lott an.

»Wann schläfst du wieder einmal mit mir?«, fragte sie.

»In einer halben Stunde, wenn die Tablette wirkt«, sagte er.

»Hast du für sie auch eine geschluckt?

»Zieh dich aus«, sagte Lott.

KAPITEL 10 – DAS GESTOHLENE TAL III

»Sie stehlen unser Wasser«, sagt Annegret Hagn und hält ihren Vater am Revers fest, brüllt dann: »Und du, du tust nichts dagegen!«

»München ist eine Krake, die sich alles greift«, antwortet der Vater und breitet, seine Ohnmacht demonstrierend, die Arme aus. »Es sind die Altrechte, auf die sich München beruft.«

»Lass dir das doch nicht weismachen! Diese sogenannten Altrechte hat es nie gegeben«, erwidert Annegret. »Sie sind ein Hirngespinst!«

»Kannst du es beweisen?«

»Es gibt keinen archivalischen Nachweis dafür. Und sollten die Münchner Stadträte einen solchen doch noch aus dem Ärmel ziehen, so wäre dieses Altrecht längst verjährt oder anderweitig überholt.«

Der Vater schweigt. Lässt der Tochter das Wort. Soll die sich doch austoben. Ihr Robin-Hood-Gehabe auskotzen, Beschützerin der Armen sein, die in ihrem Fall Bäume, Tiere, Wiesen und jetzt auch noch das Wasser des Sees sind. Wenn's nach seiner Annegret ging, könnte alles immer so bleiben. Kein Wachstum. Kein Fortschritt. Kein Wohlstand. Er aber weiß es doch besser. Die Altrechte Münchens hin oder her. München ist eine Millionenstadt mit einem milliardenschweren Immobilienmarkt im Hintergrund. Sie braucht mehr Wasser, um ihr bespielloses Wachstum fortsetzen zu können. Der Grundsatz: Wasser ist Menschenrecht! Von der Landeshauptstadt in die Waagschale geworfen. Alle Menschen sind gleich! Mein Gott, keine andere Metropol-Region expandiert doch so ungebremst und so aggressiv gegenüber dem Umland wie München. Ohne zusätzliches Wasser kein Freiham, jener Stadtteil im Westen von München, aus dem Ackerland herausgestampft. Annegret hat recht. Hat unrecht. Denn von nichts kommt nichts. Bis zum Jahr 2030 erwartet München 230.000 Neubürger. Man muss auch Opfer bringen können. Die Tochter redet ja noch immer. Er aber hört weg. Er liebt seine Tochter. Vielleicht mehr als alles andere. Aber warum ist sie nicht nach ihm geraten? Er kann nicht aus seiner Haut. Er ist Geschäftsmann, aber kein schlechter Mensch.

»Sie stehlen unser Wasser, schlürfen unseren See leer mit ihrer Gier!«

Mein Gott, meine Tochter. So schlimm wird's schon nicht werden. Auch der neuerliche Anspruch Münchens auf Ausweitung von Wasserschutzzonen, die im Wassereinzugsgebiet von Mangfall und Schierach liegen, kann das Tal doch verkraften!

Mein Gott, Tochter!

Als Polizistin sollst du die Menschen und deren Hab und Gut beschützen und nicht irgendwas Abstraktes. Wofür hab ich dich denn diesen Beruf erlernen lassen? Damit du uns, mit allem was dazugehört, beschützt!

»Es trifft uns, unser Tal«, sagt Annegret, jetzt ruhiger im Ton. »Mit den großen Zuflüssen Weißach und Rottach aus dem Mangfallgebirge.«

Natürlich ist München eine hemmungslos expandierende Mega-Metropole, da sagst du mir nichts Neues, liebe Tochter. Und zugegeben, der Tegernsee läuft Gefahr, letztlich nur ein Durchlaufbecken mit Mangfallanschluss zur Wasserentnahme durch die Stadtwerke zu werden. Aber was soll's. Es geht immer weiter. Irgendwie. Wasserschutzzonen hin oder her. Keine Gewerbegebiete ausweisen. Wer will die schon. Landwirtschaft nur eingeschränkt möglich. Sie sollen doch nur ein wenig Kulisse für die Touristen sein. Du träumst, meine Tochter, träumst einen naiven, unschuldigen Traum. Aber jetzt schweigst du, sagst nichts mehr. Eine Gelegenheit für mich, dich in den Arm zu nehmen.

Jetzt redet der Vater, sagt: »Wasser ist Menschenrecht. Aber auch hier gilt das Recht des Stärkeren.«

*

Elli hatte in Maries Buch gelesen. Und es zur Seite gelegt, als Lotts Handy sich rührte: *Forever Young.*

Ilse war dran.

»Du musst sofort kommen«, flehte sie.

»Was ist passiert?«

»Man hat unsere Hütte am Bodenschneid angezündet.«

Lott sagte nichts darauf, wartete, bis Ilse weiterreden würde. Aber auch Ilse schwieg ins Telefon.

»Von wem weißt du es?«, fragte Lott schließlich.

»Wengartner hat mich angerufen.«

»Und?«, hakte Lott nach.

»Erinnerst du dich an die E-Mail, die Wengartner an mich weitergeleitet hat?«

»Ja, von diesem Makler«, antwortete Lott.

»Anton Achleitner, der größte Immobilienhai im Tal, hatte Wengartner darin gedroht: ›Alois, halte den Ball flach. Sonst brennt die Hütte.‹«

»So blöd kann dieser Makler doch nicht sein«, erwiderte Lott.

Ilse ignorierte Lotts Einwand und berichtete weiter:

»Wengartner war mit seinen Kumpels von der Bergwacht unterwegs. Und auf der Suche nach Marie sind sie auf die brennende Hütte gestoßen.«

»Wurde die Brandursache geklärt?«

»Sie sind dabei. Wengartner glaubt an einen Brandbeschleuniger.«

»Also Brandstiftung«, konstatierte Lott.

Ilse schwieg.

Und flehte dann: »Kommst du bitte gleich, ich habe Angst!«

Lott versprach es.

Und sagte es Elli. »Tut mir leid, dass ich gleich aufbrechen muss.«

»Du musst nicht, du willst«, antwortete Elli.

Aber es klang versöhnlich. Die letzte Nacht hatte Spuren hinterlassen.

*

Er nahm jetzt gleich die Autobahn.

Stuttgart – München.

Und 20 Kilometer später die Ausfahrt Tegernsee.

Im Augenblick fehlte ihm der Nerv für die Schönheit der Landschaft. Er war mitten in einem Fall. Bis gestern noch hatte er daran gezweifelt. In Erwägung gezogen, dass Ilse ihm etwas vorgemacht hätte oder sich einfach nur irrte.

Was Marie betraf.

Die brennende Hütte war der Beweis. Er war in einem Fall. Auch wenn er nicht zuständig dafür war. Seine Dienstjahre waren vorüber. Und der Tegernsee war fremdes Revier.

Und doch spürte er, dass er etwas spürte.

Es war sein Fall.

Er fuhr durch Gmund, durch Tegernsee und sah dann schon das Ortsschild. Rottach-Egern. Rechts der neue Kursaal, wo jetzt die Thoma-Bühne ihre Stücke aufführte. Vermutlich noch immer dasselbe Repertoire. »Kilian der Dorfphilosoph«. Er würde sich das Stück nicht noch einmal anschauen, den Zauber der Erinnerung daran nicht zerstören.

Er bog ab Richtung Sonnenmoos. Im Garten bellte Balou. Gordana versuchte ihn zu beruhigen, Ilse trat vor die Terrassentür.

Als der Hund Lott erkannte, wedelte er nur noch.

»Wie war die Fahrt?«, fragte Ilse.

»Wenig Verkehr«, antwortete Lott.

Lott war sich sicher, dass ihr eine andere Frage auf den Lippen lag, die sie sich aber verbiss. Stattdessen berichtete sie von Wengartners Fund.

»Jemand hat sie angezündet, das wissen die Experten jetzt sicher. Aber Menschen sind nicht zu Schaden gekommen.«

»Wolltest du nicht die Hütte verkaufen?«

»Marie wollte es, die Hütte hat ihr kein Glück gebracht.«

Ilse bat Lott, auf der Terrasse Platz zu nehmen. Der Altweibersommer zeigte sich im Augenblick von seiner angenehmsten Seite. Die Sonne brach durch das sich allmählich färbende Blattwerk der Bäume. Gordana brachte Kaffee.

»Ich dachte, Marie hat sich häufig zum Schreiben dorthin zurückgezogen?«, hakte Lott nach dem ersten Schluck Kaffee nach.

»Häufig ganz gewiss nicht«, erwiderte Ilse fast empört. Ihre Hände begannen dabei zu zittern und ihre Lippen fieberten leicht.

»Sie hat fast immer zu Hause geschrieben«, unterstrich sie ihre Äußerung vehement. Und fügte kleinlaut hinzu: »Nur einmal, im letzten Sommer, ist sie ein paar Tage vor mir geflohen, weil ich angeblich ihre Arbeit behindert habe.«

»Worum ging's?«

»Nein, es ging nicht um Max Strassers Geschäfte, wie du vielleicht gerade annehmen willst, es ging um das verdammte Tucholsky-Manuskript. Ihr ›Gestohlenes Tal‹ stand ja schon vor der Auslieferung. Aber kaum hatte sie das fertig, wollte sie sich in diese obskure Geschichte mit dem Tucholsky-Manuskript hineinknien.«

»Du glaubst also auch nicht an den ›Schwanenschrei‹?«

»Wie wer nicht?«, entgegnete Ilse aufgebracht. »Wie du nicht? Oder wie Mary Tucholsky nicht? Ich sag dir, ich will einfach nicht mehr daran glauben! Auch wenn ich weiß, dass es dieses Manuskript gibt. Ob es nun echt ist oder nicht.«

»Marie hat wohl auch daran geglaubt«, äußerte sich Lott.

Ilse seufzte. Und wiederholte Maries letzte Worte, die sie angeblich am Münchner Flughafen durchs Telefon mehr gerufen als gesagt hatte: »Die Dinge sind nicht so, wie du denkst, aber wie sie sind, ist einfach sensationell.«

»Aber aus welchem Grund hat der Brandstifter sich eine Berghütte ausgesucht, die ohnehin verkauft werden soll?« hakte Lott nach.

»Ich weiß es nicht, Klaus«, antwortete Ilse leise und fasste nach Lotts Händen. »Ich werde doch auch nicht schlau daraus.«

»Hatte Marie bereits einen Interessenten für die Hütte?«

»Unser Notar, der Herr Hacker. Der wollte die Hütte für sich selbst haben«, antwortete Ilse. Und sagte dann ohne Übergang. »Wengartner wollte gleich vorbeikommen, er wollte mich mitnehmen zur Hütte, oder was noch von ihr übrig geblieben ist. Kommst du mit?«

»Wenn ich nicht allzu weit gehen muss?«

»Das letzte Stück halt. Einen halben Kilometer vielleicht. Der befestigte Weg führt fast bis zur Hütte. Und der darf, zumindest von Wengartner, befahren werden.«

Im selben Moment fuhr der Polizeibeamte, wie aufs Stichwort, vor.

Wengartner stieg aus. Die beiden Männer reichten sich die Hand.

Ilse wollte gleich fahren. Und kletterte auf die Rückbank. Lott nahm den Beifahrersitz.

Als Wengartner losfuhr und auf die Hauptstraße einbog, drehte er sich kurz zu Ilse um und fragte: »Was hast du eigentlich gestern am Bodenschneid gemacht?«

*

Ilse gab sich versiegelt. Ihre Augen beherbergten einen dumpfen Groll. Im Rückspiegel sah Lott jetzt, wie Ilse in Richtung Wengartner grimassierte. Dann stieß sie ein kurzes, freudloses Lachen aus.

»Was willst du damit sagen?«, fragte sie schrill.

»Nichts, nur dass man dich oben gesehen hat.«

»Als ich dort war, brannte die Hütte noch nicht«, wehrte sich Ilse.

»Aber warum hast du nichts gesagt?«

»Es war in dem Augenblick nicht mehr wichtig.«

Ilse schürzte die Lippen. Und sagte dann: »Ich wollte nur noch einmal nach dem Rechten sehen. Und nach Marie schauen.«

Wengartner hatte inzwischen die Straße hinter Kühzagl verlassen und war den befestigten steilen Weg, der allein von der Bergwacht befahren werden durfte, hochgefahren. Von Weitem schon roch man die Brandstelle. Wengartner und Lott stiegen an einer Einbuchtung, wo Wengartner anhielt, aus.

Ilse blieb noch im Wagen. Still und mit sorgenvoll verschlossener Miene saß sie da und schaute den beiden, die schon vorausgegangen waren, nach.

Dann stieg auch sie aus und folgte ihnen. Rief ihnen nach: »Wartet, ich muss als Erste dort sein!«

Lott überlegte, was sie damit sagen wollte.

Wengartner schaute ihn an. In seinem Blick glaubte Lott, eine Spur nachsichtigen Spotts zu erkennen.

*

Hörst du noch einen Gruß, der über den Zaun des Nachbarn klettert und dort willkommen geheißen und erwidert wird? Du hörst ihn nicht. Wie könntest du auch, denn tote Häuser hast du gebaut. Tot schon geboren. Ohne Leben und seelenlos. Das Leben erlischt mit der Fertigstellung. Zuvor noch eine kurze Phase hektischen Lebens: die Bauzeit. Lärm und Gestank der Fernzüge geben den Ton an, Baufahrzeuge und Lieferwägen sind das Orches-

ter, überdimensioniert wie die genehmigten Gebäudegrößen selbst. Sie verstellen und blockieren die angrenzenden Straßen, die Gehwege 100 Meter weit und über Wochen und Monate. Blockaden der Macht! Denn ohne Bedarf werden da Grundstücke von der einen zur anderen Grenze zubetoniert und überbaut. Warum lachst du jetzt, Vater? Weil der Gesetzgeber vor Jahren schon das Einspruchsrecht den Gemeinden geraubt hat. Nein, nicht geraubt, du hast recht, aber es unwirksam und somit totgetreten. Dem Recht seine Wirksamkeit genommen und somit auf ein Abstellgleis gestellt. Ein immer größer werdender Friedhof wächst hier heran. Und du, Vater, bist der geschäftstüchtige Bestatter. Und hast die Frechheit, vom Grün zu sprechen, das du in die Welt bringst. Dann zeig mir doch deine blühenden Sträucher und die bunten Blumenrabatten, die jene Häuser umfrieden. Steriles Thuja-, Eiben- und Buchsbaumgrün kannst du mir zeigen, arbeitssparende und pflegeleichte, aber leblose Bepflanzungen von Terrassen und Grundstücksgrenzen. Passend für Friedhöfe, aber einen solchen baust du ja gerade.

Es sind Spekulationsobjekte par excellence. Ich weiß, das Wort Spekulationsobjekt hörst du nicht gerne, wehrst dich dagegen. Bist genervt und wirst wütend, aufbrausend gar. Bist kurz davor, deine Tochter zu schlagen. Aber was sind deine Luxusburgen denn anderes? Wirtschaftliche Notwendigkeiten mit nachhaltigem Nutzen für die ganze Region? Behauptest du allen Ernstes. Erzähl mir ein anderes Märchen, Vater. Dieses ist zu plump und zu leicht zu durchschauen. Damit führst du kein Kind mehr in die Irre. Denn es bedarf weder besonderer Aufmerksamkeit noch scharfer Beobachtungsgabe, um dich vom Gegenteil zu überzeugen. Die Existenz dieser sich konti-

nuierlich vermehrenden Anzahl toter Häuser und Wohnungen ist auch von dir nicht mehr zu übersehen. Da musst du schon mehr als auf einem Auge blind sein. Sind sie doch zu auffällig, ob von der Größe oder vom Baustil her. All die unbewohnten Mehr- und Einfamilienhäuser, Chalets und Luxuswohnungen, die uns in fast allen Ortsteilen leblos und verlassen ihren wahren Zweck offenbaren. Was da zu Höchstpreisen hinter eintönigen und lieblosen Heckenlandschaften einen Dornröschenschlaf schläft, hat dein Komplize, den du Freund nennst, gut sichtbar in den großen Schaufenstern seiner Immobilienfirma hochglänzend abgebildet.

Dank der Gewinnspannen des Immobilienmarktes kannst du die Nachfrage kaum befriedigen. Luxus pur, aber tot. So die Devise.

*

Elli hatte weitergelesen. Und obwohl es kein Buch war, in dem man rückstandslos verschwinden konnte, hatte sie es nicht aus der Hand legen können.

Die Zerstörung einer Landschaft. Aber was hatte Klaus Lott damit zu schaffen? Das war fremdes Revier für ihn in jeder Hinsicht.

Sie goss sich vom Kaffee nach, der kalt geworden war, weil das Teelicht unter dem Stövchen nicht mehr brannte. Und dachte jetzt an die vergangene Nacht. Er hatte sie befriedigt, auf seine raffinierte Art, wie früher schon. Ihr den Orgasmus verweigert, bis sie darum flehen musste. Das funktionierte noch immer. Danach waren sie nackt eingeschlafen, und sie hatte erst gegen Morgen nach ihrem Schlafanzug getastet, weil ihr kalt geworden war. Ihre

Lunge war empfindlich. Die Bronchien rasch verschleimt. Nur das nicht. Nur keine Atemnot. Nicht nach so einer Nacht, in der sie für Augenblicke wieder jung war. Alte Liebende sind nicht scheußlich. Ovid ist ein Idiot. Und ihr Klaus ein Schwätzer. Schon Ovid habe alte Soldaten und alte Liebende gleich scheußlich gefunden. Das hätte er gerne für sich behalten dürfen. Ihren Sex madigzumachen, war geschmacklos. Es störte sie doch nicht, wenn es ohne Tabletten nicht mehr ging und ein Potenzmittel für Stabilität sorgte.

Sie schlug das Buch noch einmal auf, wollte weiterlesen, und tat es dann doch nicht. Ein beklemmendes Gefühl besetzte ihre Brust. Instinktiv nahm sie den Spray. Aber die Beklemmung blieb. Ihr Herz begann zu rasen, und eine panische Angst erfasste sie. Sie ging ins Bad und ließ kaltes Wasser über ihren Puls rinnen. Die Angst blieb. Aber es war nicht die Angst, die sie in den letzten Tagen oft heimgesucht hatte. Es war eine andere Art von Angst. Sie hatte Angst um sein Leben.

*

Von der Hütte war nicht mehr viel übrig geblieben. Man würde die noch restlichen Teile abreißen und eine neue Hütte hinstellen müssen. Das war kein Hexenwerk und für Leute mit etwas Geld leicht erschwinglich. Wichtig war, dass der Grund einem gehörte und man die Baugenehmigung besaß. Beides war weder für Ilse noch für den Notar Hacker ein Problem. Warum diese Hütte aber hatte den Flammen zum Opfer fallen müssen, blieb nicht nur für Lott ein Rätsel. Etwas anderes als eine Hütte würde man mit allen Beziehungen, die man nützen konnte, nicht bauen dürfen. Etwas komfortabler vielleicht, aber eine Hütte würde es bleiben.

Verbarg die Hütte etwas, was vernichtet werden musste? Aber dafür lohnte der Aufwand sich wiederum nicht. Warum die Hütte abgefackelt wurde, blieb allen ein Rätsel. Zumindest im Augenblick.

Wengartner dachte an Achleitner. »Sonst brennt die Hütte.« Aber er glaubte nicht, dass der hinter dem Brandanschlag steckte. Der Ausspruch war wohl eher seinen riskanten Geschäftspraktiken geschuldet, seinen Befürchtungen, dass sein Immobilienimperium wie ein Kartenhaus zusammenstürzen oder eben wie eine Jagdhütte Feuer fangen und verbrennen könnte.

»Für heute reicht's mir«, stöhnte er dann, Lott zugewandt.

»Verstehe«, meinte Lott mitfühlend. Aber er ahnte nicht, wo dem Wiesseer Beamten noch der Schuh drückte.

Wengartner fuhr fort: »Plötzlich haben wir es wieder mit Wilderern zu tun.«

»Im Ernst?«, hakte Lott nach. »Aber das hat hier ja Tradition.«

»Auf die Gams haben's es abgesehen. Nur weil von Seite der Forstadministration die Bergwälder zu sogenannten Schutzgebieten erklärt wurden, gilt die Gams als Freiwild.«

Lott hörte zu, ohne zu begreifen, auf was Wengartner genau anspielte, aber er spürte die Erregung des Kollegen.

»Die Begrenzung der Schusszeit gilt nicht mehr. Auf die Gams darf jetzt das ganze Jahr über geschossen werden. Von wegen Schutzwald! Wald vor Wild eben. Und die Gams? Die Jungen können kaum noch in die Altersklasse einwachsen. Sie wird geschossen und geschossen auf Teufel komm raus.«

Lott schüttelte den Kopf, was Wengartner veranlasste, weiter auszuholen.

»Bis ins Rottachtal hinüber wurden so ziemlich alle Einstandsgebiete des Gamswildes zu Sanierungsgebieten erklärt und dürfen somit *gamsfrei* gehalten werden. *Gamsfrei*! Dieses Wort schon!«

Wengartner atmete tief durch.

»Das gilt für den Sonnenberg, für die gesamte Langenau, für das Areal vom Kühzagl am Beginn des Bodenschneidmassivs mit dem Peißenberg, wo s' den Jennerwein derschossen haben, bis hinauf in die Valepp.«

Lott hörte die Berg- und Landschaftsnamen. Er kannte sie, exotische und gleichzeitig heimatlich anmutende Begriffe waren das für ihn. Und der Name Jennerwein, der Inbegriff eines Wilderers überhaupt.

Er lächelte deshalb und sagte: »Da also ist der Jennerwein erschossen worden?«

»Und jetzt meinen die Herren Wilderer, dass auch sie sich der Hatz auf die Gams anschließen dürfen. Straffrei, wohlgemerkt. Aber da täuschen die sich. Nach Paragraf 292 des Strafgesetzbuches wird die Jagdwilderei noch immer mit Gefängnis oder mit empfindlichen Geldstrafen belegt, besonders wenn sie gewerbsmäßig betrieben wird. Aber einen der Drahtzieher haben wir jetzt dingfest gemacht, der hatte eine geschossene Gams im Keller.«

»Wo?«, fragte Lott lapidar.

»Sie kennen das Haus. Es ist im Roßwandweg. Mary Tucholsky hat da mal drin gewohnt.«

KAPITEL 11 – MARY

Sie fuhren zurück in den Ort. Lott dachte an den Mann mit dem Gewehr. Und daran, dass es noch immer Wilderer gab. Wilde Romantiker, die vor ihrem nüchternen Alltag flohen? Der Mann, der ihn bedroht hatte, war gewiss nicht von jener Sorte. Wie Wengartner vermutete, war er auch kein Einzeltäter, sondern gehörte einer Bande professioneller Wilddiebe an.

Als Lott mit ihm zusammenstieß, hatte dieser wohl befürchtet, entdeckt zu werden. Und seine Reaktion geriet deshalb außer Kontrolle. Diese überzogene Drohung, nur weil Lott dem einstigen Hort der Werke Tucholskys zu nahe gekommen war.

Lott dachte jetzt daran, dass er geglaubt hatte, den Mann mit dem Gewehr auf der Überwachungskamera erkannt zu haben. Ein Wilderer, der aus Tokio angereist kam? Der Mann hatte doch ein Allerweltsgesicht. Konnte er sich da wirklich sicher sein? Oder sah er Gespenster? In diesem Augenblick entschloss sich Lott dazu, sich einen Irrtum einzugestehen. Ja, er hatte Gespenster gesehen! Der Mann auf dem Flughafen und der Mann mit dem Gewehr waren nicht ein und dieselbe Person. Und wenn es doch ein und dieselbe Person war, so hatte diese weder etwas mit Marie noch mit Tucholsky zu schaffen.

Ilse sagte kein Wort mehr. Sie hatte sich trotzig wie ein Reservespieler auf die Rückbank von Wengartners Geländewagen gesetzt. Sie würde noch zum Einsatz kommen, da war sie sich sicher.

Zunächst aber war Wengartner an der Reihe. Er sprach sie, als sie wieder auf Asphaltwegen fuhren, über seine Schulter hinweg an:

»Du machst dich unnötig verdächtig, Ilse.«

Ilse blieb trotzig.

»Du warst exakt zu der Zeit am Bodenschneid, als die Hütte angezündet wurde, und hast mir weisgemacht, dass ich dich zu Hause antreffen würde. Warum?«

»Du irrst dich, ich war nicht dort.«

»Und wo warst du dann?«

»An Marys Grab.«

*

Mary blieb stets im Hintergrund. Als hätte sie keine eigene Geschichte. Jede Auskunft über sich hat sie verweigert, Einladungen, über Tucholsky zu sprechen, lehnt sie ab. Mit mehr als dem Rat, ihn zu lesen, kann sie nicht dienen. Ihre Diskretion geht sogar so weit, dass sie ernsthaft erwägt, Tucholskys Briefe an sie zu vernichten. Sie ist nur mühsam davon abgebracht worden.

Sie arbeitet oft 16 Stunden am Tag. Tippt noch in der Nacht ihre Briefe und Karten. Verhandelt, telefoniert, sammelt, hilft jedem, der sie um Unterstützung bittet.

Ohne sie und ihr Haus am Roßwandweg kommt keiner, der sich dem Schriftsteller nähern will, aus. Da gibt es alles, was einer braucht, der eine Seminararbeit, eine Dissertation oder nur einen Aufsatz zu schreiben hat. Mary lädt ein in ihr stilles Refugium. Oben in ihrem Haus wohnen die Gäste, Studenten aus allen Ecken Europas, Professoren aus Japan, Doktoranden aus den USA. Sie genießen hier für Tage oder auch Wochen Wohnrecht, schöner und bequemer können sie es nicht haben.

Lott hatte sich das Buch von Klaus Bellin »Es war wie Glas zwischen uns – die Geschichte von Mary und Kurt Tucholsky« zur Hand genommen und darin gelesen.

Er klappte das Buch zu, behielt seinen Daumen als Lesezeichen darin und erinnerte sich. Genauso hatte er die Witwe des Dichters kennengelernt. Sie hatte von ihrem 16-Stunden-Arbeitstag gesprochen, davon erzählt, welche Anstrengungen sie auf sich genommen hatte, damit Tucholskys Werk nicht in Vergessenheit geriet.

Gordana brachte noch einmal Kaffee. Und Ilse kam jetzt, da sie Wengartner nicht länger Rede und Antwort stehen wollte, dazu.

»Du liest Klaus Bellins Buch?«

Lott hielt es in die Höhe zur Bestätigung.

»Ein gutes Buch«, sagte Ilse. Mehr sagte sie nicht dazu.

Lott befreite seinen Daumen und stellte das Buch zurück.

»Hat nur einmal geliebt«, sagte Lott dabei und lächelte.

Ilse lachte laut, aus einem weit geöffneten Mund, viel zu weit für den Anlass, wie es Lott schien. Dazu war es ein Lachen ohne jede Heiterkeit.

Lott schaute sie verwundert an, als müsste sie ihm dieses Lachen erklären.

»Mary, die gestrenge Nachlassverwalterin! Weißt du, dass sie 85 Briefe an Nuuna nicht zur Veröffentlichung freigegeben hat? Und dass sie die verbliebenen 165 Briefe gekürzt hat?«

»Ich hab mich nicht so mit Tucholsky beschäftigt wie du«, antwortete Lott.

Ilse stand auf, griff ins Bücherregal, zog ein Buch heraus und blätterte die Seite her, aus der sie scheinbar zitieren wollte, was sie auch tat.

»Andeutungsreiche Klammern und entsagungsvolle Pünktchen weisen auf eine fleißige Effilierschere hin. Das ist bei allem Verständnis für Pietät und Diskretion schon ein ziemlich martialischer Eingriff in die Intimsphäre von Privatpost, deren Wert zunächst in ihrer verschämten Vertraulichkeit liegt. Ein nur halbherzig gelüftetes Briefgeheimnis.«

Ilse zeigte den Buchumschlag. Peter Rühmkorf, »Dreizehn deutsche Dichter«, und sagte: »Sie wollte die Liebschaften von Tucholsky einfach so verschwinden lassen. Darin war sie eigen. Nur sie sollte zählen, andere Frauen waren ihr nicht mehr wert als Klammern und Pünktchen.«

Lott schwieg dazu. Was sollte er auch sagen. Er war Mary Tucholsky ein einziges Mal begegnet, für eine Dreiviertelstunde, vor mehr als 40 Jahren. Er dachte an das ominöse, angeblich verschollene und angeblich wieder aufgetauchte Manuskript. »Schwanenschrei«. Wenn es dieses Manuskript wirklich gab, war es Tucholskys Schwanengesang, dachte Lott. Sein letzter Auftritt auf der Bühne der schreibenden Zunft. Der Titel »Schwanenschrei« als bitterste Ironie. Das Letzte, was zu sagen wäre, ist ein Schrei! Und nicht Gesang. Ein Schrei beschönigt und verklärt nichts.

Ilse riss ihn aus seinen Gedanken.

»Die Mary hatte auch eine dunkle Seite«, sagte sie. »Alles verschweigen, was nicht hineinpasst.«

Dann stand sie auf, ging in die Küche, wo Gordana noch werkelte.

Kurz darauf winkte Gordana zur Tür herein, um sich zu verabschieden.

Ilse brachte zwei Schnäpse mit. Bärwurz. Und stieß mit Lott an. Und fragte: »Wohin wollen wir essen gehen?«

»Angermaier?« fragte Lott.

»Ruhetag«, antwortete Ilse. Und machte den Vorschlag: »Im ›Slezak-Haus‹ isst man gut.«

Lott zeigte sich einverstanden.

*

Als wäre es selbstverständlich, dass in einem noch so überfüllten Restaurant ein Tisch für die Witwe Strasser reserviert war, steuerte Ilse einen freien Tisch am Fenster mit Blick auf den Malerwinkel an.

Vermutlich traten die Leute auch vom Gehsteig auf die Straße wie einst die Bürger vor den Adeligen, wenn ihnen Ilse entgegenkam.

»Guten Abend, Frau Strasser, ich bringe Ihnen gleich die Karte, wie gewöhnlich den Aperitif vorher?«

Ilse nickte. Und Lott staunte. Er wurde tatsächlich übersehen. Und wunderte sich dann, dass die Bedienung auch ihm den Aperitif brachte und eine zweite Speisekarte.

»Ich war mit Mary oft hier«, sagte Ilse. »Allerdings war damals die Küche noch eine einfachere. Mary hat immer Forelle gegessen. Forelle blau und ein Glas Weißwein dazu.«

Während Lott die Karte studierte, verschwendete Ilse keinen Blick daran.

»Die Forelle, wie immer?«

Es war eigentlich keine Frage. Die Bedienung holte sich nur die Bestätigung dafür ein, packte die Speisekarten, warf Lott einen fragenden Blick zu, bis der antwortete: »Für mich dasselbe.«

»Immer Forelle blau mit Salzkartoffeln und grünem Salat. Am liebsten im Café Wallberg, das es längst nicht mehr gibt.«

»Ich dachte, du bist Vegetarierin?«, wunderte sich Lott.

»Forellen sind die Ausnahme, auch wegen Mary. Ich habe die Tradition aufrechterhalten.«

Der Wein kam. Sie stießen an. Ilse nippte am Glas. Lott trank. Ein trockener Riesling. Die Forellen folgten. Hatten keine Gräten. Ilse begoss die ihre mit reichlich Butter. Lott war da zurückhaltender.

»Auf Mary«, sagte Ilse und wollte nochmals anstoßen.

»Auf Mary«, echote Lott und stieß sein Glas an Ilses Glas.

Dann aßen sie schweigend.

Lott schaute über die Terrasse hinweg zur Kirche hinüber, dem Märtyrer Laurentius geweiht. Im Jahre 1111. *Man sieht nur, was man weiß*. Und Lott hatte tags zuvor darüber gelesen.

Als sie zu Ende gegessen, den letzten Schluck Wein getrunken hatten, bezahlte Ilse und ließ sich von Lott in die Jacke helfen.

Die Bedienung schaute sie mitfühlend an und sagte: »Ich wünsche Ihnen alles Gute.«

Auch Lott schenkte sie einen flüchtigen Blick, und ein ebenso flüchtiges »Gute Nacht«. Dabei war der Abend noch jung. Dämmerlicht. Und die Brunftschreie der Hirsche am Fuße des Wallbergs waren zu hören.

Ilse hatte den Wagen wieder in der Aribostraße geparkt. Sie gingen ein paar Meter. Im rückwärtigen Teil des Anwesens erinnerte nichts mehr an früher. Martin Lauers Hütte gab es nicht mehr und nicht mehr die Wiese, auf der dieser Großvater mit seinem Enkel oder Urenkel spielte. Der Junge hieß Nino. Warum war ihm dieser Name im Gedächtnis geblieben? Vielleicht nur, weil er ungewöhnlich für diese Gegend war. Ilse machte noch einmal kehrt, wollte die andere Richtung am Ufer entlang bis zu der Stelle gehen, von der aus man bis nach Gmund schauen kann. Denn dort hatten sie sich vor 40 Jahren ein gemeinsames Leben erträumt, den lieben Gott angerufen, und um Erfüllung des Wunsches gebeten.

Eine, die Treue hielt, – und einer, der sie vergaß, Einer der ein Leben verspielt, – und eine, die wartend saß.

Lott kam die E-Mail in den Sinn. Und es war ihm, als käme sie von Ilse.

Gerichtet an ihn.

*

In Ilses Wohnung tranken sie weiter. Sie waren beim Riesling geblieben, wenn auch Marke und Jahrgang sich von dem im »Slezak-Haus« unterschieden. Er lockerte Ilses Zunge: »*Ich möchte dich nur hie und da respektvoll daran erinnern, dass sich sogar für uns noch eine einigermaßen erträgliche Zukunft denken lässt. Wegen Herkommens will ich dir nicht mehr zureden. Du weißt, wie schrecklich froh ich wäre, wenn du kämst.*« Sie zitierte Nuuna. Die Briefe aus dem Schweigen. Und lachte. Und grölte: »*Hat nur einmal geliebt. Heute weiß ich, wenn Liebe das ist, was einen ganz und gar umkehrt, was jede Faser verrückt.*« Aber auch das war nicht Ilse, sondern Tucholsky. Sein letzter Brief an Mary. Aber Ilse, Lott spürte das, meinte nicht Tucho, sie meinte sich, benützte die fremden Worte nur für sich und ihre eigenen Wünsche.

Dann aber war Ilse wieder ganz Ilse: »Auch Mary hatte ihre Chance verwirkt, ihr Kurt sowieso«, polterte sie. »Und wir? Es war ein Fehler gewesen, uns zu trennen. Es war doch eine unglaubliche Liebe!« Und schwärmte: »Wir konnten doch ohne einander nicht sein. Kein Blatt passte zwischen uns damals.«

Dann schmiegte sie sich an Lott, begann zu singen, ein Sprechgesang eher:

»In stiller Nacht und monogamen Betten
Denkst du dir aus, was dir am Leben fehlt.
Die Nerven knistern. Wenn wir das doch hätten,
was uns, weil es nicht da ist, leise quält.
Du präparierst dir im Gedankengange
das, was du willst – und nachher kriegst du's nie …
Man möchte immer eine große Lange,
und dann bekommt man eine kleine Dicke –
C'est la vie.«

Plötzlich saß sie auf Lotts Schoß, vereinnahmte ihn, küsste ihn. Und gurrte. »Ilse, Bilse, niemand will se.«

Lott wollte sich befreien. Aber Ilse ließ nicht locker. War schon dabei, ihm das Hemd aufzuknöpfen und rutschte zwischen seine Beine, Lotts Gürtel schon in der Hand, als sie plötzlich innehielt und wieder etwas sagte: »Wenn Strasser etwas schönredete, sagte er immer, der die oder das wäre gutartig, gutartig wie ein Krebsgeschwür, das im Grunde genommen ja keines war.«

Sie lallte ein wenig. Der Alkohol. Aber dann rang sie doch weiter um klarere Worte, sagte: »Strasser war immer um eine öffentliche Kleidsamkeit bemüht. Um Reputation. Mehr Schein als Sein. Wobei er sich selbst für wichtiger hielt, als er war. Oder sich wichtig und unentbehrlich machte, machen musste, weil er im Grunde genommen klein und unbedeutend war.«

Es schien, als schmerzten sie die Wörter in ihrem Mund, ein jedes eine kleine, mühsame Geburt. Und danach kam es ihm vor, als hätte sie vergessen, warum sie Lotts Gürtel noch immer in der Hand hielt. Sie kniete und wusste nicht mehr, warum.

Lott half ihr aufs Sofa zurück, ihr Kopf fiel auf seine Schulter. Und sie schlief ein.

*

Lotts Anruf erfolgte lange nach Mitternacht. Aber Elli war noch wach. Hatte in Maries Roman weitergelesen. Das Telefon in Reichweite. Und immer auf einen Anruf wartend. Der Klingelton war eine Erlösung.

»Du klingst noch munter«, sagte Lott.

»Das täuscht«, antwortete Elli.

Dann schwiegen sie Sekunden lang.

»Was gibt es Neues?«, fragte Elli zaghaft.

»Wengartner glaubt, Ilse hätte ihre Hütte selbst angezündet.«

*

Kann man Pläne überhaupt schmieden, oder schmieden Gottes Pläne uns?

Wir aber können nur einer inneren Stimme folgen.

Unserer Intuition.

Wenn es nun doch ein Plan gewesen war, war er denn aufgegangen?

Ich habe nach den Sternen gegriffen, einen davon wollte ich festhalten.

Wenigstens einen, von den unendlich vielen, die Nacht für Nacht am Himmel spazieren gehen.

Ihn festhalten und in mein Herz schließen.

Wo er auch hingehörte.

Seit so vielen Jahren schon.

Vom Anbeginn der Zeit.

*

Ilse schreckte auf, sie hatte geträumt. Es war ihr, als hätte sie den Traum einer anderen geträumt. Einer Fremden. Erst jetzt, im halb wachen Zustand, nahm sie sich des Traums an. Wie ein Muttertier einem fremden Jungen.

Sie lag in ihrem Bett. Sie wusste nichts mehr über den gestrigen Abend. Alles, was nach den Forellen kam, schien ihr entglitten zu sein.

Sie horchte jetzt. Lott schlief noch. Sie hörte ihn schnarchen, obwohl sein Zimmer am anderen Ende des Flurs war. Seine Tür war wohl offengeblieben.

Er würde weiterschlafen, aber sie musste wach werden.

Irgendwann.

KAPITEL 12 – DAS GESTOHLENE TAL IV

Hier ist mein Platz. Man kann ihn mir nicht wegnehmen. Wer das tut, ist ein Dieb. Aber Diebe werden hier nicht bestraft. Man behängt sie mit Orden. Man schüttet Lobreden über sie, deckt sie mit Schmeicheleien zu, und sie dürfen sich eintragen ins Goldene Buch der Stadt, damit sie unsterblich werden.

Auch heute wieder! Da machten sie auf Folklore, waren um heimatliche Klänge bemüht. Um bayrische Reputation. Betraten mit ihren Phrasenuniformen das Podium im Kursaal und ließen ihre gemächlich anmutenden Stimmen auf die Bürger im Tal herabregnen, um deren Vertrauen zu gewinnen. Hatten sie Kreide gefressen? Oder sich selbst fremd geredet? Waren sie rasch in eine Rolle geschlüpft, die einen zur Bedeutsamkeit trägt? Auch mein Vater. Er weiß nicht mehr, wer er ist. Er hat sich vor sich selbst versteckt. Wie könnte er sonst ertragen, was da einer in seinem Namen anstellt. Danach auch noch eine Beerdigung. Keine bedeutende. Aber auch Totengräber sind nicht unsterblich. Ich meine den Leitner Franz. Sie schossen weidmännische Grüße seiner Seele hinterher, die geradewegs in den weißblauen Himmel einfuhr, für immer und ewig diesem Tal hier entschwunden.

Die Leute gingen nach Hause, mit dem Honig, den man

ihnen ums Maul geschmiert hat. Ein paar Wütende darunter, in denen noch die Reden der Versammlung gärten, ein paar Trauernde auch, die den Totengräber schätzten und irgendwann gerne seine Dienste in Anspruch genommen hätten. Die meisten aber nur hungrig, nicht nach Wahrheit und Gerechtigkeit, sondern nach den Weißwürsten, die im Bräuhaus auf sie warteten. Bei einem bescheidenen Leichenschmaus. So bescheiden, wie der Leitner Franz einer war.

Ich aber sitze jetzt hier. Weg von den Menschen im Tal, so wie die Seele des Totengräbers. Hier ist mein Platz. Niemand kann ihn mir wegnehmen. Auch nicht der Wind, der vielleicht von weither kommt. Er hat gut reden. Weiß zu erzählen. Wer so lange unterwegs war, kann das. Woanders aber ist es auch nicht besser, meint er.

Altweibersommer am Mittag noch, aber jetzt am Abend schon kühler Herbst.

Es dauert hier eine Weile, bis der Mond hier abends über den Wallberg kommt. Aber irgendwann ist er da. Beim letzten Mal noch Halb-, jetzt gewiss schon ein Dreiviertelmond oder schon fast rund. So lange aber schließt man besser die Augen, weil die Dunkelheit einen verschlingen könnte, so kommt man der Dunkelheit zuvor.

Bis dann endlich der Mond kommt.

Mäuse und Käfer, vielleicht auch Schlangen oder Ringelnattern um mich herum. Wie alles jetzt zischelt und raschelt. Und die Nachteulen und Käuzchen rufen schon. Dazu das lang gezogene Pfeifen eines Murmeltieres.

Ganz ruhig ist es nirgendwo. Selbst der Verkehrslärm dringt bis hier rauf. Aber dann ist da doch der Augenblick göttlicher Stille. Ist der Wind eingeschlafen? Hat jemand die Zeit angehalten? Ist der Mond stehen geblieben? Vor

Schreck vor der Unsterblichkeit vielleicht. Ich selbst will ja gern an sie glauben, zumindest an eine ewige Wiederkehr. Oder an keines von beidem. Einfach Schluss und kein Himmel weit und breit und auch keine Hölle. Sterben. So wie man beim Einschlafen fest daran glaubt, dass man am anderen Morgen wieder aufwacht. Nicht mehr sagen kann, ob man noch wach ist oder schon gut angekommen, aber genauso fremd in einer anderen Welt.

Jetzt spüre ich die Hand der Mutter, sie greift nach mir. Sie meint es gut und drängt mich doch zum Abgrund hin.

Und von fern, ganz von fern höre ich den Regionalzug, der jede Stunde fährt. Man kann ihn eigentlich nicht hören, man muss ihn sich denken. Wenn man aus dem Fenster sieht, tauchen glutgelbe Rapsfelder auf. Er selbst kommt in Tomatenrot daher. Und die Herren in ihm in Elefantengrau.

Das ganze Tal erscheint mir in Trauer gemeißelt. Als hätte es das Vorbeisein bereits erlitten. Friedhofsgedanken sind hier aber fehl am Platz, obwohl der Leitner Franz heute beerdigt wurde. Der Tod reißt alles an sich, auch jede Erinnerung. Und irgendwann zerspringt jede Liebe im Herzen.

Ich rieche jetzt Sterbeluft.

Zum Glück ist der Tod nicht gefährlich.

*

Ilse war verkatert. Und entsprechend wortfaul. Ihr Gesicht war an diesem Morgen verwittert, als wäre es nie jung gewesen. Sie ging ins Bad. Viel Arbeit stand ihr dort bevor.

Gordana hatte inzwischen Frühstück gemacht. Lott wartete, bis Ilse aus dem Bad zurückkam. Als sie sich fertig gerichtet an den Tisch setzte, war sie jünger als vorher. Eine magische Quelle musste aus den sanitären Anlagen fließen. Auch Ilses Bewegungen waren wieder jung geworden. Springlebendig gab sie sich.

Durch die Vorhänge strömte das Licht des späten Vormittags.

»Ich werde zu Feldhaus fahren«, sagte Lott.

Ilse zuckte die Schultern. Sie hatte kein Vertrauen zu dem Miesbacher Kommissar.

Und machte auch keine Anstalten, mitkommen zu wollen. Lott war es recht. Er hatte sich vorgenommen, noch am Vormittag Feldhaus aufzusuchen. Ohne Ilse. Dass sie von selbst darauf verzichtete, ersparte ihm jedwede Diskussion.

Als Ilse aus dem Zimmer war, rief er bei der Miesbacher Kripo an und verlangte nach Feldhaus. Die Kollegin an der Wache stellte durch.

Der bayerische Kollege meldete sich. Lott erkannte schnell, dass er ihm lästig war. Als er von der Überwachungskamera anfing, schnitt ihm Feldhaus das Wort ab.

»Herr Lott, nehmen Sie doch einfach zur Kenntnis, was ich Frau Strasser bereits mitgeteilt habe. Sie mag ihre Tochter vermissen, ohne Zweifel. Aber es gibt keine vermisste Person.«

Lott schwieg einen Moment lang, überlegte, was er dieser Aussage entgegenzusetzen hatte, aber Feldhaus nützte die Gunst des Augenblicks, sagte ein Grußwort und legte auf.

Lott war perplex. So etwas wäre ihm früher nicht passiert. Sich vorführen lassen wie ein Schuljunge. Oder aktuell wie ein Rentner, den man nicht mehr ernst nehmen muss. Er holte tief Luft, überlegte und entschied sich dafür, nach Miesbach zu fahren. Schon an der Tür aber hielt er inne. Was sollte er Feldhaus sagen?

Der erwartete Professionalität, Fakten, anhand deren ein Fall überhaupt erst zu einem Fall wurde. Ein Grund, um Maries Verschwinden mit einem möglichen Verbrechen in Verbindung bringen zu können.

Schwanenschrei, dachte er.

Gab es nicht eine von Marie geschaffene Plattform, auf der das ominöse Tucholsky-Manuskript diskutiert wurde? Er ging schnurstracks in Ilses Arbeitszimmer und fuhr den Computer hoch, gab bei Google den Begriff *Schwanenschrei* ein. Und wartete. *Schwanengesang* ja.

Aber kein *Schwanenschrei.*

Gab es andere Suchmaschinen, geheime Kanäle?

Was die digitale Welt betraf, da war er ein Außerirdischer geblieben. Ein Erstklässler, der zeitlebens nicht versetzt wurde. Im Präsidium hatte er seine Leute dafür gehabt, die mit Mind Map, mit ViCLAS und dem äußerst komplizierten Analyst's Notebook arbeiteten, während er noch per Hand seine Tools zeichnete.

Nein, unter dem Begriff *Schwanenschrei* wurde er nicht fündig.

Und unter Schwanengesang? *Die Griechen hielten den Schwan für ein prophetisches Tier, dem Apollon die Gabe der Weissagung geschenkt habe. Sie glaubten, dass die Schwäne deshalb auch ihren eigenen Tod ahnten und kurz vorher bewunderungswürdige Klagelaute hören ließen.*

Das half ihm nun wirklich nicht weiter.

Gordana klopfte an der Tür, trat dann ein, ohne eine Antwort abzuwarten, und fragte nach Wünschen.

Lott bat um einen Kaffee, den Gordana gleich brachte, als hätte sie die ganze Zeit schon damit vor der Tür gewartet.

Wie hieß der Verlag noch gleich, der nicht zu googeln war?

Lott überlegte. LitBuch Verlag.

Und gleich flatterten seine Finger über die Tastatur des Computers wie die eines trägen Vogels und gaben den Begriff *LitBuch Verlag* ein.

Aber auch diesmal keine Treffer.

Nein, das war nicht der richtige Weg.

Lott fuhr den Computer herunter, trug die leere Kaffeetasse zu Gordana in die Küche, sagte, dass er nach Miesbach fahre, und nahm von der Garderobe die Jacke.

Balou schaute ihn wedelnd an, aber Lott musste ihn enttäuschen. Er hatte anderes vor. Er musste mit Feldhaus reden. Von Kollege zu Kollege. Auf Augenhöhe. Darin lag seine Stärke.

Er stieg in seinen Wagen. Aus dem Handschuhfach kramte er den Straßenatlas von Deutschland hervor. Er war dünn wie ein Schulheft, aber wohl ausreichend für seine Zwecke. Den Weg nach Miesbach hätte er wohl auch so gefunden, aber er wollte ganz sichergehen. Beim letzten Mal war Ilse gefahren, und er war mit seinen Gedanken woanders gewesen und hatte nicht auf den Straßenverlauf geachtet.

Er bog in die Nördliche Hauptstraße ein. Linker Hand das neue Bankgebäude, das früher einmal das »Gasthaus zur Post« war. Die Tafel davor warb jetzt für Darlehen zu Niedrigzinsen.

Lott vermisste die Tafel von einst, die vor dem Eingang zum »Gasthof zur Post« stand.

Heute besonders zu empfehlen. Darunter das Angebot des Tages: Hirschbraten mit Preiselbeeren.

Lott musste den Atlas nicht bemühen und fand auch

die letzte Abzweigung zur Polizeidienststelle Miesbach auf Anhieb. Er ging zur Wache und brachte sein Anliegen vor.

»Tut mir leid, Herr Feldhaus ist heute nicht mehr im Haus.«

*

Lott fuhr zurück.

»Metzgergang«, hätte sein ehemaliger Kollege Brauchle dazu gesagt. Und die Sache damit auf den Punkt gebracht.

Wie auch sein Sterben.

»'s goht nemme.« Das waren seine letzten Worte gewesen.

Die Gedanken an Brauchle hielten ihn noch eine Weile lang fest, dann nahm er sich vor, Wengartner anzurufen.

Wenn schon nicht Feldhaus, dann wenigstens Wengartner.

In Gmund bog er ab und schlug den Weg nach Wiessee zur Polizeidienststelle ein.

Wengartner war vor Ort, aber im Aufbruch begriffen. Die Wiesseer Kirche schlug Mittag.

»Wir können in der ›Post‹ weiterreden«, sagte Wengartner, obwohl außer einem Gruß noch kein Wort gewechselt worden war.

Lott war einverstanden. Der Vorschlag kam ihm entgegen. Er hatte Hunger.

Sie fuhren im Streifenwagen bis dicht vor die »Post«. Die Wiesseer hatten wenigstens noch ihren »Gasthof zur Post«. Wengartner ging voraus, steuerte den Stammtisch an, der einzige Tisch, an dem noch niemand saß. Lott zögerte.

»Hock dich nur hin«, sagte Wengartner.

Eine der Kellnerinnen kam an den Tisch. »Den Schweinsbroon ham'r heut als Tagesessen«, empfahl sie.

»Mal was anderes«, grinste Wengartner und bestellte den Schweinebraten.

»Für mich auch«, sagte Lott. »Und ein Bier.«

Wengartner musste das Bier nicht erst bestellen. Es dürfte sich um eine Art Abonnement handeln, dachte Lott, denn die Kellnerin brachte es unaufgefordert an den Tisch und stellte es vor Wengartner.

Als auch Lott sein Bier bekam, sagte Wengartner: »Ich bin der Alois, unter Kollegen sagt man doch du.«

»Klaus«, sagte Lott, hob sein Glas und stieß mit dem Kollegen auf das Du an.

Sie nahmen beide einen kräftigen Schluck. Und beide wischten sich hinterher den Bierschaum vom Mund.

»Was macht euer Wildschütz?«, fragte Lott.

»Er hat eine Anzeige von uns bekommen und muss sich bis zur Verhandlung zur Verfügung halten. Einsperren durften wir ihn nicht.«

Wengartner lächelte.

»Das war früher wohl anders«, gab Lott seine Vermutung kund.

»Ganz anders«, stimmte ihm Wengartner zu. »Früher haben die Revierjäger das in die Hand genommen. Das waren zum Teil richtige Kopfgeldjäger, wie wir das aus dem Wilden Westen kennen. Und ein ganz besonderer von denen war der Revierjäger Mayer aus Gmund.«

Lott horchte.

»Ihm wird nachgesagt, er habe nicht nur zwölf Wildschützen erschossen, sondern auch Holzsammler und Beerensucher. Ob das so den Tatsachen entspricht, weiß man freilich heute nicht mehr so genau. Da wurden auch viele Legenden gesponnen.«

Alois Wengartner nahm einen weiteren Schluck und begann zu erzählen. »Eine Sache, die der Revierjäger Mayer verbrochen hat, dürfte sich aber wohl so zugetragen haben, weil mehrere haben damals darüber berichtet, und die Schriftstellerin Marie Schmidt von Erkensteen hat eine Geschichte daraus gemacht.«

Wengartner wollte gerade ausholen, als die Kellnerin mit dem Schweinsbraten kam.

Sofort verstummte er und richtete seine ganze Aufmerksamkeit allein dem Tagesessen, das mit zwei Kartoffelknödeln und einem Salat als Beilage vervollständigt worden war.

»An guadn«, wünschte Wengartner.

Lott erwiderte und begann zu essen, lobte bald das Fleisch.

»Guad broon«, bestätigte Alois, der jetzt, da es ums Essen ging, richtig bairisch redete.

Nachdem aber Gläser und Teller leer und Wengartner noch zwoa Häis, zwei helle Biere, bestellt hatte, sagte Lott: »Feldhaus will mit dem Verschwinden von Marie nichts zu tun haben.«

Wengartner nickte wissend, wollte die Sache aber nicht vertiefen. Er hatte jetzt seine Wilderergeschichten im Kopf.

»Also, der Mesner Anderl, ein Jäger aus Schliersee, schießt am 12. November 1826 einen Hirsch an, der sich über die Reviergrenze in das königlich bayerische Jagdrevier Gmund schleppt und dort verendet. Weil jetzt der Schlierseer einer Begegnung mit dem gefürchteten Revierjäger Mayer aus dem Weg gehen will, bittet er den Menten Seppei, der ein Bauernsohn aus Hausham ist, für ihn diesen Hirsch auf das Schlierseer Territorium zurückzuholen. Der Menten Seppei versteht's und will helfen, wird aber beim Abtransport des Hirsches, den er mit seinem Pferdeschlitten macht, vom Revierjäger Mayer gestellt. Nun hat der Revierjäger den Seppei zum Forsthaus nach Gmund geschleppt und ihn dort an das Stiegengeländer gebunden, wo er ihn mit einer schweren Hundepeitsche derartig schlägt, dass das Blut an ihm nur so herabläuft, aber der Seppei bleibt standhaft, kein Geständnis konnt der ihm entlocken, trotz der Folter, die ihm schreckliche Schmerzen bereitet. Die ganze Nacht lässt er den Gequälten am Stiegengeländer hängen, dass selbst die Frau des Revierjägers für den armen Mann um Gnade bittet. Aber der Mayer bleibt stur. Und als er am nächsten Tag den Seppei zur Gendarmerie bringen will, erschießt er den Menten Seppei bei einem angeblichen Fluchtversuch.«

»Und ist der Revierjäger verurteilt worden?«, mimt Lott Interesse an dem Fall.

»Das Gericht hat ihn aufgrund etlicher lügenhafter Zeugenaussagen freigesprochen, aber seine Strafe hat der Revierjäger doch bekommen.«

Lott horchte interessiert.

»Die Freunde des Menten Seppei nämlich, allesamt Bauernburschen von den Höfen zwischen Gmund und Hausham, vollstreckten am 11.11.1833 ihren eigenen Schuldspruch und lockten den Mayer in einen Hinterhalt. Dort schlugen sie mit Gewehrkolben so auf den Jäger ein, dass dieser wenige Tage danach seinen Verletzungen erlag.«

Lott schnaufte durch und schüttelte den Kopf.

Wengartner rief die Kellnerin: »Maria, zoihn!«

Und zahlte.

»Gäidsgood«, sagte Maria.

*

Lott fuhr noch mit bis zur Polizeidienststelle. Jemand wartete dort schon auf Wengartner. Also verabschiedete er sich und stieg in seinen Wagen.

»Und danke, Alois«, rief Lott dem Hauptkommissar von Wiessee noch zu, ehe er losfuhr.

Er nahm den Weg über Gmund, obwohl das ein Umweg war.

Elli anrufen, dachte er.

Als er aber den Tegernsee wieder voll im Blick hatte, fühlte er sich auf eine eigenartige Weise zu Hause.

Jetzt Elli anzurufen, passte nicht.

Er dachte an Marie und an den Schwanenschrei. Und fuhr durch bis Rottach, parkte am See-und Warmbad und ging die wenigen Meter bis zum Kurpark. Er setzte sich auf eine der vorderen Bänke, also direkt an den See. Ein sanfter Wind zerriss die Wolken. Und fächelte sanft vom See her auch zu ihm herüber. Es war jetzt schwer, zum alltäglichen Ernst zurückfinden. Es war die Vergangenheit, die ihm auf den Pelz rückte, die wenigen Tage vor mehr als 40 Jahren.

Die Gegenwart, das war plötzlich nicht mehr der geplante Elli-Anruf, es waren nicht einmal die Schmerzen, die plötzlich wieder seine Hüfte attackierten; es war vielmehr Maries Buch, wovon ein Exemplar in seiner Tasche steckte.

Es zog ihn an, und er las.

*

Der Regen, ein grauer Vorhang, den Gott nicht schließen will. Er ist so grau wie die Sorgen, die Annegret Hagn mit sich herumschleppt, eine Last voller Unrat und Schmutz, die sich in den letzten Jahren bei ihr, wie auch in der Ehe ihrer Eltern angesammelt hat. Eine Flucht ist ausgeschlossen. Sie hat eine Aufgabe, mehr noch, es ist ein Auftrag: Sie muss das Tal zurückholen, das ihr Vater und seine Helfershelfer gestohlen haben. Nicht auf einmal, sondern Stück für Stück. So wie man dem Meer die Fische raubt und der Antarktis das Eis. Stück für Stück. Ein Raubzug auf Raten. Das Fischerwebergütl, das »Gasthaus zur Post«, das Wasser aus dem Mangfallgebirge.

Und gebaut ein Monsterhotel am schönsten Platz der Erde, der ein solches Gebäude nicht trägt, das die Bucht schändet und zu einem Tümpel schrumpfen lässt. Und hingestellt tote Häuser, Luxusvillen, in denen niemand wohnt. Aber was kann sie schon ausrichten, eine kleine Polizistin vom Ort, über die man schon lacht, die keiner für voll nimmt, am wenigsten ihr Vater. Seine Geschäfte sind juristisch nicht angreifbar. Nicht, solange alle dichthielten. Und darauf kann er sich verlassen, sie halten dicht wie die Sandsäcke bei Hochwasser, damit das Wasser nicht über die Ufer tritt. Aber das Wasser sucht sich seinen Weg. Eine undichte Stelle gibt es doch immer. Sie muss sie nur finden.

Lott klappte das Buch zu. Ein Schiff fuhr vorüber. Er hatte das Bedürfnis zu winken, tat es aber dann doch nicht. Was, wenn niemand zurückwinkt. Und seine winkende Hand nutzlos in der Luft hängt. Er wunderte sich ja selbst über seine Verbundenheit mit den Passagieren. Vielleicht weil die an Deck Mitstreiter der Polizistin Annegret Hagn waren. Wie hieß es doch in ihrem Buch: *Jedes Jahr kehren sie wieder wie die Zugvögel. Bis einer sie aufhält und sie es sich anders überlegen. Eine Nacht im Bachmair kostet so viel wie eine Woche Türkei. All inklusive.*

An Deck aber waren lauter treue Wiederkehrer. Lott fand zum Buch zurück und las:

Dichter schien der Schleier des Regens über die Toten zu fließen. Ich habe diesen Satz gelesen. Ein Buch in Mutters Bibliothek aufgeschlagen, ein Satz sprang mich an, genau dieser. Dann habe ich das Buch zugeschlagen und wieder zurückgestellt. Nun begegnet mir der Satz wieder, ist zu einem Bild geworden. Ich stehe vor den Gräbern meiner Dichter, die das Tal …

Der Wind streichelt jetzt zärtlich meine Wangen. Wer hatte den nur geschickt? Die Toten vielleicht, um auf sich wieder einmal aufmerksam zu machen. Oder mein Vater, der mir sagen will, dass er mich liebt. Und ich ihm antworten kann: Kein schlechtes, aber ein viel zu kleines Herz hast du, lieber Vater. Gerademal Platz für deine Frau und für dein Kind hat es. Aber unser Tal hat keinen Platz darinnen. Oder schickt meine schweigende Mutter mir diesen Wind. Meine Mutter, die gerne wichtig gewesen wäre, die Witwe des Dichters gerne zur Freundin gehabt hätte, aber sie will nichts wissen von ihr. Ist ihr lästig. Sodass meine Mutter sich einigeln muss, die Scheintote spielen wie die Spinnen oder andere Insekten bei Gefahr.

Annegret Hagn hörte auf, über sich nachzudenken. Sie musste die undichte Stelle finden, um das Tal zu retten.

*

Plötzlich ruft Elli an. Und stellt die übliche Frage: »Was machst du gerade?«

Lott weicht ihr aus. Dass er am See sitzt und liest, verheimlicht er ihr.

Stattdessen erzählt er ihr ein Märchen, das Elli nicht glaubt, und das Gespräch rasch wieder beendet.

*

Es ist ruhig, wenn nicht totenstill. Als hätte jemand die Welt angehalten. Nur einmal das lang gezogene Pfeifen eines Murmeltiers, ein Laut, wie er sich für ein Murmeltier geziemt. Sie horcht weiter.

Aber alle Tiere, alle Winde schliefen.

Plötzlich überkam Annegret die Sehnsucht nach dem See. Ihre Hütte engte sie ein, selbst wenn sie davor saß und die Sterne herabblinzelten wie Verbündete gegen die Nacht. Aber die Nacht ist stärker, ist stärker als das Licht der Kerzen, die der Tod persönlich oder seine Helfershelfer angezündet hatten. Ja, auch der Tod hat seine Helfershelfer!

Dann plötzlich brennt die Hütte. Eine einzige Flamme, die in den Himmel ragt, um weit oben anzufragen, ob sie wieder gelöscht werden darf.

Annegret Hagn lächelt. Ein Lächeln wie ein Licht, das erlischt und sich wieder entzündet. Sie hat die Bergdohle gehört, ein Rabe, Prophet unter den Vögeln, wie auch der Schwan, der seinen eigenen Tod besingt.

Da wünscht sich Annegret die Welt am ersten Tag ihrer Erschaffung.

*

Lott klappte das Buch zu und verstaute es in der Brusttasche seiner Jacke. Er starrte auf den See, als wollte er in ihm weiterlesen. Die brennende Hütte, Mary, die vielleicht nicht Ilses Freundin war, der Vater, der das Tal in seiner

Hand festhielt, um es meistbietend zu verschachern. Und wo Annegret Hagn auch hinschaute, war Tod.

Lott stand auf. Es zog ihn zum Friedhof. Er ging am Wasser entlang, wo es möglich war. Dann das letzte Stück Seestraße und die Treppe hinauf zum Friedhof.

Ein Grabstein hielt ihn auf. Das Foto eines Jungen darauf und daneben das eines alten Mannes. Nino Monte und sein Großvater. Lott blieb einen Augenblick stehen. Und dachte: Der gehäufte Tod, nirgendwo sichtbarer als auf dem Heimatfriedhof.

Lott ging die engen Kieswege. Die Dichtergräber interessierten ihn nicht. Er suchte das Familiengrab der Strassers. Es war leicht zu finden, weil es das größte war.

Viele Inschriften bereits auf dem glatten Marmor. Geboren, gestorben. Aber noch Platz für kommende Mitbewohner. In der Erde davor, von Kranz- und Blumenspenden halb verdeckt, ein kleines vorläufiges Holzkreuz, im Schatten des monumentalen Grabmals der Strassers.

Auch darauf die Jahreszahlen. Geboren, gestorben.

Und ein Name: Marie Strasser.

KAPITEL 13 – DAS ERBE

Wengartner wunderte sich, dass Lott schon wieder bei ihm im Büro stand, und salutierte mit einem nachlässigen Finger.

»Ich war auf dem Friedhof«, sagte Lott. »Marie Strasser ist tot.«

Wengartner schwieg.

Lott hörte ihn schweigen.

»Warum hast du mir das nicht gleich gesagt?«, empörte sich Lott.

»Das ist nicht so einfach zu erklären«, druckste Wengartner.

»Du hättest sagen können, Marie ist tot, aber Ilse will es nicht wahrhaben.«

»So einfach ist das nicht.«

»Was ist dann mit Ilse, du verschweigst mir doch was.«

»Ilse ist reich, sie ist vermutlich die reichste Frau im Tal.«

»Und?«, hakte Lott nach.

»Viele sind von ihr abhängig, nicht nur die traditionellen Vereine.«

Lott stöhnte laut auf. »Das alles ist doch kein Grund, ihr nicht die Wahrheit zu sagen.«

»Glaub mir, ich hab das nicht nur einmal versucht, und

nicht nur ich, auch andere, aber Ilse ist stur. Dabei war sie bei Maries Beerdigung mit dabei.«

»Wann war das?«

»Marie ist vor vier Monaten gestorben. Das heißt, Marie hat Suizid begangen.«

Lott schwieg. Er konnte jetzt nichts mehr sagen. Sein Gedankenwirrwarr hielt ihn gefangen. Nicht Maries Tod, die Art und Weise ihres Sterbens muss in Ilse diese Reaktion hervorgerufen haben. Wie konnte sie nur freiwillig aus dem Leben scheiden. Gab Ilse sich selbst eine Schuld?

Wengartner riss Lott aus seinen Gedanken: »Ilse hat außerdem ihr Testament inzwischen schon mehrfach geändert. Und auch das macht einigen Leuten hier Angst.«

»Woher weißt du davon?«

Wengartner zuckte die Achseln.

Das sagte alles.

»Warum sie aber dich hierher geholt hat, bleibt mir ein Rätsel. Nur weil du vor 40 Jahren einmal was mit ihr hattest?«, unkte Alois.

»Vielleicht wollte sie ihr Leben wieder dort beginnen, wo es vor 40 Jahren aufgehört hat«, orakelte Lott.

Wengartner verdrehte die Augen. Dieser Gedanke schien ihm zu verstiegen. Und er wäre jetzt auch lieber wieder in die überschaubare Welt seiner Wildschützen und deren natürlichen Feinde, den Revierjägern, geflohen.

Das sah Lott ihm an.

Und er hörte ihn plötzlich leise singen. Das Jennerwein Lied, das er zwischen sich und dem Fremden schob: *Es war ein Schütz in seinen schönsten Jahren, der wurde weggeputzt …*

Jetzt drehte Wengartner sich weg. Als müsse er fliehen.

Aber Lott ließ nicht locker. »Und was war mit Mary Tucholsky?«, fragte er, einer inneren Eingebung folgend.

Wengartner unterbrach abrupt seinen Gesang.

»Von einer Verbindung zu der Witwe Tucholsky ist mir durchaus nichts bekannt«, wunderte sich Wengartner über Lotts Frage.

»Ich muss wissen, ob überhaupt etwas von dem stimmt, was Ilse mir vormacht«, erklärte Lott.

Wengartner schien zu überlegen. Und sagte: »Eine ehemalige Mitarbeiterin vom Gulbransson-Museum weiß vielleicht mehr. Die kannte wohl die Frau Tucholsky ganz gut.«

»Hast du eine Anschrift?«

»Sie wohnt in Tegernsee.«

Wengartner suchte im Internet den Namen Alma Rixner, notierte Namen, Adresse und Telefonnummer und gab Lott den Zettel.

Der bedankte sich, reichte dem Kollegen die Hand und ging. An der Tür machte er aber noch einmal kehrt und sagte: »War Feldhaus auch eingeweiht?«

Wengartner nickte.

»Dann wundert mich seine Reaktion nicht.«

»Ich habe ihn darum gebeten«, gestand Wengartner. »Aber jetzt ist ihm die Sache lästig geworden.«

Lott verstand, drückte die Türklinke, grüßte die Polizistin an der Wache und trat nach draußen. Die Sonne blendete ihn. Er ging ein paar Schritte, bevor er in seinen Wagen stieg.

Herbstlicht, dachte er. Ein Licht, wie damals vor 40 Jahren.

Er fuhr durch Bad Wiessee und parkte am Ortsrand, nahm dort den Weg nach Altwiessee. Er erinnerte sich noch an den alten »Sperrhof« mit dem vor Nordwinden und Schnee schützenden Hausvorsprung. Die alten Hausnamen. Sie hatten noch immer etwas Heimeliges. Er setzte sich auf eine Bank. Buntes Blattwerk darüber. Und dachte an Ilse. Aber nicht an die Ilse vor 40 Jahren, sondern an die Ilse, die nicht wahrhaben wollte, dass ihre Tochter Selbstmord begangen hatte. Und er dachte daran, dass es nun seine Pflicht und Aufgabe war, sie mit dieser Tatsache zu konfrontieren.

In seiner Laufbahn hatten sie Seelsorger, die dafür geschult waren, Todesnachrichten einfühlsam zu überbringen. Er hatte auch Kolleginnen und Kollegen, die das beherrschten. Er gehörte nicht dazu. Er hatte sich zeitlebens vor dieser Aufgabe gedrückt. Jetzt führte kein Weg daran vorbei.

Vom See drang das Signal eines Ausflugsschiffes herauf. Das Schiff steuerte auf Abwinkl zu.

Er wünschte sich jetzt auf dieses Schiff. Nur sollte es nicht den See umrunden, keine große Rundfahrt versprechen – Gmund, Tegernsee, Rottach-Egern, Bad Wiessee – sondern weit weg und ganz andere Ufer anfahren. Plötzlich erschien ihm der Tegernsee klein, so winzig wie die Egerner Bucht, seit das neue Seehotel zur Überfahrt sich den Malerwinkel geschnappt hat.

Lott stand auf und dachte an Ilse. Aber nicht an die Ilse vor 40 Jahren, sondern an die Ilse von heute, an die Ilse, die den Tod ihrer Tochter nicht akzeptierte.

Er hatte im Internet unter *Schwanenschrei* gegoogelt. Und nichts gefunden. Warum nicht unter *Marie Strasser?*

Wie dilettantisch war er denn da gewesen? Hatte er sich so schnell von den einfachsten Gesetzen einer Ermittlung verabschiedet? War er schon so aus der Übung?

Er ging zum Wagen zurück.

Sollte er sich unter die Verschweiger einreihen?

Und einfach nach Hause fahren?

Ilse reinen Wein einschenken, aber wie sollte er es ihr sagen?

Er startete den Wagen und fuhr Rottach-Egern zu.

*

Ilse empfing ihn mit offenen Armen. Sie wirkte aufgekratzt.

»Na wie war's bei Feldhaus?«, fragte sie.

»Er war nicht da«, antwortete Lott.

»Typisch«, kommentierte Ilse. »Also nichts Neues von Marie?«

»Nein«, sagte Lott. Und ärgerte sich im nächsten Moment über seine Feigheit.

Ilse aber nahm ihn gleich in die Arme und forderte einen Kuss.

Lott entwand sich ihr. »Wir müssen reden«, sagte er.

Aber Ilse hörte nicht zu, drängte noch immer zu Lotts Mund, aber jetzt nicht, um diesen zu küssen, sondern um Worte in ihn schütten zu wollen. Ihr Atem roch nach Vergorenem. Sie hatte getrunken. Aber sie lallte nicht, sondern sprach deutlich wie eine Schauspielerin auf einer Theaterbühne. Sie redete also und schaute dabei tief in Lotts Augen, als müsste sie ihn jetzt gleich hypnotisieren: »Wir lieben einer den anderen, als ob wir ganz nahe miteinander verkettet wären, wir strecken die Arme aus, ohne uns doch wirklich berühren zu können. Ein quälendes Bedürfnis, zueinander zu kommen, peinigt uns, aber unsere Anstrengungen sind fruchtlos, unsere Hingabe ist unnütz, unser Vertrauen vergeblich, unsere Liebe schwach, unsere Zärtlichkeit eitel. Wenn wir einander nahekommen wollen, so stoßen wir uns nur einer am andern.«

Nun küsste sie Lott und ließ sich nicht davon abhalten, ihn zu küssen. Dann wieder ganz gesittet sagte sie: »Es handelt sich um einen Brief an Mary aus dem Jahre 1921.«

»Es klang so, als meintest du uns«, sagte Lott.

Ilse kicherte.

»Wir müssen reden«, sagte Lott.

»Wir müssen gar nichts«, erwiderte Ilse, nahm ihn an der Hand wie ein Schulkind und zog ihn ins Schlafzimmer. Und blühte dort auf wie eine Frühlingswiese. Die Nachmittagssonne drang durchs Fenster. Man hätte die Vorhänge zuziehen müssen, denn dieses Licht kannte kein Mitleid, kaschierte nicht die Spuren, die sechs Jahrzehnte lang sich in diesen Körpern breitgetreten hatten. Ilses Äußeres, das sorgfältige Werk eines Vormittags, schien binnen weniger Minuten zu welken. Und ließ die Frühlingswiese, die sie eben noch war, rasch verblühen. Sie legte den Kopf zur Seite wie ein verlegenes Kind. Ihr Hals glich einer schlaffen Hühnergurgel. Aber auch Lotts eigenes rechtes Bein, so muskelarm, lag auf dem Bett, als würde es auf eine physiotherapeutische Behandlung warten.

Lott schaute aus dem Fenster, um von sich und von Ilse abzulenken. Die Bäume dort herbstbunt. Dass die Vergänglichkeit sich auch farbenfroh zeigen kann, macht sie erträglich.

Der Grund ihres Verweilens in diesem Bett schien ihnen mit einem Male entfallen zu sein. Die Erotik hatte sich Hals über Kopf davongemacht oder war zu etwas Possierlichem geschrumpft. Und sein Glied fühlte sich an, als hätte es seine Erregung in Watte gepackt. Ja, Ovid hatte recht: Alte Liebende und alte Krieger sind gleich scheußlich.

Ilse breitete eine Decke wie ein Leichentuch über beide Körper. Darunter benahmen sie sich wie zwei lebendig gewordene Plüschtiere. Nur die Köpfe schauten heraus.

»Was empfindest du?«, fragte Lott zögernd.

»Nichts als Liebe und Bewunderung«, hauchte Ilse.

Und drehte den Kopf zur Seite und sagte, von Lott abgewandt: »Eine Enttäuschung wäre schmerzlich.«

*

Dann kam Ilse auf Marie zu sprechen. Was sie sagte, klang mütterlich, verzeihend und vertuschend zugleich. Marie war für sie ein Thema, das sich nicht erschöpfen ließ.

Sie sagte: »Marie war wie ein wildes Pferd, das losrennt, wenn es nur den Schatten eines Halfters sieht. Und sie liebte das einfache Leben.«

»Du redest von ihr in der Vergangenheit?«

Ilse lachte schrill auf. »Ich sehe sie halt immer noch als Kind.«

»Ilse, ich war auf dem Friedhof«, sagte Lott. »Marie ist tot.«

»Redest du von diesem albernen Holzkreuz? Ein Fake ist das. Sie haben es aufgestellt, um mich damit zu verhöhnen. Marie ist nicht tot. Alle Welt sucht doch nach ihr.«

Sie zeterte jetzt und sprang dabei in eine höhere Tonlage. Und rief: »Verdammt noch mal, dann lass uns auf diesen verdammten Friedhof gehen. Dann wirst du schon sehen, was passiert!«

Ilse sprang auf, war schneller in eine Hose geschlüpft als Lott, der Ilses Tempo nicht gewachsen war. Aber sie wartete im Wagen. Und raste dann aus der Einfahrt mit quietschenden Reifen, ehe Lott sich noch anschnallen konnte.

Sie parkte wieder am hinteren Friedhofstor. Und stürmte durch die Grabreihen und rannte schnurstracks der pompösen Familiengrabstätte der Strassers zu. Lott kam ihr nicht nach. Er sah nur noch, wie Ilse das kleine vorläufige Holzkreuz vor dem Grabmonument der Strassers, welches halb verdeckt von den halb verwelkten, auftürmenden Kranzspenden war, aus dem Boden riss und an dem kalten Marmor zerschlug.

»Geboren, gestorben«, las sie laut und brüllte: »Das könnte euch so passen.«

Sie verlor den Halt dabei, drohte zu stürzen. Lott fing sie auf.

In seinem Mund trug er noch immer die Kondolenzformel, die er die letzte Stunde darin getragen hatte wie einen bitteren Geschmack.

Mein aufrichtiges Beileid. Unmöglich, so etwas zu sagen.

»Lass uns diesen unwürdigen Platz verlassen«, sagte Ilse jetzt theatralisch und wartete nicht, sondern ging den Weg, den sie gekommen war, in ebensolcher Hetze zurück.

»Ich brauch jetzt einen Kaffee«, sagte sie.

*

Gordana hatte bereits frischen Kaffee parat und den Kaffeetisch schon gedeckt mit kleinen italienischen Kuchenstücken und einem aufgeschnittenen Hefezopf. Balou bellte, um auf sich aufmerksam zu machen. Er strich devot um Ilses Beine, und als die ihn nicht beachtete, holte er sich von Lott eine Krauleinheit ab.

Ilse setzte sich an den Tisch, als ob nichts gewesen wäre. Die Sache mit dem Friedhof war abgehakt. Sie nahm eine Scheibe Hefezopf, tunkte sie in den Kaffee und aß und redete und holte ihren verstorbenen Mann jetzt an den Tisch und sagte: »Strasser führte mich spazieren wie an einer Leine, selbst meine Blicke durften nicht ausreißen, sich davonstehlen, um in frechen Augen zu landen. So welkte meine Schönheit bei Max Strasser.«

Ilse weinte plötzlich. Ihre eigenen Worte hatten sie derart berührt, dass sie jetzt nur drauflos heulen konnte.

Und sagte dann noch: »Max Strasser war meine dunkle Wolke am weiß-blauen Himmel, die mein Leben verfinstert hat.«

Und heulte noch einmal drauflos.

Sie will jetzt Trost. Nichts sonst, dachte Lott.

Und sah Ilses Tränen, die wie Pfützen in ihren Augen ruhten. Er griff nach ihrer Hand und drückte sie.

»Ich müsste noch kurz an deinen Computer«, sagte Lott, als er Ilse wieder beruhigt sah.

Ilse nickte nur.

Er ging in Ilses Arbeitszimmer und fuhr den Computer hoch. Gab bei Google *Marie Strasser* ein und klickte Wikipedia an: Marie Strasser. Geburts- und Sterbedatum. Autorin von Regionalkrimis. Darunter ein paar Titel. Zuletzt: Das gestohlene Tal. Mehr nicht.

Ilse kam ins Zimmer und schaute über Lotts Schulter auf den Bildschirm.

Aber Ilse reagierte nicht, sondern ging ans Fenster und schaute hinaus zu den Herbstblühern in ihrem Garten und sagte: »Ja, Maries Lächeln war wie ein Licht, das erlischt und sich wieder entzündet. Ganz so, wie sie ihre Annegret Hagn beschrieben hat.«

Und weinte wieder.

Durch die Tränen hindurch versuchte sie vergeblich zu lächeln.

Und sagte plötzlich. »Lass uns zu Wengartner fahren.«

»Er wird Dienstschluss haben«, meinte Lott.

Lott zuckte mit den Schultern, trank noch eine Tasse Kaffee und schloss sich dann Ilse an, die schon wieder ungeduldig an der Tür wartete, ungeduldig wie ein Hund vor dem Gassi gehen.

Sie fuhr wieder schneller aus dem Ort, als es die Geschwindigkeitsbegrenzung zuließ. In wenigen Minuten war sie auch durch Bad Wiessee durch und hielt vor der dortigen Polizeidienststelle.

Wengartner war noch da.

»Aller guten Dinge sind drei«, sagte er, während er Lott die Hand reichte.

»Alois, ich brauch deine Hilfe«, übernahm Ilse. »Du weißt schon.«

»Nicht schon wieder, Ilse«, mahnte Wengartner.

Lott verstand nicht. Und wollte auch nicht verstehen, wie er die Andeutung des Polizisten zu deuten hatte. Es war ihm, als hätten die ihre eigene Sprache, zu der er keinen Zugang hatte.

»Die Hütte, du weißt Bescheid!«, fuhr Ilse eifrig fort.

Wengartner nickte, als verstünde er.

Dass Ilse ihre eigene Hütte angezündet hatte, war doch absurd. Oder was gab es zwischen den beiden zu regeln?

»Gibt es was Neues von Marie?«, fragte Ilse dann unvermittelt.

Wengartner schüttelte den Kopf.

»Dieser Feldhaus ist ein Schnarcher«, schimpfte Ilse.

Wengartner und Lott schauten sich vielsagend an.

Und der Wiesseer Kommissar lächelte.

Ein Verschweiger mehr.

»Die Blumen an den Kränzen welken allmählich«, sagte Wengartner.

Ilse lachte. »Und mein lieber Klaus Lott denkt, sie wären echt.«

»Er ist eben nicht von hier«, meinte Wengartner.

Jetzt lachte Ilse noch mehr.

*

Die Dunkelheit drückte herein, und vom Fuß des Wallbergs her röhrten die Hirsche. Ilse fuhr jetzt langsam, als wollte sie demonstrieren, wie sie die Fahrt genoss. »Ach«, sagte sie dann, während sie den Wagen in die Fürstenstraße lenkte, »lass uns doch ein paar Schritte gehen.«

Sie parkte nahe der Seestraße. Und ging voraus, als könne sie Lott nur im Schlepptau ertragen. Irgendwann aber blieb sie stehen und öffnete ihre Arme. In die musste Lott jetzt hineinstürmen, und sie ihm ein paar schnelle Schritte entgegengehen.

Wie in amerikanischen Filmen.

»Ich habe gelesen, was bei Wikipedia über Marie steht«, sagte Lott.

»Nicht sehr viel«, antwortete Ilse. »Sie ist bedeutender, als Wikipedia das präsentiert. Und über ihr ›Gestohlenes Tal‹ kein Kommentar.«

»Marie ist tot, steht da.«

Ilse lachte. Und sagte: »Verdirb uns bitte nicht den Appetit. Wo wollen wir überhaupt essen? Wir wär's mit ›Angermaier‹?«

Lott stimmte zu.

Ilse lachte, hängte sich bei Lott ein und sagte: »Dann lass uns nach ›Angermaier‹ gehen.«

*

Lott musste jetzt einfach Elli anrufen. Das war er ihr schuldig. Er gab vor, aufs Klo zu müssen, und ging dann nach draußen. Noch lauter war das Röhren der Hirsche hier. Er wollte Elli daran teilhaben und mithören lassen. Es dauerte, bis Elli abnahm. Sie grüßte nicht, sondern fiel mit der Tür gleich ins Haus.

»Marie ist seit vier Monaten tot, was also soll das Theater? Wollt ihr mich verarschen?«

Selten gebrauchte Elli solche Worte, das war nicht ihr Vokabular. Und die Heftigkeit ihres Ausdrucks war Lott ebenso fremd. Sie musste also wirklich wütend sein und sich hintergangen fühlen.

»Ich weiß es auch erst seit heute«, sagte Lott kleinlaut. »Man hält hier den Deckel drüber. Ilse ist eben eine sehr reiche Frau, da lässt man sie in dem Glauben, dass Marie noch lebt, weil die hier befürchten, die Wahrheit könnte auch für sie von Nachteil sein.«

Elli schwieg. Eine ganze Weile lang. Danach sagte sie nur zwei Worte: »Komm heim.«

»Es ist nicht so einfach«, antwortete Lott.

»Du musst nur in dein Auto steigen und losfahren.«

»Elli, ich bin jetzt derjenige, der Ilse die Todesnachricht überbringen muss.«

»Davor hast du dich doch immer gedrückt.«

»Aber jetzt bin ich an der Reihe. Und sie muss mir glauben.«

»Dann gute Nacht«, sagte Elli und legte auf.

Lott ging zurück in die Gaststube. Sein Essen stand schon auf dem Tisch.

Hirschbraten mit Spätzle.

*

In Ilses Wohnung fiel lange kein Wort. Ilse gab sich geschäftig, studierte ihre Post, fuhr den Computer hoch und beantwortete ein paar Mails. Lott war es recht. Für eine Konfrontation fühlte er sich nicht gewappnet genug, und um Todesnachrichten zu überbringen, fehlte ihm der Mut. Er dachte an den Hirschbraten. Ein paar Fasern davon steckten noch in seinen Zähnen und gelegentlich rülpste er den Geschmack davon hoch. Aber er hatte seine Wahl nicht bereut. Der Hirsch war in Ordnung gewesen.

Ilse kam aus ihrem Arbeitszimmer und ging, ohne auf Lott zu achten, ins Bad. Dort schaute sie in den Spiegel und ließ ihr Gesicht darin zurück. Um Lott mit einem anderen entgegenzutreten.

»Um noch einmal auf Wikipedia zurückzukommen …«, begann Lott noch einmal. Ilse reagierte, schnitt ihm das Wort ab und sagte. »Wikipedia kann jeder beeinflussen.«

Und sagte nichts mehr dazu. Sondern suchte jetzt Lotts Nähe.

»Ein Haufen Einsamkeit hat sich halt angesammelt«, gurrte sie.

Und schwieg dann.

Lott lauschte ihrem Schweigen.

Bis Ilse sagte: »Weißt du, damals glichen die Tage einander wie Schneeflocken. Und weißt du, wie jämmerlich es ist, durch dieses unnütze Leben torkeln zu müssen?

Immer haarscharf vorbei an der mondänen Welt, deren Zurufe ich weder hören noch erwidern wollte?«

Sie spricht wie eine Dichterin, dachte Lott, und wartete auf eine Fortsetzung.

Aber Ilse sagte nichts mehr, wollte jetzt aber berührt werden. Und zitterte dafür wie ein junges frierendes Tier.

Lott zeigte sich bereit. Ilses Worte hatten ihn eingehüllt, wie eine warme Wolke am weiß-blauen Himmel. Er griff in ihre Bluse. Jetzt zitterte Ilse noch mehr. Vor Erregung. Lott dachte, dass diese Erregung vier Jahrzehnte lang auf ihn gewartet hatte. Der Gedanke beflügelte ihn. Auch seine Erregung schien jetzt nicht mehr in Watte gepackt, und Ilses Hals glich nicht länger einer schlaffen Hühnergurgel. Das Licht war nur noch eine Kerze, die der Tod persönlich angezündet hatte. Sie durften sie nur nicht löschen. Es lag in ihren Händen.

Die Nähe blieb auch danach. Sie scherzten wie damals.

Ilse, Bilse, niemand will se.

Da kokettierte Lott mit seinem Alter.

»Du bist 60 und keine 80«, wehrte Ilse ab. »Und die kommenden 20 Jahre werden die besten unseres Lebens sein.«

*

Sie erwachten vom Ruf eines Vogels.

»Eine Dohle«, sagte Ilse. »Ein Rabenvogel. Sie sind die Propheten unter den Vögeln wie auch die Schwäne.«

»Womit wir wieder beim Thema wären«, bemerkte Lott. »Der Schwanenschrei.«

Ilse schnaufte laut durch. Sie wollte jetzt nichts davon hören.

Aber Lott sagte. »Ich habe im Internet keinen Hinweis auf diesen Begriff gefunden.«

»Wäre auch zu einfach«, wehrte Ilse ab.

Und stand dann auf. Und kam mit einem Frühstückstablett zurück.

Kaffee und Croissants, frisch aufgebacken. Und nahm ihren Platz wieder ein. Im Bett, neben Lott.

Der wunderte sich über ihre Häuslichkeit und betrachtete sie mit ironischer Distanz, während Ilse nach dem Faden suchte, mit dem sie das Gespräch hätte anknüpfen können. Aber statt Worte kam eine Furcht zu ihr gekrochen. Und schnürte ihr die Kehle zu. Ihre Zunge lag schwer im Mund. So schwer, als ließe sich diese nie mehr bewegen. Ihr Herz, bedrängt von düsteren Ahnungen, schlug heftig, sodass sie glaubte, jedermann müsse es hören. Aber Lott hörte es nicht. Ihn erschreckte die eigene Furcht, die ihn mit einem Male erfasst hatte, diffus oder aus welchem Grund auch immer. Und so erschauerte plötzlich jeder vor der Furcht des anderen.

Lott wollte etwas Versöhnliches sagen. Nichts Versöhnliches kam.

Stille war die Antwort.

Bis die Dohle sich wieder meldete.

Jetzt lachten sie beide, als hätte der Vogel sie von ihrer Furcht erlöst.

Ilse kroch in Lotts Arme und flüsterte: »Ich war beim Notar. Ich habe dich als Alleinerben eingesetzt.«

KAPITEL 14 – WITWEN

»*Er hat einen Goldklumpen in der Hand gehabt und sich nach Rechenpfennigen gebückt.* Das war Marys Lieblingssatz gewesen. Der allein legitimierte sie, alle anderen Frauen, und davon gab es etliche in Tuchos Leben, zu ignorieren«, ereiferte sich Ilse. Und fuhr fort in einem atemlosen Geplapper: »Ein eigenes Privatleben hatte die nicht. Alles Private war ihr doch zuwider. Über Privates zu reden, lehnte sie konsequent ab. Da konnte ich sie noch so drängen, Mary blieb stur. Was zählte, war allein Tuchos Werk, das sie in den Himmel gehoben hat. Und da hat sie auch bei mir keine Ausnahme gemacht.«

Ilse nahm einen Schluck Kaffee und plapperte weiter drauflos. »Ich glaube sogar, sie hat die meisten ihrer eigenen Briefe vernichtet und etliche von Kurt Tucholsky an sie dazu. Alles war für sie tabu, was abseits der Literatur lag. Sie war die Witwe, die jedem, der sich mit Tucholsky beschäftigte, den Weg zu dessen Frauen versperrte. Sie war die Hüterin, die Hüterin seines Werkes, das Privates ausschloss.«

Lott wunderte sich über Ilses Tiraden. Hatte er den Stein ins Rollen gebracht, nur weil er einen einzigen Satz von sich gegeben hatte?

Zur Heirat gehören mehr als nur vier nackte Beine im Bett.

Ein Tucholsky-Zitat! Sie hätte doch aufjubeln müssen. Er hatte ihr ja verschwiegen, dass er das zufällig auf einem Kalenderblatt gefunden hatte, als Losung des Tages sozusagen. Aber Ilse fühlte sich angegriffen. Und wälzte nun alles auf die Witwe Tucholsky ab. Warum auch immer. Lott verstand es nicht.

»Mary verlor über die anderen seiner Frauen kein Wort. Dass sie mit Nuuna freundschaftlich verkehrte, hat sie niemandem erzählt, ich hab es aus Bellins Biografie erfahren müssen.«

Ilse holte tief Luft. Dieses Luftholen war die Anklage selbst. Ironisch bemerkte sie, ihr Gesicht mit einem süffisanten Lächeln präpariert: »Ich hab sie einmal auf die Veröffentlichung von Lisa Matthias ›Ich war Tucholskys Lottchen‹ angesprochen. Ein einziges Wort hatte sie dafür: *Indiskutabel.* Ein Wort, mit dem sie übrigens auch den ›Schwanenschrei‹ abgetan hat: *Indiskutabel!*«

»Ich dachte, ihr wart Freundinnen?«, sagte Lott.

»Auch Freundinnen können unterschiedlicher Meinung sein«, wehrte Ilse ab.

Lott nickte und hielt das Thema für abgehakt.

Aber nicht Ilse.

»Sie hat sich sogar gegen einen abschließenden Briefband gewehrt«, wetterte sie weiter. »Da hat der gute Raddatz sie bekniet: ›Zu der dreibändigen Ausgabe der gesammelten Werke, die wir gemeinsam ediert haben, ist dieser Briefband aber unbedingt notwendig!‹, hat er sie zu überzeugen versucht. Und Mary stimmte schließlich, vielleicht zähneknirschend, zu. Aber zu mehr war sie dann nicht zu bewegen. Ein Briefwechsel, ein Austausch, verstehst du, das lehnte sie kategorisch ab, da ließ sie kein Argument gelten. Da konnte er gute Raddatz drängen, wie er wollte, ein Briefwechsel war *indiskutabel.*«

Lott wunderte sich. Wie überhaupt kam sie auf Mary, jetzt, da sie eigentlich im Sinn hatte, Feldhaus anzurufen.

Lott erinnerte sie daran.

Ilse nickte und ging ins Arbeitszimmer.

Durch die geschlossene Tür hörte Lott, wie sie laut ins Telefon grölte, als ob sie sich bis Miesbach durchschreien müsste.

Aufgewühlt kam sie zurück.

»Was war?«, fragte Lott.

Ilses abwehrende Handbewegung war die Antwort.

Dann war Mary wieder an der Reihe. Aber Lott blockte ab.

Und Ilse gab auf, sagte nur noch: »Du mit deinen Tucholsky-Zitaten. Dass zur Heirat mehr als nur vier nackte Beine im Bett gehören, hättest du mir nicht sagen müssen. Das weiß ich auch so. Aber haben wir beide nicht mehr vorzuweisen?«

»Gewiss«, antwortete Lott. Und wollte dieses Terrain jetzt verlassen.

Ach Ilse, dachte er. Inbrünstig wie einst hatte sie gestern geliebt. Mit jugendlicher, fast unschuldiger Erotik, noch ohne Raffinesse. So natürlich wie damals, leicht und unbeschwert. *Ilse, Bilse, niemand will se.*

*

Man denkt immer, die Liebe ist stärker als die Zeit, aber die Zeit ist stärker. Schon wieder dieses Zitat, das sich in ihm eingebrannt zu haben schien.

Er dachte jetzt an Ellis vertraute Wärme, fühlte sich plötzlich schuldig. Er sah Balou schwanzwedelnd auf sich zu tapsen und dachte an Flaubert, seinen in die Jahre gekommenen Golden Retriever. Sein Gewissen wurde dadurch nicht leichter. Auch wenn er den fremden Hund jetzt nur flüchtig berührte.

»Lass uns spazieren gehen«, schlug Ilse vor.

Lott zeigte sich einverstanden, ging rasch zur Garderobe und schnappte sich seine Jacke. Es wurde ihm jetzt wirklich eng hier drinnen, in diesem fremden Haus, in dieser fremden Welt.

Balou bewegte sich wie ein Gummiball.

Beide warteten auf Ilse, die sich noch umziehen wollte.

In ihrer Lodenjacke, in der sie sich später zeigte, und mit dem passenden Lodenhut dazu, von dem herab eine Feder winkte, sah sie ein wenig wie verkleidet aus.

Sie stiegen in Ilses Wagen, Balou sprang auf die Rückbank.

»Enterrottach, dachte ich mir«, sagte Ilse.

*

Gehend tut man sich mit dem Reden leichter, dachte Lott. Aber dann schwiegen sie doch beide. Nur Balou bellte einmal los. Vermutlich grundlos, denn nirgendwo war auch nur die Spur eines anderen Getieres auszumachen, das ein derartiges Echauffieren gerechtfertigt hätte.

Ilse parkte dann doch früher, als sie das geplant hatte, gleich hinter Kühzagl und marschierte dann munter drauf los, bergauf und mit festem Tritt wie eine Bergziege. Lott hatte Mühe, ihr zu folgen. Er spürte zusehends seine Hüfte. In der Skala des Schmerzes von eins bis zehn gab er ihnen eine Acht. Sein Gang war entsprechend und warb um Mitleid. Ilse aber war mit sich selbst beschäftigt, ignorierte es, dass Lott ihr hinterherhinkte.

»Balou!«, rief sie aber, weil der sich zwischen die weidenden Kühe gesellt hatte, die er nun einzeln verbellte.

Die Kühe ignorierten den Hund, wie Ilse ihn ignorierte. Aber da sie jetzt gezwungen war stehen zu bleiben, konnte er zu ihr aufrücken.

Sie setzten sich auf die nächste Bank, die auf dem Weg lag, und warteten auf Balou, der sein Interesse an den Kühen verloren zu haben schien. Ilse leinte ihn jetzt an. Ein Familienbild, dachte Lott. Mann und Frau auf einer Bank und dazwischen ihr Hund. Er dachte an Elli und an Flaubert. Lassen sich Familien austauschen?

Du bist 60 und keine 80. Und die kommenden 20 Jahre werden die besten unseres Lebens sein.

Was glaubte Ilse eigentlich? Dass er wie sie 40 Jahre einfach so überspringen könnte, als wären sie nie da gewesen? Elli ignorieren. Und Flaubert. Und vor allem sein eigenes Leben.

Ilse schwieg. Als erahne sie Lotts Gedanken, tastete sie sich mit den Augen zu ihm hin. Aber Lott schwieg. Und Ilse versuchte nicht, wie ein Störenfried in ihn einzudringen.

Forever Young. Lotts Handyton durchbrach die Stille.

Wengartner rief an. Lott wundert sich.

»Ich habe die Alma Rixner ganz zufällig getroffen und ihr gesagt, dass du gerne mit ihr reden würdest. Sie ist daheim. Die Adresse hast du ja. Du kannst sie dort jederzeit besuchen. Sie ist, glaube ich, für jede Abwechslung dankbar.«

»Dank dir, Alois«, sagte Lott. Und legte auf.

Aber eigentlich hatte er nicht vor, Frau Rixner zu besuchen. Was sollte sie ihm denn sagen, was er nicht schon von Ilse wusste. Dass es Spannungen zwischen den beiden Frauen gab, hatte er wohl aus Ilse herausgehört.

»Hat Wengartner Neuigkeiten?«, fragte Ilse.

»Er hat mich auf ein Bier eingeladen«, log Lott.

»Dann seid ihr jetzt dicke Freunde«, zischte Ilse. Ihr Misstrauen war nicht zu überhören.

Lott warf ihr einen zärtlichen Blick zu. Gleich darauf aber fürchtete er, sie könnte diesen missverstehen, und schaute auf die Weide vor ihm und über die Weide hinaus oder hindurch.

Traurig lächelnd blickte Ilse zu ihm und lachte dann bitter auf.

»Männer«, sagte sie. Ein dumpfer Groll lag in diesem einzigen Wort. Und sagte dann weiter im gleichen Tonfall: »Eine Witwe weiß, von was sie spricht.«

Lott wiederholte seinen Blick. Und diesmal war er ernst gemeint. Ein zärtlicher Blick ohne die Furcht, falsch gedeutet zu werden.

»Die Liebe ist kein Faustpfand«, war Ilses Antwort darauf. Aber Lott wusste auch diesmal nicht, was Ilse damit sagen wollte.

Es war wohl der törichte Traum, dem sie sich hingegeben hatte, der, wenn er auch flüchtig war, sich gegen die Vergänglichkeit der Liebe sträubte. Und nur noch eine vage Hoffnung hinterließ, wie ein Licht, das kommt und geht.

Man denkt immer, die Liebe ist stärker als die Zeit, aber die Zeit ist stärker.

Jetzt war es Ilse, die Tucholsky hervorholte, stets griffbereit, aus den Regalen ihres Gedächtnisses.

*

Frau Rixner öffnete. Lott hatte das Haus für betreutes Wohnen auf Anhieb gefunden. Bewacht von alten Eichen, trotzten die Bewohner darinnen der Vergänglichkeit oder waren der Ansicht, ihren Beitrag geleistet zu haben, und standen dem Tod jetzt zur Verfügung. Vielleicht aber war das nur Lotts Interpretation, und all die alten Leute darinnen lebten nach dem Grundsatz: Solange du nicht tot bist, hast du das Leben noch vor dir.

Alma Rixner öffnete also, eine Frau, eher auf die 80 zugehend, als noch nahe der 70. Vom Alter etwas niedergedrückt wirkte sie kleiner, als sie es tatsächlich war. Ihr Äußeres gepflegt, die Kleidung dem Alter angepasst, aber ein knallbunter Seidenschal, den sie locker um den Hals gebunden hatte, sollte alle Welt daran erinnern, dass auch sie einmal jung gewesen war.

Der Geruch des Alters aber hatte sich auch in dieser Wohnung festgebissen.

»Sie sind also der Kriminalkommissar«, empfing sie ihn, ohne ihre Bewunderung darüber zu verbergen. »Der Alois hat Sie mir schon angekündigt. Kommen S' doch herein.«

Lott gab ihr die Hand und stellte sich vor.

»So einer wie im Fernsehen, der Morde aufklärt, sind Sie, hat mir der Alois erzählt.«

»Nicht mehr«, wiegelte Lott ab. »Inzwischen bin ich in Pension.«

Frau Rixner hatte Tee und Kekse bereitstehen. Lott musste zugreifen.

»Und jetzt ermitteln Sie also nur noch in Ihrer Freizeit«, konstatierte Frau Rixner und hob an: »Und das bei uns am Tegernsee.«

»Frau Strasser hat mich darum gebeten«, gab Lott zur Antwort.

»Die Ilse war Ihre Jugendliebe, stimmt's?«, fiel Alma Rixner ihm ins Wort, »Das hat der Alois behauptet.«

»Richtig«, bestätigte Lott, »das war vor mehr als 40 Jahren.«

»Ja, wie die Zeit vergeht«, seufzte die alte Frau. »Gerade mal aus der Schule raus, und schon findest du dich im Altenheim wieder, oder wie ich im betreuten Wohnen.«

Ein unerwartetes Lächeln huschte über ihr Gesicht.

»Nein, nein, ich kann nicht klagen, ich habe mein Leben gelebt«, widersprach sie sich augenblicklich. »Und die meiste Zeit davon am schönsten Platz der Welt.«

»Wo sind Sie geboren?«, fragte Lott, fast förmlich. Sodass Frau Rixner spöttisch antwortete: »Gehört das mit zu Ihrer Zeugenbefragung?«

Lott lachte laut auf. »Nein, ganz bestimmt nicht, es ist die bloße Neugier.«

»Aus dem Norden komme ich, aus Bremen. Dort habe ich einen Münchner kennengelernt. Wir haben geheiratet und ich bin mit ihm hierher gezogen. Erst haben wir noch in Grafing gewohnt, dann in Gmund. Ein schönes Häuschen haben wir da gehabt. Aber als der Xaver, mein Mann, dann plötzlich starb, hab ich das Haus verkauft und bin hierher gezogen, in diese Anlage für alte Menschen. Die Erinnerungen in unserem gemeinsamen Haus in Gmund, die in allen Winkeln lauerten, haben mich aufgefressen. Das ist jetzt auch schon ein paar Jahre her.«

Sie hielt einen Moment inne, dann sprudelte es weiter aus ihr heraus: »Ich kann auf den Tegernsee schauen und auf den Wallberg, was will ich mehr. Der Alois besucht mich manchmal. Aber auch die Einsamkeit ist bisweilen schön, besonders im Herbst. Nicht, dass ich gerne Witwe bin, aber das Schicksal hat es nun einmal so bestimmt.«

Lott ließ seinen Blick durch die überschaubare Wohnung schweifen. Eine kleine Fotogalerie über der Anrichte gewann seine Aufmerksamkeit. Ein gelbstichiges Bild eines Hochzeitspaares in der Mitte, wohl Frau Rixner und ihr Mann. Drumherum ein paar Fotos von Kindern und unverkennbar Olaf Gulbransson mit nacktem Oberkörper, der eine Sense schleift. Ein Sitzfoto von Mary Tucholsky aber stach ihm ins Gesicht. Sie sah darauf aus wie damals, als er ihr begegnet war.

»Ist das Mary Tucholsky?«, fragte er suggestiv.

»Ja, das hab ich selbst geschossen«, sagte Frau Rixner stolz. »Mit Genehmigung der Witwe. Eigentlich wollte sie ja nie fotografiert werden. Aber da hab ich sie in einem schwachen Augenblick erwischt.«

»Sie kannten sie gut?«

»Freundinnen waren wir, soweit man das mit Frau Tucholsky sein konnte. Sie war halt sehr verschlossen. Aber mir gegenüber hat sie sich öfters anvertraut, glaube ich. Sie ist ja jetzt auch schon lange tot. Ich hab damals im Gulbransson-Museum gearbeitet, ehrenamtlich, versteht sich. Hab ja auch die Dagny gut gekannt. Und sehr geschätzt, wie die sich um das Museum bemüht hat. So klein und zierlich war die Dagny, aber mit einer solch großen Ausstrahlung, dass sie neben dem Koloss Olaf nicht untergehen konnte.«

Alma Rixner zeigte auf das Foto, das Olaf Gulbransson halbnackt mit der Sense zeigte, und lachte.

»Ein so naturverbundener Mensch war der, und wie man sieht, offensichtlich ein Freund der Freikörperkultur. Der ist andauernd nackert auf seinem Schererhof rumgelaufen, oder er hat sich dort auf den Bäumen verkrochen, wenn er einem Besuch aus dem Weg gehen wollte.«

Frau Rixner stand auf, ging näher hin zu der Fotografie, als müsste sie sich von Neuem überzeugen, was es zeigte.

»Ja die Sense, die hat er gebraucht, eigenhändig hat er die Wiesen um den Schererhof gemäht, nackert, versteht sich. Die Dagny hat aber dafür gesorgt, dass immer Gäste auf den Schererhof kamen. Alles berühmte Leute, Schriftsteller vor allem. Von Gerhart Hauptmann und Erich Kästner hat sie erzählt, aber auch von so ulkigen Figuren wie der Liesl Karlstadt und dem Karl Valentin. Sogar der berühmte Pilot Charles Lindbergh soll einmal auf dem Schererhof gewesen sein.«

Alma Rixner fand aus dem Schwärmen nicht heraus. »Der Alfred Kubin, ein Kollege und Freund vom Olaf, war oft da. Ja, der Olaf, ein solches Muskelpaket und hat so zierliche Bilder gezeichnet, die mit wenigen Strichen alles auf den Punkt gebracht haben. Aber auf seine Schultern war er mehr stolz als auf sein Werk. Eine Urgewalt war der, schade, dass ich ihn nie kennenlernen durfte. Er war ja 25 Jahre älter als die Dagny, da war es klar, dass sie irgendwann Witwe sein würde.«

Frau Rixner auf, trabte förmlich in ihr Schlafzimmer und kam mit einem Buch zurück.

»Damit hat sie ihm ein Denkmal gesetzt«, keuchte sie und reichte Lott triumphierend das Exemplar.

»›Olaf Gulbransson – sein Leben‹, erzählt von Dagny Gulbransson-Björnson. Schlagen Sie nur die erste Seite auf, da steht eine Widmung drin«, forderte sie Lott auf.

Lott las:

Für Alma Rixner in Dankbarkeit für die Mühe und den Einsatz

zum Erhalt des Museums.

Ihre Dagny Gulbransson

Lott erschien die Widmung vertraut. Er hatte ja auch eine in einem Sammelband mit Zeichnungen von Olaf Gulbransson, im Frühherbst des Jahres 1969 mit Ilse an der Hand, im Gulbransson-Museum in Tegernsee erstanden. Er hatte auch ein paar Worte mit der Witwe gewechselt, was genau, wusste er nicht mehr. Die Begegnung war in seinem Gedächtnis wie eine Strichzeichnung von Olaf Gulbransson verblieben.

Frau Rixner riss Lott aus seinen Gedanken. »Aber das wichtigere Denkmal ist wohl das Museum geworden. Zum Glück hatte die Dagny alle Kontakte lebendig gehalten. Die Verbindungen zu so wichtigen Leuten wie dem Bundeskanzler Ludwig Erhard, der ja in Gmund sein Haus hatte, aufrechterhalten. Die haben ihr schon sehr genützt.«

Lott ließ ihr Zeit, damit sie Luft holen konnte. Frau Rixner hatte sich außer Atem geredet. Den aber hatte sie schnell wieder.

»Ja, wir Witwen«, stöhnte sie. Was immer sie damit sagen wollte.

Lott nahm es zum Anlass, das Thema zu wechseln.

»Wissen Sie, wie das Verhältnis zwischen Frau Strasser und Mary Tucholsky war?«, fragte er.

»Von einem Verhältnis kann man wohl nicht sprechen«, wehrte Alma Rixner ab.

»Das ist ein Stoff für Kummerkästen«, sagte sie bedauernd. »Die Ilse hat wohl alle Tucholsky-Wörter durchpflügt, nur um ihr zu gefallen. Aber Mary hat sie immer wieder verstoßen wie einen unehelichen Balg, den sie nicht akzeptieren wollte.«

»Aber warum denn?«, wunderte sich Lott. »Einen größeren Tucholsky-Fan als die Ilse gibt es doch nicht.«

»Sie wollte halt immer mitreden, selbst als der Fritz Raddatz da war, um eine Ausgabe mit Mary zu edieren.«

»Ilse war aber doch, allen Reibereien zum Trotz, Marys Freundin?«

Frau Rixner lachte schallend auf. »Nein, das war sie gewiss nicht.«

»Aber wie Ilse über Mary heute noch redet, abgesehen von ein paar unterschiedlichen Standpunkten, wie etwa, das Verschweigen von Tucholskys Frauen …«

Frau Rixner fiel ihm wieder ins Wort: »Die Strasser spinnt, hat Mary gesagt.«

Lott schaute sie ungläubig an.

»Frau Strasser ging immer einen Schritt zu weit, das mochte Mary nicht.«

»Inwiefern?«

»Zum Beispiel die Sache mit dem angeblichen Tucholsky-Buch, das aufgetaucht sein soll, damit hat sie die Mary genervt. Die will sich damit wichtigmachen, hat mir Mary gesagt, ach was, beklagt hat sie sich über so viel Aufdringlichkeit.«

Lott horchte auf.

»Da behauptet jemand, er hätte einen unveröffentlichten Roman, der plötzlich, wie aus dem Nichts aufgetaucht sein soll, und Frau Strasser glaubt das auch noch.«

»Ich war dabei, als Frau Tucholsky dieses Manuskript angeboten wurde«, unterbrach Lott.

Frau Rixner staunte, hob die Augenbrauen. Und wunderte sich.

»Tatsächlich?«, fragte sie nach.

»Es war der 6. September 1969, das erste und einzige Mal, dass ich Mary Tucholsky begegnet bin. Und sie hat mir, oder besser gesagt uns, weil ich ja mit Ilse bei ihr war, von diesem Manuskript erzählt. Sie hat es freilich abgetan, aber aufgeregt hat sie das schon. *Indiskutabel*, hat sie gesagt.«

Frau Rixner lachte. »Indiskutabel, das war Marys Lieblingswort, immer gewesen.«

»Aber Ilse blieb diesem Manuskript auf der Spur, hatte immer wieder neue Anhaltspunkte, dass dieses Manuskript existierte oder ihr zumindest angeboten wurde. Zuletzt hat es wohl auch Marie, Ilses Tochter, verfolgt, vielleicht um einen Roman draus zu machen.«

Frau Rixner schüttelte vehement den Kopf. »Glauben Sie das doch nicht, die Marie hätte sich nie mit einem solchen Firlefanz beschäftigt.«

»Warum sind Sie sich da so sicher?«

»Sicher bin ich mir nicht, aber es passt einfach nicht zu Marie.«

»Sie ist aus diesem Grund bis Tokio gereist!«

»Behauptet Ilse?«

»Deshalb hat sie mich gerufen. Ich sollte ihre Tochter finden, die seit ihrer Ankunft am Münchner Flughafen vermisst wurde.«

»Marie Strasser ist tot!«

Frau Rixner sagte es laut und bestimmt.

»Ich weiß«, sagte Lott leise.

Die alte Frau staunte Lott an. »Warum sagen Sie dann so etwas? Und warum sind Sie dann hier, bei mir? Aus welchem Grund?«

»Warum hat mich Ilse hierher geholt? Und welches Motiv hatten Wengartner und der Miesbacher Kriminalkommissar wirklich, mir Maries Tod zu verschweigen? Damit komme ich nicht klar.«

»Sie suchen nach einem Motiv, weil Sie ja ein Kriminalkommissar sind«, gluckste Frau Rixner. »Jeder Mord braucht ein Motiv, hab ich nicht recht?«

»Ganz richtig, aber Marie Strasser ist ja wohl nicht ermordet worden.«

Frau Rixner antwortete nicht. Ihre Augen aber schrumpften zu winzigen Schlitzen, und es schien, als starre sie Lott aus leicht entzündeten Augen an.

»Hier blühten immer schon Klatsch und Tratsch«, sagte Alma Rixner, als wolle sie ablenken.

»Marie hat Selbstmord begangen, ist das richtig?«

»Das ist wohl die offizielle Version«, antwortete Frau Rixner geheimnisvoll wie eine Verschwörungstheoretikerin.

»Ist dem nicht so?«, hakte Lott nach.

Frau Rixner starrte plötzlich aus dem Fenster zu den von Klettergewächsen begrünten Spalieren und sagte, mehr zu sich selbst als zu ihrem Gegenüber: »Die Marie ist durch ihr Leben gestreunt wie eine Katze durch einen fremden Garten.«

Dann sagte sie nichts mehr. Auch Lott musste jetzt einfach innehalten.

Bis sie sich einen Ruck gab und entschuldigend sagte: »Für häusliche Routine bin ich noch immer ungeeignet. Nicht einmal Tee habe ich Ihnen nachgeschenkt.«

Sie holte es nach, schenkte Lott neuen Tee ein und griff das Gespräch, das sie selbst beendet hatte, wieder auf: »Das einfache Leben, das war es, was Marie liebte. Und nach Tokio wäre sie niemals gereist. Ihre Alm, die Hütte, das Tal, das alles hätte sie nie allein gelassen.«

»Und warum erfindet Ilse das alles?«

»Frau Strasser hat es sich in ihrem Elend häuslich gemacht, das ist meine Meinung«, antwortete die alte Frau sarkastisch. »Sie wohnt am Tegernsee, hat ein mondänes Anwesen und lebt doch im Elend.«

»Geld ist eben nicht alles«, bemerkte Lott lapidar.

»Aber Geld bestimmt alles, selbst über Leben und Tod«, antwortete Frau Rixner gallig. Dann aber huschte ein zerstreutes Lächeln über ihre Lippen.

»Ein hehres Ideal«, sagte sie dann. »Was immer das war, aber einem solchen ist sie wohl ein Leben lang nachgejagt.«

Lott nahm einen Schluck Tee. Und machte danach Anstalten zum Aufbruch. Er hatte genug. Und wusste nicht, was ihn zu diesem plötzlichen Aufbruch bewegte.

»In meinem Alter hat man ein unzuverlässiges Gedächtnis«, sagte Frau Rixner. »Aber ich hoffe, ich konnte Ihnen ein wenig helfen.«

»Das konnten Sie«, sagte Lott und stand auf.

»Wie hieß noch dieses angebliche Manuskript, dem die Frau Strasser nachgejagt ist?«, fragte Frau Rixner, als Lott bereits an der Tür stand.

»Schwanenschrei«, antwortete Lott.

»Sehen Sie, ein unzuverlässiges Gedächtnis, aber jetzt, da Sie es sagen, fällt es mir wieder ein, es hatte was mit Schwänen zu tun.«

*

Als Lott das Terrain des betreuten Wohnens verlassen hatte, steuerte er das »Bräuhaus« an. Er brauchte es jetzt laut. Leise Töne erschreckten ihn. Zu sehr erinnerten sie ihn an den Tod. Er bestellte Weißwürste und Bier. Um ihn herum hauptsächlich Touristen. Eine kleine Gruppe Japaner unter ihnen. In bayrischer Tracht. Dirndl und Sepplhosen. Sie baten Lott, ein Foto von ihnen zu knipsen. Sie stellten sich eng zusammen und lachten. Lott knipste. *Noch eines*, signalisierten die Asiaten. Lott machte noch mehr Bilder. Die verkleideten Japaner klatschten Beifall. Da es eine Digitalkamera war, konnten sie das Ergebnis gleich betrachten. Jetzt klatschten und lachten sie noch einmal. Und bestellten Bier und Weißwürste.

Lott wollte bezahlen, aber die Japaner übernahmen die Zeche. Lott war das peinlich. Er bedankte sich und ging.

*

Er stieg in seinen Wagen, kramte sein Handy aus der Tasche und rief Elli an.

Elli nahm nicht ab.

Er wählte ihre Handynummer, sie hatte es nicht eingeschaltet.

*

Ilse saß auf der Terrasse. Still saß sie da und mit verschlossener Miene.

Die einfache Frage: Wo warst du?, lag schwer in ihrem Mund.

Sie stellte sie aber doch.

»Bei Frau Rixner in Tegernsee«, antwortete Lott hochmütig.

»Was wolltest du von der alten Ziege?«

»Wengartner hat das vermittelt, sie war eine Freundin von Mary, wie du weißt.«

»Das war ich auch«, unterbrach ihn Ilse.

»Frau Rixner bezweifelt das.«

Worauf Ilse mit belegter Stimme antwortete: »Was weiß

die alte Ziege denn. Manche Freundschaften kommen eben leise daher. Und Rixners Meinung war schon immer parteiisch gewesen.«

»Was sie sagte, klang durchaus glaubwürdig«, sagte Lott.

»Findest du«, sagte sie leise, ja hauchte sie. Und war dicht am Heulen.

Schon wollte Lott ihr eine Schulter zum Weinen anbieten, als Ilse losbrüllte:

»Was soll das?«

Ilse hatte ihre Stimme wiedergefunden.

»Was soll das? Was willst du damit sagen?«, schrie sie. Und schrie weiter: »Macht es dir Freude, mich zu verletzen?«

Sie hatte plötzlich Rückenwind. Woher auch immer. Und Lott machte sich klein. Wollte kein Öl mehr ins Feuer gießen. Trostworte aber fand er nicht. Er schwieg.

»Das gelehrte Gerangel aufgeblasener Literaturkritiker, die sich anmaßten, über Tucholsky zu urteilen, das zu verurteilen, dafür war ich gut genug! Aber sie? Immer nur ihre Festung verteidigen. Das *Werk*! Und nichts anderes hatte da Platz.«

»Auch nicht der ›Schwanenschrei‹«, bemerkte Lott.

»Der hätte ja das Kartenhaus, das sie sich am Roßwandweg aufgebaut hatte, einstürzen lassen. Womöglich einstürzen lassen!«

Ilse hatte sich in Rage geredet.

Gordana kam mit leisen Schritten dazu und brachte Kaffee, wechselte mit Lott einen resignierten Blick. Und ging dann wieder, diskret, wie es sich fürs Hauspersonal geziemt.

»Marie ist tot«, sagte Lott, wie aus heiterem Himmel.

Aber der Himmel über ihnen hatte sich längst in ein Wolkengrau gehüllt.

»Denkst du, ich bin blöd? Oder schizophren? Glaubst du, ich weiß nicht, dass Marie tot ist?«

Lott schluckte. Er konnte darauf nicht gleich antworten.

Er war wütend. Und aus dieser Stimmung heraus fragte er: »Aber warum dann dieses Theater? Dieses Theater mit Tokio, der Passagierliste, und ich musste mir sogar die Bilder der Überwachungskameras anschauen. Warum, um Gottes willen, hast du mir dieses Theater vorgespielt?«

»Um mich zu schützen, zumindest das, was noch von mir übrig geblieben ist«, antwortete Ilse.

»Vor wem?«, nahm Lott sie ins Gebet.

»Marie ist nicht einfach gestorben. Sie haben Marie in den Tod getrieben.«

»Wer hat sie in den Tod getrieben?«

»Kennst du das Haberfeldtreiben?«, fragte Ilse mit marmorkalter Stimme.

»Nur dem Namen nach«, antwortete Lott.

KAPITEL 15 – HABERFELDTREIBEN

Im Namen Kaisers Karl von Untersberg. *Wie ein Narrenspuk mutet es an, wie ein harmloser Fasnetsbrauch, wenn ihr Treiben mit diesen Worten:* Im Namen Kaisers Karl von Untersberg, *eröffnet wird und sie mit Windmühlen, Handratschen, Hafendeckel und Zimmerstutzen zu ihrem Krawoi rufen.*

Diesmal ist die Annegret Hagn ihr Opfer. Die kleine Polizistin aus Hagrain, die sich anmaßte, über ihren Vater zu richten, die sich anmaßte, über die honorigen, verdienten Bürger in unserer Gemeinde herzufallen wie ein Schwarm wildgewordener Schnaken. Sie treiben sie auf die Stoppelweide, sie geißeln sie, bis sie unter den unzähligen Geißelhieben zusammenbricht, liegen bleibt, vielleicht stirbt.

Aber es gibt hier weit und breit keine Stoppelweide und kein Haberfeld. Und das Treiben liegt lange zurück. 100 Jahre, wenn nicht länger. Im Herbst 1893, heißt es, wären in Finsterwald und in Miesbach die Haberer zu ihrem letzten Treiben zusammengekommen. Und Historiker haben vermerkt: Es war an vielen Orten Bayerns die Gewohnheit, dass, wenn ein Mädchen zum Fall kam, sie des Abends von den jungen Burschen des Dorfes unter unzähligen Geißelhieben in ein Haberfeld und von da an wieder nach Hause getrieben wurde... Und es steht geschrieben: In der Zeit von 1717-1923 wurden 108 Treiben historisch nachgewiesen. Und weiter: Das Bayerische Innenministerium hat von 1826-1863 28 Haberfeldtreiben amtlich verfolgt. Von diesen 28 Treiben fanden auch welche am Tegernsee statt. Meist waren es unverheiratete Männer, zwölf Haberer mindestens mussten es sein, manchmal waren es auch 300. Die Anklage gründete in den überwiegenden Fällen auf sogenannte geschlechtliche Verfehlungen. Aber auch Diebstahl und Betrug und nicht gesühnter Mord waren darunter. Der scheinheilige Zweck des Habererbundes war, den Schwachen zu schützen, die Sünder anzuprangern, welche das Gesetz nicht erreichen konnte.

Im Namen Kaisers Karl von Untersberg müassma heut wieda s' Haberfeld treiben. *So begann jedes Treiben jener verlässlichen Männer, wie es hieß, die das Recht und die Moral in die eigene Hand nahmen.*

Ein Leitspruch lautete: Wo die Haberer geschädigt haben, tragen sie den Schaden. Ach ihr Pharisäer, was wisst ihr schon von den Wunden, die ihr geschlagen und nicht wieder heilen könnt. Die Mädchen, die ihr erst entehrt und geschändet habt! Was maßt ihr euch an!

Du Haberermeister, auf Lebenszeit gewählt wie ein Papst, ein Deckname soll euch schützen, und eine Sprache, eine Geheimsprache, die außer euch niemand spricht. Eure Treiben waren gut organisiert, zugegeben, die Logistik stimmte, Treibort, Zeit und Sammelplatz akribisch festgelegt. Jetzt konnte es losgehen. Das Mädchen, welches sich hat verführen lassen, von einem zynischen Haberer selbst vielleicht, sie treiben sie auf die Stoppelweide, sie geißeln sie, bis sie unter den unzähligen Geißelhieben zusammen-

bricht, liegen bleibt, vielleicht stirbt. Und nicht mehr nach Hause getrieben werden kann.

100 Jahre ist es her. Oder länger. Der Geheimbund ist längst verfallen. Ins Gefängnis geworfen die letzten Treiber.

Was also wollt ihr von Annegret Hagn. Keine Stoppelweide und kein Haberfeld weit und breit. Nur eine Hütte, in der sie sich verschanzt hat.

Ein schöner Brauch, erhaltenswert, unserer bayerischen Seele entsprungen. Kein Unfug, wie König Max einst fand.

Aber keine Stoppelweide weit und breit und kein Haberfeld. Die Treiber aber sind da, haben sich vor Annegrets Hütte versammelt. Ihre wahren Gesichter sind Masken, hinter denen sie sich verstecken. Windmühlen, Handratschen, Hafendeckel und Zimmerstutzen, mit denen man zu einem Krawoi ruft, haben sie nicht dabei. Nur drohendes Wortwerkzeug. Und einer holt aus seiner Brauchtumskiste den Urteilsspruch hervor. »Im Namen Kaisers Karl von Untersberg müassma heut wieda s' Haberfeld treiben.«

Es ist der Arlt, Annegret erkennt ihn. Anton Arlt. Die anderen lachen. Der Arlt aber lacht nicht. Er schaut hinter seiner Maske hervor. Und droht ihr. Die anderen drohen nun auch. Das ist kein Spaß mehr. Die Haberfeldtreiber sind tot. Der Geheimbund in den Archiven der Museen verwahrt, wo er nichts mehr anrichten kann.

Aber die Haberfeldtreiber sind da, sie stehen vor Annegrets Hütte. Mit bayerischem Brauchtum dekoriert rufen sie wieder: Im Namen Kaisers Karl von Untersberg müassma heut wieda s' Haberfeld treiben. Und Annegret hört sie lachen dabei.

Sie spürt den kalten Atem der Nacht. Die Sterne gehen am Himmel spazieren. Jetzt bleibt einer stehen. Die Angst ist ein Lügner, doch wir glauben ihr, sagt der. Doch Annegret glaubt der Angst. Sie schaut auf die Hände der Haberfeldtreiber, gierige, wenn auch unbeholfene Räuber sind das, die nach ihrem Körper greifen. Ihren Mund stehlen wollen und die Klagen darin. Und ihr die Kehle zuschnüren. Doch im nächsten Augenblick sieht sie die Angst schwinden, die ihr zuvor die Kehle zugeschnürt hatte.

Im Namen Kaisers Karl von Untersberg müassma heut wieda s' Haberfeld treiben.

Sie rufen es wieder und lachen wieder dabei. Doch Annegret Hagn ist zu müde und nicht mehr fähig dazu, das Unrecht zu verdammen. Sie wünscht jetzt, sie wäre ein Schwan, der seinen eigenen Tod besingt.

*

Ilse hatte aufgehört vorzulesen. Sie klappte Maries Buch zu und starrte Lott an, neugierig auf seine Reaktion. Aber Lott fehlten die Worte, mit denen er Ilse jetzt hätte gerecht werden können. Nichts beflügelte ihn. Er betrachtete Ilse, die mit hängenden Mundwinkeln dasaß wie eine Karikatur von sich selbst.

»Solange ich glaube, Marie wäre noch am Leben, gibt es keine Diskussionen über mein Erbe«, sagte sie dann plötzlich. Und fuhr fort: »Mein Geld, das Geld von Max Strasser, steckt überall mit drin, gewiss auch in nicht ganz legalen Geschäften.«

»Und darin siehst du eine Gefahr?«, hakte Lott nach.

»Maries Tod ist der Beweis«, beharrte Ilse.

»Es ist ein Roman, nicht mehr. Der allein kann doch nicht der Grund sein«, widersprach Lott.

»Es ist ihr Vermächtnis«, sagte Ilse gedrückt.

In Ilses Augen bildeten sich wieder Tränenteiche, aber jetzt liefen sie über und liefen über Ilses Wangen, nahmen das ganze Gesicht in Beschlag, sodass es schien, sie bestehe nur mehr aus Tränen.

Lott beeilte sich um tröstende Worte. Aber Trost war Ilse jetzt zuwider. Mit dem Handrücken wischte sie die Tränen ab. Und stand plötzlich auf und rannte in eines der Badezimmer, schloss die Tür aus Sichtschutzglas und sagte irgendetwas dahinter.

Es war wie Glas zwischen uns.

Vielleicht war es das, dachte Lott. Die Tür aber schien vermauert und Ilses Platz dahinter für ewige Zeiten ein Gefängnis. Minuten später aber kam sie wieder heraus, mit noch immer verweinten Augen.

Die Freiheit war das Gefängnis, ohne sie leben zu müssen, der Tod.

Woher kam dieser Satz nun wieder, und wie hatte er es geschafft, sich in Lotts Hirn einzuschleichen. Wo hatte er ihn gelesen?

Tucholsky?

Nein, nicht Tucholsky.

Hilflos kam Ilse jetzt wieder und setzte sich neben ihn, wollte seine Hand festhalten und tat es dann doch nicht. Sie wartete darauf, dass Lott irgendwas unternahm, und forderte ihn jetzt mit sanfter Stimme dazu auf. Ihre Stimme aber wurde so sanft, dass sie Lott reizte und ihn wütend machte.

»Warum hast du mir etwas vorgemacht?« Seine Frage eine Anklage.

»Wärst du denn gekommen, wenn ich dich gebeten hätte, dich eingeladen hätte, einfach so, mich zu besuchen?«, antwortete, fragte sie mit noch immer sanfter Stimme.

»Wohl kaum«, gab Lott zu. Und wurde sofort milder.

»Du warst meine Hoffnung«, sagte sie.

Und wurde poetisch und sagte: »Du warst das Licht, das aufglüht und wieder erlischt.«

Lott musste lachen. Und tat es ausgiebig. Und steckte Ilse damit an.

»Ein Licht, das aufglüht und wieder erlischt«, echote er und nahm Ilse in die Arme.

*

Es wurde Abend und Nacht.

Irgendwann, eine Stunde vor Mitternacht vielleicht, ging jeder in sein Zimmer und mimte Keuschheit.

Draußen röhrten die Hirsche. Lott lag auf dem Rücken, die Arme hinter seinem Kopf verschränkt. Seine Gedanken kreisten um vieles und ankerten dort, wo sie am meisten schmerzten. An Ellis vertrauter Wärme zum Beispiel.

Die Hirsche verstummten.

Er aber lag da und lauschte plötzlich mit angehaltenem Atem den Schritten auf dem Flur.

Wohin tapste sie jetzt? Zu ihm?

Ja, sie tapste zu ihm, kroch in sein Bett und unter seine Decke. Und sagte mit noch immer sanfter Stimme: »Ilse, Bilse, niemand will se.«

Er roch ihren Atem und er roch ihre Haut. Und er wünschte sich abermals Ilses nackte Heiterkeit.

»Ilse, Bilse, niemand will se.«

Diesmal aber war es keine Aufforderung, keine Bitte, berührt zu werden. Ilses leises Mantra klang traurig und resignierend.

»Unser ungelebtes Leben. Das passt auch für uns«, sagte sie.

Lott schwieg. Er wusste, dass sie auf Mary Tucholsky anspielte, deren Leben mit ihm eigentlich erst nach seinem Tode begann.

Friedhofsgedanken überfielen ihn … *hat nur einmal geliebt.*

Er spürte Ilses Hand auf seiner Stirn, als wolle sie ihn segnen.

»Selbstloses Glück sollte man anstreben«, sagte sie dann. »Ich glaube, Marie hat das getan.«

Lott dachte an die Witwe Rixner, die gesagt hatte: »Ilse hat es sich in ihrem Elend häuslich gemacht.«

Er drehte sich Ilse zu, schaute ihr tief in die Augen. Eine Direktheit, die sie erschreckte. Sie schloss die Augen wie einen Vorhang, öffnete aber den Mund, um zu sprechen. Ihre Stimme blieb sanft.

»Ich hab all die Jahre an mir vorbeiziehen lassen, ohne sie groß zur Kenntnis zu nehmen. Und immer dabei gedacht, egal was passiert, die Welt wird sich weiterdrehen. Aber von selbstlosem Glück war ich weiter entfernt als die Erde vom Mond.«

Dann öffnete sie mutig die Augen. »Ich liebe dich«, hauchte sie.

Nichts als ein leises Echo blieb übrig.

KAPITEL 16 – DAS GESTOHLENE TAL V

Der Winter legte sich über die Berge. Es war die Zeit der Ruhe. Die Almen verlassen, die Hütten unbewohnt. Mensch und Tier verfielen in eine Art Winterschlaf, in eine gemächliche Winterruhe, einige Tiere freilich, wie es die Natur forderte, in einen starren monatelangen Schlaf, aus dem erst der Frühling imstande war, sie daraus zu erwecken.

Annegret Hagn dachte an einen Winter vor vielen Jahren. Vor Ewigkeiten gewesen, wie ihr schien. An den dachte sie oft. Es war der Winter ihrer Liebe gewesen. Aber auch dieser Winter fing irgendwann an zu verwesen, wie ihre Liebe, wie alles. Die Sehnsucht war noch geblieben wie hartnäckige Verwandte, aber es war eine Liebe gewesen, so vergänglich wie eine Jahreszeit.

Sie hatte sich etwas vorgegaukelt. Damals. Wie heute. Wenn auch auf anderem Terrain: Plötzlich im Rampenlicht zu stehen, das war nicht ihr Ding. Edgar, der Mann, der sie dorthin gezwängt hatte, war ein Lügner. Er hatte ihr verschwiegen, dass die Öffentlichkeit ein Pranger ist, an dem man alle Beleidigungen und Erniedrigungen über sich ergehen lassen muss.

Das Haberfeldtreiben, es war noch immer Brauch im Tal, wenn auch auf eine andere, subtilere Art.

Sie, Annegret Hagn, die kleine Polizistin aus Hagrain, die sich angemaßt hatte, das gestohlene Tal zurückzuholen aus den Fängen ihrer Zerstörer, war den Zerstörern nicht länger gewachsen. Sie hatten sie in die Knie gezwungen. Dem lärmenden Interesse der Öffentlichkeit war sie nicht gewachsen gewesen. Sie musste fliehen, zurück in die Berge. Ach, jedes Erwachen aus einem Traum, hinterlässt einen schalen Geschmack.

Jetzt bin ich wie eine Kuh ohne Horn, denkt sie. Wie soll ich da reden? Ohne Sensor und Sprachrohr. Wie kann ich mich noch mitteilen, wie mich zurechtfinden, wie mich orientieren? Wie soll das noch gehen? Ohne die Würde, die mein Horn mir verleiht. Und wer noch steht mir zur Seite?

Mein Vater vielleicht, der nicht mehr weiß, wer er ist. Er hat sich vor sich selbst versteckt. Und weiß nicht, was in seinem bereits von der Welt verabschiedeten Kopf noch vorgeht. Nein, mein Vater steht auf der anderen, der dunklen und erdabgewandten Seite des Universums.

Oder helfen Jupiter und Sonne vielleicht, die Pate standen, als Gott das majestätische Pflanzenwesen der Engelwurz erschuf, das ich schützte, wo immer ich es fand. Steht dieses Pflanzenwesen mir jetzt zur Seite, oder gar der Erzengel Raphael selbst, der Engel der Heilung, wenn ich ihn anrufe und um Heilung bitte für mich und für das Tal? Oder muss ich erst einkehren in die Welt der Feen und Elfen, die am Berg oben noch zu Hause sind?

Hier ist mein Platz, hab ich einmal behauptet. Man kann ihn mir nicht wegnehmen. Wer das tut, ist ein Dieb. Aber Diebe werden hier nicht bestraft. Man behängt sie mit Orden. Man schüttet Lobreden über sie, und sie dürfen sich eintragen ins Goldene Buch der Stadt, um unsterblich zu werden.

Unsterblich wie die Totengräber.

Totengräber können nicht sterben, sind zu ewigem Leben und Tun verdammt. Nur der Leitner Franz war die Ausnahme. Den schossen sie geradewegs in den weißblauen Himmel, seiner Seele hinterher.

Ich aber sitze jetzt hier. Weg von den Menschen im Tal, wie so oft. Weg von der Öffentlichkeit, die mein Feind geworden ist.

Noch ist nicht Winter. Und der Winter der Liebe vor langer Zeit schon gegangen. Aber heute: Altweibersommer am Mittag noch, aber jetzt am Abend schon kühler Herbst. Es dauert hier eine Weile, bis der Mond abends über den Wallberg kommt. Aber irgendwann ist er da wie auch die Sterne, die am Himmel spazieren gehen. Und einer stehen bleibt, um mir was zu erzählen, wie auch der Wind, der immer von weither kommt und geschwätzig ist.

Annegret Hagn horcht. Das lang gezogene Pfeifen eines Murmeltieres hört sie. Der Winterschlaf noch weit weg. Die Dunkelheit aber im Anmarsch.

Der Verkehrslärm dringt bis hier herauf. Ganz ruhig ist es nirgendwo. Selbst das nach Prosecco und Williams Birne fordernde Gegackere dringt durch und bis hier herauf. Oder sind es die Haberfeldtreiber? Hat jemand die Zeit angehalten, seit dem letzten Treiben vor 100 Jahren. Und mehr.

Im Namen Kaisers Karl von Untersberg müassma heut wieda s' Haberfeld treiben.

Sollen sie meinen Mund stehlen und meine Klagen darin. Ich habe es satt, über die klimatischen Veränderungen der Erde zu lamentieren, satt, immer neue Zeichen spontaner Nächstenliebe zu setzen. Mein Vorrat an Verständnis ist aufgezehrt und jede Hoffnung verbraucht.

Sollen sie unser Wasser doch stehlen, den Anspruch Münchens auf Ausweitung von Wasserschutzzonen, die im Wassereinzugsgebiet von Mangfall und Schierach liegen, gewähren. Sollen sie unseren See doch leerschlürfen wie die Austern aus Bachmaiers Küche.

Annegret Hagn, die kleine Polizistin aus Hagrain, Hab und Gut soll sie beschützen, hat ihr Vater gesagt, aber hat sie das nicht immer getan, hat auch das Fischerwebergütl am Egerer G'stad schützen wollen, sie haben es dennoch gestohlen, sind gekommen wie Diebe in der Nacht und haben es abgerissen und auf die Genleiten geschleppt wie eine Jagdtrophäe, die nicht wieder lebendig wird, wenn man sie ausstopft. Stellt doch die Prinz-Carl-Kapelle am Leeberg gleich dazu, die von Neubauten umzingelt ist. Und dazu auch das abgetragene Erdreich samt den zahllosen Bäumen, die jedem Bauvorhaben zum Opfer fallen.

Annegret Hagn sitzt da. Düstere Ahnungen umkreisen ihr Herz. Einfach Schluss und kein Himmel weit und breit und auch keine Hölle. Sterben. So wie man beim Einschlafen fest daran glaubt, dass man am anderen Morgen wieder aufwacht.

Das letzte Fünkchen Hoffnung aber hat sich verabschiedet, das Tal in Trauer gemeißelt, umweht von Sterbeluft.

Jetzt ist die Nacht da. Für wie lange, wer kann das sagen.

Sie denkt an den Winter der Liebe. Und an die Herren im Elefantengrau. Zwei Seiten von ein und derselben Münze.

Wie Zugvögel, die nicht wiederkehren, flogen meine Jahre dahin, denkt sie.

Und flüstert in die Nacht: »Festhalten kann man wohl nichts im Leben.«

Sie schließt die Augen und von ganz fern hört sie den Regionalzug. Man kann ihn eigentlich nicht hören, man muss ihn sich denken. Wie auch die glutgelben Rapsfelder, die man sieht, wenn man aus einem der Fenster schaut …

*

Am Bahndamm entlang wuchsen Wegwarten. Die junge Frau betrachtete sie lächelnd. Die Wegwarte ist eine Heilpflanze. Jetzt war sie eine Streckenwärterin.

Sie rupfte eine der Wegwarten von den Geleisen und drückte sie gegen ihren Handrücken. Ein Insektenstich. Gegen kleine Verletzungen half die Wegwarte. Gegen große nicht.

Die Regionalbahn fuhr hier jede Stunde. Eine Stunde müsste jetzt um sein.

*

KAPITEL 17 – MISSTRAUEN

Wengartner rief an und lud ihn auf ein Bier ein. Es wurden mehrere. Sie saßen am Stammtisch in der Wiesseer »Post«. An diesem Tisch saß sonst niemand. Der frühe Nachmittag war keine Zeit für den Stammtisch.

Lott spürte gleich, Wengartner hatte irgendwas auf dem Herzen. Aber Wengartner schwieg. Er trank und schwieg. Und wenn er einen Anfang versuchte, versagte ihm die Stimme, als wollten Mund und Zunge nicht preisgeben, was Herz und Seele bedrückte.

Das Jennerwein-Lied wäre ihm leichter über die Lippen gegangen. Lott glaubte, ihn summen zu hören.

Es war ein Schütz, in seinen schönsten Jahren,
er wurde weggeputzt von dieser Erd,
man fand ihn erst am neunten Tage
bei Tegernsee am Peißenberg.

Aber Wengartner sang nicht, sondern sagte schließlich: »Der Strasser Max war kein Schlechter, die Ilse hat er auf Händen getragen und die Marie vergöttert.«

Lott spürte, es war nicht das, was Wengartner eigentlich preisgeben wollte, aber es war ein Anfang. Er musste sich erst warmreden.

»Das Geschäft ging halt immer vor«, fuhr er fort. »Fast jeder definiert sich doch durch den Erfolg, den er vorweisen kann. Da war der Max keine Ausnahme. Und wer Erfolg hat, hat immer auch Neider und falsche Freunde, zehn Stück an jeder Hand.«

Wengartner nahm einen Schluck Bier, wischte sich den Schaum von den Lippen und wiederholte sich: »Falsche Freunde, zehn Stück an jeder Hand.«

»Und wer waren die?«, hakte Lott nach.

»Amigos, alles Amigos, wie man sie heutzutage so schön nennt.«

»Namen?«

»Namen wirst du von mir keine hören«, antwortete Wengartner. »Aber sie tauchen alle in Maries Buch auf. Sie hat sie dort verewigt. Freilich unter anderem Namen. Nennen wir's Künstlernamen. Aber jeder von ihnen weiß, dass er gemeint ist.«

»Und die Leute im Tal?«

»Soweit sie involviert sind, ja. Aber die meisten, die in der Gegend ihre Häuschen und Eigentumswohnungen haben, nehmen am Leben hier ja nicht wirklich teil. Es sind Touristen mit festem Wohnsitz an ihrem Urlaubsort. Wenn sie überhaupt vor Ort sind, dann lassen die sich ihre Postkarte nicht durch Kritik verderben. Da konnte die Marie schreiben, was sie wollte, außer die darin angeklagten Personen hat das doch kein Schwein interessiert. Das Buch war ein Flop, wie man so schön sagt.«

»Marie hat sich das Leben genommen«, griff Lott das Thema auf. »Ilse glaubt, es wären die Haberfeldtreiber gewesen, die Marie in den Tod getrieben hätten.«

»Die Haberfeldtreiber!« Wengartner kicherte. »Die Ilse hat schon auch Fantasie, mindestens so viel, wie ihre Tochter hatte.«

»Glaubst du nicht daran?«

»Die Haberfeldtreiber von anno dazumal waren geradeheraus. Anmaßend zwar in ihrer Vorstellung, Gericht halten zu wollen, aber immer, auch in ihrem Unrecht, geradeheraus. Maries Haberfeldtreiber, Leute von heute, aber sind verschlagene Geschäftsleute, die in der Lage sind, einen mit ihrer Freundlichkeit zu erledigen.«

»Es gibt sie aber, die neuen Haberfeldtreiber?«

Wengartner griff wieder zum Bier. Als müsste er sich den nächsten Satz gut überlegen. Während er sich noch den Mund abwischte, sagte er, vom Thema ablenkend: »Die Marie hätte bei ihren Krimis bleiben sollen, die mochten die Leute, die Einheimischen und die Touristen. Das war der Tegernsee, wie ihn alle Leute lieben.«

»Marie aber hat das wohl nicht genügt.«

»Sagen wir mal so: Der Ilse hat das nicht genügt. Sie hat sich lustig über Maries *Kitschromane*, wie sie immer sagte, gemacht. Sie hatte mehr von ihrer Tochter erwartet.«

»Tucholsky«, warf Lott ein.

Wengartner brachte es zum Ausdruck: »Tucholsky!«, schrie er fast. »Genau, ganz genau, unter *ihrem Hausautor* zählte nichts, was sich zwischen zwei Buchdeckeln wiederfand.«

Lott musste grinsen. Ilse hatte anscheinend mit *ihrem Tucholsky* nirgendwo hinterm Berg gehalten. Selbst bei Wengartner nicht. Aber hatte der nicht gesagt, ihm wäre von einer Verbindung von Ilse zu der Witwe Tucholsky nichts bekannt?

»Ich habe übrigens Frau Rixner besucht«, sagte Lott plötzlich.

»Und?«

»Sie zweifelt die Freundschaft zwischen Ilse und der Witwe Tucholsky stark an. Da war nichts mit Freundschaft, hat sie gemeint. Auf die Nerven gegangen wär sie der Witwe, hat sie behauptet. Vor allem auch wegen des angeblich wieder aufgetauchten Tucholsky-Manuskripts.«

»Schwanenschrei«, griff Wengartner den angeblichen Titel wie zur Bestätigung auf und rümpfte die Nase.

Lott glaubte, Ilse jetzt verteidigen zu müssen, und berichtete: »Ich war dabei, als es Mary Tucholsky angeboten wurde, vor 40 Jahren.«

»Ich weiß«, sagte Wengartner besänftigend und griff wieder zum Bier.

»Aber du glaubst, alles, was danach angeblich passierte, entstammt allein der Fantasie unserer Ilse Strasser?«

»Ich fürchte, ja«, sagte der Wiesseer Kommissar resignierend.

»Und für Marie war der ›Schwanenschrei‹ nur eine Marotte der Mutter, und sie selbst hat sich nie damit befasst?«

Wengartner nickte wissend und ließ seine Vermutung laut werden: »Ich fürchte, die Mutter selbst ist an Maries Tod nicht ganz unschuldig.«

»Wie kommst du darauf?

»Weil sie den Tod ihrer Tochter nicht wahrhaben will.«

Lott schwieg. Er wusste, dass Ilse mehr wusste, als sie Wengartner gegenüber zugab. Ihr Vertrauen in den Wiesseer Kommissar war begrenzt. Sie misstraute also auch ihm.

»Wir waren bei den Haberfeldtreiben stehen geblieben«, sagte Lott deshalb.

»Es gibt keine Haberfeldtreiben mehr«, antwortete Wengartner bestimmt.

Lott trank aus und rief der Kellnerin.

Wengartner wehrte ab. »Ich hatte dich doch eingeladen.«

Lott bedankte sich und machte sich zum Aufbruch bereit.

Wengartner fasste ihn am Arm, hielt ihn zurück, sodass sich Lott wieder setzen musste.

»Was ich dir aber eigentlich sagen wollte …«

Lott horchte gespannt.

»… es ist eine Warnung.«

»Schieß los«, drängte Lott.

»Fahr nach Hause. Ich mach mir nämlich Sorgen um dich.«

»Gibt es einen konkreten Grund dafür?«, fragte Lott.

»Das hier ist fremdes Revier für dich, und ein fremdes Revier birgt immer Gefahren.«

*

Es war ein Herbsttag, der in seiner Buntheit strahlte. Fröhlich und gleichzeitig schwer. Ilse war überzeugt, einen solchen Herbsttag brachte allein ihr Tegernseer Tal zustande. Und sagte es auch.

Und schwärmte: »Gibt es einen schöneren Platz auf Erden?«

Sie breitete die Arme aus, ob sie diesen Tag oder Lott jetzt in ihre Arme schließen wollte, ließ sie offen. Ihre Miene aber verfinsterte sich plötzlich, oder sie spielte das nur, während sie klagte. »Und dich zieht es zurück in deine graue schwäbische Welt.«

Sie umarmte ihn flüchtig und stieß ihn auf die Chaiselongue. Und als er saß, stellte sie sich in Positur und deklamierte:

»Einmal müssen zwei auseinandergehn;
Einmal will einer den andern nicht mehr verstehn –
Einmal gabelt sich jeder Weg – und jeder geht allein –
Wer ist daran schuld?«

Ilse trug es mit getragener Stimme vor. Und unterbrach nach der ersten Strophe.

»Tucholsky«, sagte sie erklärend.

Lott nickte wissend, aber er kannte das Gedicht nicht.

Sie fuhr fort, noch mehr jetzt wie eine Schülerin, die etwas vorzutragen hat:

»Es gibt keine Schuld. Es gibt nur den Ablauf der Zeit.
Solche Straßen schneiden sich in der Unendlichkeit.
Jedes trägt den andern mit sich herum –
Etwas bleibt immer zurück.«

Sie verneigte sich leicht, wie Künstler nach einer Vorstellung es tun, lächelte. Ein schmerzhaftes Lächeln war es. Ein Weinen hätte daraus entstehen können. Aber Lott lenkte sie ab.

»Wengartner hat mir geraten, den Tegernsee zu verlassen. Er hat mich geradezu gewarnt.«

»Dann hast du ja jetzt einen Grund mehr wieder abzureisen.«

Ilses Stimme klang kalt.

Lott erwiderte sachlich: »Ich kann es nicht ertragen, wenn mir jemand droht. Das konnte ich noch nie. Während meiner ganzen Dienstzeit nicht. Auch wenn diese Drohung, wie es bei Wengartner der Fall war, als Warnung verpackt ist.«

»Trau dem Wengartner nicht«, warnte jetzt Ilse.

»Ich trau hier niemandem wirklich«, antwortete Lott ihr.

»Mir auch nicht?«

Lott schwieg.

»Glaubst du wirklich, Maries Leser hätten die Klagen über die Zerstörung unseres Tals derart aufgewühlt, dass all die, welche die kleine Polizistin Annegret Hagn darin angeklagt hat, ein Haberfeldtreiben veranstaltet hätten?«

Lott zuckte mit den Achseln, wusste nicht, auf was Ilse jetzt anspielte.

»Es ist ein einziger, geradezu winziger Abschnitt, der diese Bande aufgeschreckt hat. Ist er dir nicht aufgefallen?«

»Nein«, gab Lott zu.

»Ich kenne ihn auswendig«, sagte Ilse, holte aber dennoch Maries Roman her, der Buchblock klappte wie selbstverständlich an der betreffenden Seite auseinander.

Ilse las vor:

»Seine Augen glänzten feucht, Tränenperlen waren darinnen, die er nicht loslassen wollte. Er wusste, er würde sterben. Und das bald. Er nahm den Kopf seiner Annegret und drückte ihn an seine Brust. »Das unrechte Geld«, sagte er und schluckte und sagte weiter: »Sie haben Oasen dafür gefunden, wo keiner es ihnen nehmen kann; sie sind geflohen damit, dorthin, wo kein Gesetz sie erreichen kann. Ich aber habe ihre Sünden alle in einem Kästchen verwahrt, es ist ein Schatzkästchen gleich einer Flasche mit einem willigen Geist darin. Was da, auf geduldiges Papier geschrieben, aber im Verborgenen bleibt, wird dich schützen. Und will einer es dir stehlen, so lass den Geist aus der Flasche.«

Lott verstand. »Es handelt sich um Steuerflucht«, sagte er.

»Max hatte sich auch mir kurz vor seinem Tode noch anvertraut. ›Mit diesen Unterlagen dirigiere ich das ganze Orchester meiner Steuerhinterzieher‹, hat er gesagt. Wo er die Unterlagen allerdings verwahrt hat, das hat er mit ins Grab genommen. Marie aber hat Max Strassers Aussage in ihrem Roman verwendet, und das hat die Haberfeldtreiber auf den Plan gerufen.«

»Wengartner meint, es gibt keine Haberfeldtreiber mehr, nur noch Amigos«, warf Lott ein.

»Vielleicht ist er selber einer«, murrte Ilse. »Und vielleicht auch, wenn auch ein ganz kleiner Steuerhinterzieher, wenn er schon kein Amigo sein darf.«

Lott lächelte. Und fragte. »War dein Max denn in dieser Hinsicht sauber?«

»Mein Max Strasser hatte gewiss genügend Dreck am Stecken, wenn nicht Blut an den Fingern und Leichen im Keller, aber was die Steuern betraf, da war er eine ehrliche Haut. ›Wir Leute vom Tegernsee haben das nicht nötig‹, hat er des Öfteren getönt, wenn es um das Thema Steuerflucht ging.«

Lott nickte verstehend. »Der Wengartner war, scheint's, von deinem Max angetan. Der Strasser Max war kein Schlechter, hat er gemeint, und dich hätte er auf Händen getragen und die Marie, so wörtlich, vergöttert. Ein jeder definiert sich eben durch den Erfolg, den er vorweisen kann. Ein richtiges Plädoyer war das.«

»Welchen Erfolg kann denn der Alois schon vorweisen? Dass er ab und zu einen Wilderer schnappt, der eine Gams geschossen hat?«

»Ist der Wengartner nicht dein Freund?«, fragte Lott.

»Ein falscher Freund«, antwortete sie.

Und rauschte davon, die Treppe rauf in eines ihrer, wie sie es nannte, persönlichen Zimmer.

Eine Viertelstunde später kam sie die Treppe wieder herunter, ganz in schwarzes Leder gepackt, und schaute Lott an, als verlange sie Bewunderung.

Sie sah in dieser Verkleidung jünger aus. Und erotisch wie eine dezente Domina.

»Wir fahren zum Alois«, sagte sie in einem Ton, der keinen Widerspruch duldete.

Der Klang ihrer Stimme passte zu dem Leder.

Lott erregte beides und wusste nicht, was mehr. Begehrenswert war sie. Viel mehr noch als in ihrer Nacktheit.

Sie stieg in ihren Mercedes, wartete kaum darauf, dass Lott sich angeschnallt hatte, und fuhr mit Geschwindigkeit die Einfahrt hinaus. Auf der Landstraße aber änderte sie das Tempo, sie fuhr langsamer als nötig, und ihre Stimmung passte sich der Geschwindigkeit an, sie wurde melancholisch träge. »Du kennst das eben nicht. Diese lebenslange Sehnsucht, durch alte Erinnerungen immer wieder neu geschürt, die einem den Irrweg des eigenen Lebens vor Augen halten.«

Dann brachte sie Marie ins Spiel und gab sich die Schuld an ihrem Tod und wartete darauf, dass ihr Lott widersprach. Aber Lott reagierte nicht, nur ihren Schenkel drückte er jetzt, das konnte sie nun deuten, wie sie wollte.

Sie sagte weinerlich und wenig überzeugend: »Ich fürchte, ich hab meinen Seelenpfad verlassen.«

Lott rümpfte die Nase. Das Wort Seelenpfad störte ihn. Auch die Sanftheit ihrer Stimme störte ihn, die nicht zu ihrem Outfit passte. Und dann das Wort. *Seelenpfad.* Wie kam sie jetzt darauf? Er betrachtete sie: Ilse ganz in Leder gepackt, und wurde gütig wie einer, der vom anderen etwas will.

»Verirrt hast dich halt«, sagte er. Und erklärte: »Irgendwie in diesem saublöden Leben hast du dich verirrt.«

»Soll ich dich jetzt als Romantiker entlarven, willst du das?«, antwortete Ilse bitter und wieder mit marmorkalter Stimme.

Was sollte Lott darauf sagen. Er wusste es nicht und schwieg. Und Ilse trat aufs Gaspedal und bremste und fuhr wieder schneller und bremste wieder abrupt, aber vollkommen sinnlos.

Da waren sie aber schon in bei der Wiesseer Polizeidienststelle angekommen.

Sie trat in Wengartners Büro, ohne anzuklopfen. Lott folgte ihr im Schlepptau.

»Hab die Ehre«, empfing Wengartner die beiden. Und reichte erst Ilse, dann Lott die Hand.

Ilse schaute ihn herausfordernd an.

Und Wengartner vermutete in ihrem Blick ein Gewitter, das sich ankündigte, dessen Heftigkeit aber noch nicht auszumachen war.

»Was führt dich her?«, fragte er Ilse zugewandt.

»Was sollte das mit der alten Rixner?«, fauchte Ilse. »Wer hat denn bis zuletzt zu Mary gehalten, als sie bettlägerig im Kreuther Stift lag? Du weißt, dass ich das war. Warum willst du Klaus Lott glauben machen, ich wäre nicht ganz bei Trost, und holst dir dabei die alte Rixner ins Boot. Was weiß die schon, was zwischen Mary und mir lief!«

Wengartner wirkte plötzlich sehr klein, als hätten Ilses Worte ihn schrumpfen lassen. Vielleicht aber war es auch ihr Auftritt in Leder, der den Wiesseer Kommissar einschüchterte und ihn in die Knie und somit in eine devote Haltung zwang. Gewiss wusste er, wie man einer Domina zu begegnen hatte, auch wenn dieses Wissen vielleicht unter dem Mangel an Praxis litt. Er kam aber nicht umhin, Ilse fortwährend anzustarren.

Lott bekam Mitleid mit dem geschrumpften Kommissar und wollte beschwichtigen. Ihn dauerte das Gefühl des Mangels, das auch er zur Genüge kannte, und er wusste, dass zu jedem Mangel sich auch ein Schmerz gesellte.

Aber Wengartner fand selbst zur Contenance zurück.

»Nichts in dieser Richtung habe ich unternommen«,

wehrte er ab, und sein Blick fiel auf Lott, der seine Aussage bestätigen sollte.

»Es war meine Schuld«, gab Lott klein bei. »Ich wollte wegen Marie ermitteln.«

Ilse schnaubte. »Und warum ignorierst du die Haberfeldtreiber?«

»Das tu ich doch nicht«, erwiderte Wengartner und mimte den Unschuldigen, indem er seine Arme wie Flügel von sich streckte.

»Du verniedlichst diese Kerle. Das sind keine Bubenstreiche!«, schrie sie.

»Amigos sind es, habe ich behauptet«, wehrte sich Wengartner.

»*Amigos*«, äffte ihn Ilse nach. »Kavaliere also, und ihre Vergehen Kavaliersdelikte.«

»Man kann ihnen nichts nachweisen«, erklärte Wengartner mit Unschuldsmiene.

»Und den ›Schwanenschrei‹ gibt es auch nicht. Hast noch nie was davon gehört, ist wohl alles in meinem kranken Hirn gewachsen. Und ein Angebot, das Tucholsky-Manuskript zu kaufen, habe ich auch nie bekommen?«

Ein drohender Blick beherrschte plötzlich die Szene.

Er sprang von Ilse zu Wengartner und wieder zurück.

Wengartner schwieg. Und Lott schwieg auch.

Schweigen beherrschte jetzt den wenig heimeligen Raum. Nur das Knistern von Papier drang durch, das Ilse verursachte. Sie zog einen Schrieb aus ihrer Tasche und hielt ihn Wengartner unter die Nase.

Es war das vermeintliche Angebot.

»Jaja«, versuchte Wengartner, Ilse zu beschwichtigen. »Dieser ›Schwanenschrei‹ wurde dir angeboten, aber das ist 25 Jahre her, wenn ich mich recht erinnere.«

»Es gab spätere Angebote.«

»Davon weiß ich nichts.«

»Du hast sie ignoriert und bist der Sache nicht nachgegangen. Warum nicht? Weil der Max es nicht gewollt hat?«

»Du solltest dich nicht lächerlich machen«, erklärte Wengartner.

Ilse schnitt ihm das Wort ab. »Das hättet ihr gut und gerne meine Sorge sein lassen können.«

»Der Max hat dabei nur an dich gedacht«, sagte Wengartner.

Ilse schenkte ihm ein gleichgültiges Lächeln. Und machte auf dem Absatz kehrt. Lott fühlte sich wieder in Ilses Schlepptau, als er Wengartner brummen hörte:

»Nun sei bedankt, mein lieber Schwan. Richard Wagner, Lohengrin.«

Und er nur noch schweigend, mit zwei Fingern an der Stirn, dem Kollegen wenig soldatisch salutieren konnte.

*

»Wo könnten sich die Unterlagen befinden?«, fragte Lott, als sie schon wieder im Auto saßen.

»Ich weiß es nicht«, antwortete Ilse. »Der Max hatte 1000 Verstecke. Nur keines für sich selbst.«

»Seine Absicht war wohl, Marie damit schützen zu wollen«, sinnierte Lott laut. »Und dich wohl auch«, fügte er an. »Die Beweise, dass seine Amigos sich der Steuerhinterziehung schuldig gemacht haben, war ein Druckmittel.«

»Das jetzt nicht mehr zieht«, erwiderte Ilse.

»Weil dir die Beweismittel fehlen und du sie …«

»Nein!«, schrie Ilse, und ließ ihn nicht ausreden.

»Weil ich nicht mehr will!«

Ilse nahm die Einfahrt zu ihrem Anwesen.

Noch im Wagen sagte sie: »Der Max ist tot. Und die Marie auch. Lassen wir es gut sein.«

Sie sagte es jetzt leise, aber bestimmt.

»Sie fürchten aber immer noch, du könntest mit diesen Unterlagen die Steuerfahnder einschalten«, warf Lott ein.

Ilse wehrte ab. »Rache ist nicht mein Ding. Lass es gut sein. Auch wenn es mir eine Genugtuung wäre, ein paar Leute hinter Gittern zu wissen.«

»Und was wird aus deinem Spiel mit der vermissten Tochter?«

Ilse stieg aus, schlug die Wagentür zu und antwortete über das Wagendach hinweg: »Ist ausgespielt! Ich werde Marie für tot erklären. Ein befreundeter Arzt wird mithelfen, es zu erklären, dass ich psychische Probleme hatte. Was gehen mich schließlich die Steuern anderer Leute an.«

»Hast du keine Angst?«

»Nein«, antwortete Ilse. »Nicht mehr.«

Sie gingen ins Haus. Lott nahm ihre Hand. Es sollte Fürsorge ausdrücken.

»Was wirst du jetzt tun?«, fragte er.

Ilse lächelte, ein wenig von oben herab, und sagte: »Ein fernsehgerechtes Leben führen.«

Dann verschwand sie in eines ihrer persönlichen Zimmer.

Lott wartete. Er schaute aus dem Fenster. Die Farben des Herbstes blühten noch immer. Er dachte an das Wolkengrau, das ihn zu Hause erwartete. Aber dann wieder an Ellis Wärme, die ihm vertraut war. Und fürchtete gleichzeitig, dass diese Liebe zu ihr, in ihrem Ehealltag, zu einer reinen, der Gewöhnung geschuldeten Beziehung verblasst war. Er presste sich den Gedanken aus dem Kopf wie den Saft einer Zitrone. Ein solcher Gedanke hatte kein Recht, sich breitzumachen in ihm.

Ilse kam zurück. In einem hochgeschlossenen grauen Hauskleid. Sie wirkte darin wie eingesperrt. Lott saß am Tisch. Sie setzte sich zu ihm, flüchtig wie eine Kellnerin, die schon den nächsten Gast im Blick hatte, der ihre Gesellschaft forderte.

»Für Thomas Mann war das Tegernseer Tal ein Zaubergarten und ein Zufluchtsort«, sagte sie unerwartet und fuhr wichtigtuerisch fort: »Weißt du auch, dass er die ersten Kritiken zu seinen ›Buddenbrooks‹ hier am Tegernsee gelesen und später hier den Zauberberg überarbeitet hat?«

Lott zuckte mit den Achseln.

»Die Eltern hatten ein Haus in Abwinkl«, klärte Ilse ihn auf. »Ja, nicht nur Thoma und Ganghofer und Slezak, deren Bronze-Statuen im Park thronen, auch D.H. Lawrence war hier, und Grete Weil wurde in Rottach-Egern geboren, und Hedwig Courths-Maler hat einen Gutteil ihres Lebens hier verbracht. Das hier war schon immer eine Künstlerkolonie.«

Lott lächelte. Was wollte Ilse ihm sagen?

»Bruno Frank, Heinrich George, Max Mohr, Franz von Kobell, Grete Weil, sie alle waren hier.« Sie reihte die Namen aneinander wie Perlen einer literarischen Kette und hatte alle Lust dabei. »Nur für Mary gab es nur ihren Tucholsky«, fuhr sie fort. »Mary ignorierte unsere Künstlerkolonie, und Kitschliteratur sagte sie zu 80 Millionen verkaufter Courths-Mahler-Bücher. Was anderes fiel ihr dazu nicht ein. Nicht, dass die Hedwig Courths-Mahler in eine Scheinwelt fliehen musste wie meine Marie vielleicht auch, bis zu ihrem ›Gestohlenen Tal‹. Spätestens da hatte sie genug von den modernen Heimatromanen, die sich Regionalkrimis nennen.«

Ilse hatte sich abermals in Rage geredet, und Lott verstand nicht, was sie ihm sagen wollte. Bis sie einen Moment innehielt und flüsterte: »Aber dich zieht es ja zurück in deine graue schwäbische Welt.«

Lott schwieg. Was darauf antworten? Sollte sie dieses Schweigen deuten, wie sie wollte.

»Komm mit«, sagte sie dann und zog ihn mit in eines ihrer Schlafzimmer, streifte sich ihr Kleid wie einen Panzer ab und legte sich in Unterwäsche ins Bett.

Lott folgte ihr.

»Ilse, Bilse, niemand will se.«

Aber Lott wollte sie. Und zwar jetzt.

»Kann man dort weitermachen, wo man vor 40 Jahren aufgehört hat?«, fragte Ilse leise. »Ein Leben auslöschen und neu erfinden?«

Sie kletterte auf ihn, vorsichtig wie auf ein altes Pferd. Und sprach dann von oben herab: »Ich habe dieses Leben nur geträumt. Aber der Traum hat sich abgekoppelt wie ein Eisenbahnwaggon, der unnütz geworden ist. Kannst du den Traum deuten? Oder ist nur ein Unterbewusstsein in der Lage, ihn zu entschlüsseln? Fischen wir alle im Trüben? Oder kann ich noch auf den Eisenbahnwaggon aufspringen? Gemeinsam mit dir?«

Lott schwieg. Er wollte nicht reden. Fragte aber dann doch: »Warum hast du mich wirklich gerufen?«

»Ich wollte, dass mein Leben dort weitergeht, wo es vor 40 Jahren aufgehört hat«, gestand Ilse.

Lott griff wortlos nach ihren Brüsten. Ilse befreite sich und deklamierte:

»An meinem Todestag – ich werd ihn nicht erleben –
Da soll es mittags Rote Grütze geben,
mit einer fetten, weißen Sahneschicht …
von wegen Leibgericht.«

Dann lachte sie schrill auf, stieg von ihm wie von einem klapprigen Maultier, dem man die eigene Last nicht länger zumuten wollte.

»Weißt du noch, damals bei Mary Tucholsky? September 69. Mein erster Besuch bei ihr. Der ›Schwanenschrei‹? Und du und ich irgendwie von allem beseelt?«

»Apfelstrudel mit Sahne«, antwortete Lott. »Und dein Kaffee wurde kalt von deinem Staunen.«

Die Erinnerung machte sie wehmütig, ließ sie zärtlich werden. Als er zum Fenster schaute, war die Herbstsonne verschwunden, und wie es ihm schien, so unwiederbringlich wie die 40 vergangenen Jahre ohne Ilse.

Er lag befriedigt neben ihr und schlief ein, und Ilse dachte, er ist bereits fort.

KAPITEL 18 – WOLKENGRAU

Über Ulm verdunkelte sich der Himmel. Es schien, als hätte alles Helle sich plötzlich verabschiedet wie Zugvögel, die nicht wiederkehren. Er verließ die Autobahn. Das Münster tauchte auf. Ihm war, als winke es ihm zu, davor die Donau, die leicht über die Ufer schwappte, eine schmutzige Brühe, von der Iller angeschwemmt. Lott überlegte einen Augenblick lang, in die Innenstadt abzubiegen. Einen Blick ins Münster wagen und das Chorgestühl mit den Sibyllen mit wissenden Augen bestaunen; zum Neuen Bau vielleicht, seiner jahrzehntelangen Arbeitsstelle, auch wenn er kaum noch einen Kollegen dort kennen dürfte. Er verwarf den Gedanken und nahm ihn doch gleich wieder von Neuem auf, lenkte den Wagen auf die linke Spur, stadteinwärts also.

Die Schillerstraße jetzt.

Früher, ganz früher einmal war er mit dem vom Vater geliehenen Fahrrad auf einen Opel Kapitän dort aufgefahren. Der Fahrer war ausgestiegen und hatte ihn nach der Adresse gefragt und wo der Vater denn arbeite. Die Antwort waren Tränen. Der Fahrer ließ sie gelten, stieg ein und fuhr weiter.

Die Straße hatte noch immer denselben Verlauf, am Bahnhof aber drängten die Baustellen sich aneinander, als wollte eine die andere verdrängen.

Er chauffierte zum Neuen Bau, wo die Polizeidirektion Ulm, als alleiniger Nutzer des Gebäudes seit Beginn der 50er Jahre, untergebracht war. Der prächtige Kolossalbau, der einst als Korn- und Salzspeicher diente, hatte für Lott nicht an Faszination verloren. So schaute er auch jetzt zu den vielen Gaubenfenstern hoch, die sich in mehreren übereinanderliegenden Reihen über das Dach zogen und die einstmals sicherstellten, dass das Korn ausreichend belüftet war. Er hatte ein zwiespältiges Verhältnis zu dieser Trutzburg, in der während der Nazizeit die Gestapo ihre grausamen Verhöre führte, die anderseits aber während seiner mehr als zwei Jahrzehnte dauernden Tätigkeit für ihn zu einer Art zweiter Wohnstatt geworden war.

Es waren andere Erinnerungen, die ihn jetzt wehmütig stimmten. Sein Kollege Max Brauchle, dessen Sprüche und Witze ihn oft genervt hatten, und der mit seinem letzten Scherz einfach zu weit gegangen war. Er hatte sich den 8. April, den Weltgesundheitstag, für sein Ableben ausgesucht. Lott dachte an Brauchles letzte Worte.

'*s goht nemme.* So schlicht und einfach wie sein Gemüt.

Er stand vor der Trutzburg und kehrte um. Was wollte er auch von den fremden Kollegen? Sie bei der Arbeit stören? So tun, als würde er noch dazugehören? Nein, nicht einmal parken wollte er hier. Er stieg wieder ein, nahm den inneren Ring und fand in der Pfauengasse einen Parkplatz. Auch diese Gasse barg Erinnerungen. In der Buchhandlung, die es damals noch gab, hatte er Elli kennengelernt. Kurz nach Ilse. Sie hatte Ilse aus seinem Herzen verdrängt.

Lott ging zum Münsterplatz. Der mächtige Sakralbau zog ihn jetzt an. Er ging über den weiten leeren Platz. Einige Wochen noch, dann würden hier wieder die Weihnachtsbuden stehen. Jetzt aber waren die Turmfalken dran, die um den Münsterturm kreisten. Er schaute hoch, in den weiten Himmel hinein, und hörte ihren Schreien zu. Die Schreie schienen ihm so vertraut zu sein wie der Turm selbst.

768 Treppen trennten ihn von der Kranzgalerie, höher geht es nicht. 161 Meter ragt der Westturm in den Himmel, der höchste Kirchturm der Welt. Stolz war er als Kind gewesen über diesen einmaligen Rekord. Lott betrat das Münster, entlang der Säulen, die das Gewölbe tragen, ging er zum Chorgestühl. Er hörte den Klang der Münsterorgel und schaute zu den bunten Kirchenfenstern, beides faszinierte ihn gleichermaßen, mehr aber noch das wohl am meisten bewunderte Kunstwerk im Münster, das Chorgestühl, wo einst die Pfaffen und die Prominenz der Stadt ihre Sitze hatten. Jetzt stand er davor und sein Blick erreichte die Sibyllen. Delphica, die ihm vertrauteste, mit ihrer Weissagung: *Er wird seinen heiligen Rücken den Peitschenhieben darbieten und schweigen zu den Schlägen.* Aber auch Persica, Libyca und Tiburtina schienen ihm vertraut, und er war erregt, ihnen heute zu begegnen. Dumpf schlugen nun die Münsterglocken, und als trieben sie an, verließ er rasch den sakralen Raum.

Er kaufte sich beim nächsten Metzger eine Leberkässemmel und ging zum Wagen zurück. Die Parkzeit war abgelaufen. Die Politesse, die den Parkzettel prüfte, drückte ein Auge zu.

Er stieg ein, fuhr in die Weststadt und weiter in Richtung Blaubeuren. Dann Feldstetten, Bad Urach und irgendwann Tübingen. Mein Gott, wie häufig war er diese Strecke gefahren, als er dem Sonderdezernat der LPD vorstand, aber immer wieder nach Ulm gerufen wurde, um dort eine Soko zu leiten. Lott aber ließ diese Erinnerungen jetzt nicht zu.

Ilse drängte sich auf. So nah, so fern.

Sie hat es sich in ihrem Elend häuslich gemacht.

Und: *Ilse, Bilse, niemand will se*

Er schaltete das Radio ein, um sich abzulenken. Schwabenradio. Ein Mischmasch an Schlagern. Dann verbrauchte Liedfetzen eines Protestsongs aus den 60ern.

Mit Elli verbanden ihn viele Lieder, mit Ilse kein einziges, allenfalls das Gitarrengeklimper von Martin Lauer. »Die letzte Rose der Prärie.« Wenn überhaupt.

Mein Gott, wie weit war er schon wieder weg. Vom Tegernsee und von Ilse.

Ilse, Bilse, niemand will se.

Nur noch ein zartes Echo.

*

Elli drückte den Türöffner, noch bevor Lott an der Tür war. Flaubert aber hatte sein Herrchen angekündigt. Der Hund erkannte das Motorengeräusch von Lotts Wagen aus allen anderen Fahrzeugen auf diesem Planeten heraus. Der Empfang war entsprechend.

Ellis Empfang dagegen geriet ihr einen Deut zu kühl. Verbergen konnte sie aber nicht, wie froh sie war, ihren Mann wieder hier zu haben. Sie bat ihn ins Haus wie eine Gastgeberin. Und wartete mit einem Abendessen auf. Im festlich gedeckten Esszimmer. Forelle Müllerin mit Salzkartoffeln. Ein Hagnauer Sonnenufer dazu.

Er dachte an Ilse und an die Forellen im »Slezak-Haus«. Und an die Forellen, die Mary Tucholsky im »Café Wallberg«, wie Ilse ihn wissen ließ, immer gegessen hatte. Lott nippte vom Wein und stieß mit Elli an. Sie schien Lotts gespaltene Gedanken zu spüren und sagte:

»Wir sitzen mit unseren Gefühlen
Meistens zwischen zwei Stühlen.«

Und sagte, als müsse sie den Satz aufklären: »Tucholsky.«

Elli trug ihre Dichter ja immer im Mund mit herum. Walser wohnte darinnen und viele andere, deren Wörter, je nach Anlass, aus ihr heraustropften. Warum nicht auch Tucholsky.

»Erzähl mir von Mary Tucholsky«, bat sie.

Lott verschluckte eine Gräte. Wo sollte er da anfangen. Aber er spürte auch, dass Mary ein Vorwand war, ein Türöffner vielleicht zu Ilse.

»Irgendwann einmal«, versprach Lott.

»Dann von Ilse«, drängte sie, nun doch auf dem geraden Weg ihrer Neugier.

»Sie erfindet ihr Leben neu«, sagte Lott.

»Geht's auch genauer?«

»Im Augenblick nicht«, wich Lott aus, legte das Besteck auf den Teller, ein Zeichen, dass er fertig war, und nahm einen letzten Schluck Hagnauer Wein.

Dann stand er auf, ging ins Schlafzimmer und zog sich um. Die Bequemlichkeit seines Jogginganzugs sollte sich Ellis vertrauter Wärme anpassen. Aber im Augenblick zierte sich Elli noch, diese zu zeigen. Sie schaltete den Fernseher ein und mimte Interesse am Schicksal der Welt. Sie kommentierte jeden Beitrag. Ellis Munterkeit überraschte ihn. Und er konnte nicht mehr umhin, sie zu fragen, was sie so aufkratze.

»Du«, antwortete sie.

Kurz und bündig und auf den Punkt gebracht.

*

Der frühe Abend war noch abweisender geworden, hatte die Vorgabe des Tages, der bereits einen dunklen Herbst angekündigt hatte, noch übertroffen. Zu dem Nieselregen hatte sich ein übler Ostwind gesellt, der hatte die Wolken zerstört. Und es schien, als müsse er Platz für Neues schaffen.

Sie hatten die letzten Tage viel über Ilse und Mary gesprochen. Über Marie und ihren letzten Roman. Lott hatte mit langsamen Lippen, bedacht auf jedes gewählte Wort, dass sich kein falsches daruntermischte, von Ilse erzählt. Vor allem von Ilse. Wie sie vor 40 Jahren und wie sie heute war. Er hatte ihr Ilse in kleinen Dosen verabreicht, vieles verschwiegen und einiges erfunden. Lott überkam das Gefühl, dass er für Elli eine neue Ilse erschaffen musste. Dennoch versetzte sie jede neue Episode in eine hitzige Aufregung, die er allein durch Zärtlichkeit glätten konnte. Gemessen an ihrem Alter und der Dauer ihres Ehelebens schliefen sie häufig miteinander. An Ellis Harmoniesucht war eine Begierde nach Körperlichkeit getreten.

Trotzig aber lag auf ihrem Nachtkästchen das Tucholsky-Buch »Lerne Lachen ohne zu weinen«, das sie in einem Tübinger Antiquariat erworben hatte.

Von Mary konnte er freier erzählen. Von seiner ersten Begegnung mit ihr und dem rätselhaften Manuskriptangebot, das sie damals bekommen hatte. »Schwanenschrei.« Als *indiskutabel* hat es Mary abgetan und im Vergessen abgelegt. Ilse aber hat es ein Leben lang begleitet. Warum, das wusste Lott bis zum heutigen Tage nicht. Hätte es den Weg zu Mary ebnen sollen, um deren Freundschaft sie gebuhlt hatte?

Wenn Lott vom Tegernsee schwärmte, gerieten Ellis Augen zu Schlitzen, und sie fauchte ein ums andere Mal ihren Neid heraus. Also verschwieg Lott ihr den Tegernsee und er verschwieg, wenn es regnete und das Holz der Spaliere vor dem Haus ihm den Geruch zuwehte, der ihn allein mit Ilse verband.

Lott wusste jetzt auch, warum er Elli vor 40 Jahren seine Jugendliebe verschwiegen hatte. Eine Art Selbstschutz, von seinem Unterbewusstsein kreiert, muss es wohl gewesen sein. Und er fragte sich, was aus ihm und Elli geworden, wie sein Leben überhaupt gelaufen wäre.

Ein Herbsttag, der in seiner Buntheit strahlt. Fröhlich und gleichzeitig schwer ist. Einen solchen Herbsttag bringt allein das Tegernseer Tal zustande, hatte Ilse gesagt. Hier regiert nun der dunkle Herbst mit seinem Wolkengrau. Die Augen fliehen das Helle und gehen irgendwo in der Weite spazieren. Ellis Augen zumindest. Nirgendwo finden sie noch Halt.

Einmal saß sie aufrecht im Bett. Das Licht der Straßenlaterne fiel durch einen Spalt im Vorhang und direkt auf ihr Gesicht. Er kannte jeden Zug darin. Aber plötzlich schien es ihm fremd.

»Sag etwas«, sagte Elli, als sie merkte, wie er sie betrachtete.

Lott schwieg. Was sollte er antworten.

»Warum sagst du nichts?«, bohrte sie weiter. »Liebst du mich nicht?«

»Ich liebe dich«, sagte Lott, küsste sie, drehte sich auf die Seite und schlief ein.

Elli aber lag lange noch wach, geblendet von der Straßenlaterne kam ihr dieses Leben töricht und vergeudet vor. Und sie fragte sich, wo es denn eigentlich geblieben war. Sie weinte still, bis der Schlaf sich ihrer erbarmte.

*

Der November stand an. Elli kaufte Grabgestecke für die Gräber der Eltern.

Was war dies nur für ein dunkler Herbst. Als würde der Tod selbst durch Gräberreihen ziehen. Mit einem Inventurblock in der Hand. Nieselregen und dieses Grau, das immer dunkler wurde.

Am 12. November erhielt Lott einen Brief. Absender war Ilses Notar Karlheinz Hacker, Rottach-Egern. Lott riss das Kuvert auf und las:

Sehr geehrter Herr Lott,

Frau Ilse Strasser hat verfügt, Ihnen beiliegenden Brief zwölf Tage nach ihrem Tod zuzustellen. Diesen Wunsch erfülle ich hiermit. Frau Strasser ist am 31. Oktober des Jahres freiwillig aus dem Leben geschieden. Sie hat Sie, Herr Lott, wie ich ihrem Testament entnehmen durfte, zum Alleinerben eingesetzt. Zur Testamentsvollstreckung bitte ich Sie, nach vorheriger Terminabsprache, mich in meiner Kanzlei in Rottach-Egern aufzusuchen, um den Formalitäten Genüge zu tun.

Hochachtungsvoll

Karlheinz Hacker

Lott legte das Schreiben des Notars zur Seite und nahm mit fiebrigen Händen Ilses Brief zur Hand. Auf dem Kuvert stand nur sein Name, Lott, in einem Herzen gefangen.

Er öffnete den Brief und las. Ihre Handschrift eine einzige Krakelei. Aber er konnte entziffern, was dort stand:

Sie ging leise fort, wie eine, die eine langweilige Filmvorführung verlässt, vorsichtig, um die andern nicht zu stören.

Sorry lieber Tucho, dass ich, dem aktuellen Anlass geschuldet, aus dem Er eine Sie gemacht habe.

Darunter:

Ein Wort noch, betreffend des Schwanenschreis. Um allen Spekulationen zuvorzukommen. Aischylos verglich die letzten bedeutungsvollen Worte eines Menschen mit dem Todeslied des Singschwans, indem er im Agamemnon Klytämnestra von der Seherin Kassandra sagen ließ: Dass sie nach Art des Schwanes letzte Todesklage zu singen anhob.

Ja, mein lieber Lott, so ist das nun einmal. Wenn der Tod erst richtig loslegt, hinterlässt er nur ein ungläubiges Staunen.

In Liebe
Deine Ilse

*

VERWENDETE LITERATUR

Kurt Tucholsky, Gesamtwerk. Texte und Briefe. Register in 22 Bänden
Kurt Tucholsky, Ausgewählte Werke in 2 Bänden. Rowohlt 1965
Kurt Tucholsky, Gruß nach vorn. Rowohlt 1928
Kurt Tucholsky, Die Q-Tagebücher. Rowohlt 1978
Kurt Tucholsky, Briefe aus dem Schweigen. Rowohlt 1977
Kurt Tucholsky, Sudelbuch. Rowohlt 1995
Fritz J. Raddatz, Tucholsky – Eine Bildbiographie. Kindler Verlag 1961
Klaus-Peter Schulz, Tucholsky roro bildmonographien 1959
Klaus Bellin, Es war wie Glas zwischen uns. Aufbau Verlag 2013
Jochen Meyer/ Antje Bonitz Hrsg. Entlaufene Bürger – Kurt Tucholsky und die Seinen. Ausstellungskatalog. Deutsche Schillergesellschaft 1990

Peter Rühmkorf, Dreizehn deutsche Dichter. Rowohlt 1989
Gute Adressen im Tegernseer Tal 11. Ausgabe 2010/2011
Peter Kirein, Hatz auf die Gams. Tegernseer Tal Heft 162
Hubert Schatz, Zerschossene Strukturen. Tegernseer Tal Heft 162
Michael Heim/Beni Eisenburg, Die etwas andere Geschichte vom »wilden Jäger« zu Gmund. Tegernseer Tal Heft 154

Michael Heim, Krake ante portas. Tegernseer Tal Heft 161
Annette Lehmeier, Von der baulichen Anpassung der Kuh. Tegernseer Tal Heft 156
Martin Köck, Eine kleine Geschichte über »tote« Häuser. Tegernseer Tal Heft 161
Susanne Heim, Die Engelwurz – der Engel, der aus der Kälte kam. Tegernseer Tal Heft 157
Sonja Still, Das Tal und seine Literaten – Seeseiten Ausgabe Frühjahr 2015
R. Peter Bachhuber, Geliebtes Tegernseer Tal. OREOS Verlag 1985

Weitere Krimis finden Sie auf den folgenden Seiten und im Internet:

WWW.GMEINER-SPANNUNG.DE

SKALECKI / RIST
Elitewahn

978-3-8392-2309-3 (Paperback)
978-3-8392-5789-0 (pdf)
978-3-8392-5788-3 (epub)

AUSERWÄHLT Im Eliteinternat Schloss Waldesruh stirbt ein junger Lehrer angeblich eines natürlichen Todes. Malie, die ihn kannte, hegt Zweifel, da er ihr kurz zuvor von seltsamen Vorgängen im Internat berichtete. Tage später findet ihre Freundin Lioba die Leiche eines Professors, der sich für die Geschichte des Schlosses interessierte. Gemeinsam versuchen die Frauen das Geheimnis, welches sich hinter den Schlossmauern verbirgt, aufzuspüren. Malie kommt ihrem Gegner gefährlich nahe und gerät in Lebensgefahr …

JUSTIN LARUTAN
Tod im Europaviertel
Kriminalroman
GMEINER SPANNUNG